Jacques Berndorf

Eifel-Sturm

Kriminalroman

grafit

Der Autor

Jacques Berndorf (Pseudonym des Journalisten Michael Preute) wurde 1936 in Duisburg geboren und wohnt – wie sollte es anders sein – in der Eifel. Berndorf kann ohne Katzen und Garten nicht gut leben und weigert sich, über Menschen und Dinge zu schreiben, die er nicht kennt oder nicht gesehen hat. Ist unglücklich, wenn er nicht jeden Tag im Wald herumstreifen kann, und wird selten auf ausgefahrenen Wegen gesehen.

Von Berndorf sind bisher im Grafit Verlag folgende Baumeister-Krimis erschienen: *Eifel-Blues* (1989), *Eifel-Gold* (1993), *Eifel-Filz* (1995), *Eifel-Schnee* (1996), *Eifel-Feuer* (1997), *Eifel-Rallye* (1997) und *Eifel-Jagd* (1998).

grafit

Chemnitzer Str. 31, D-44139 Dortmund
E-Mail: info@grafit.de
Internet: http://www.grafit.de

Umschlagzeichnung: Peter Bucker
Druck und Bindearbeiten: Elsnerdruck GmbH, Berlin
ISBN 3-89425-227-8
10. / 2004 2003

»Thomas, Thomas, stell dir vor, du hast das Brustimplantat von Pamela Anderson gewonnen. Allerdings nur das rechte. Das linke befindet sich auf einem Tieflader auf dem Transport ins Heimatmuseum.«

Moderator des Radiosenders SWR 3
im Gespräch mit einem Hörer

Die Bourgeoisie ... hat alle feudalen, patriarchalischen, idyllischen Verhältnisse zerstört. Sie hat die buntscheckigen Feudalbande ... unbarmherzig zerrissen und kein anderes Band zwischen Mensch und Mensch übrig gelassen als das nackte Interesse, als die gefühllose ›bare Zahlung‹!

Karl Marx und Friedrich Engels
im ›Manifest der Kommunistischen Partei‹

In tiefer Dankbarkeit für Ute Klein und Alwin Ixfeld und mit einer Gratulation zu so viel Mut an Monika Brümmer und Andreas Grunert.

Erstes Kapitel

Wie war Driesch in den Fluss gekommen? – Egal, er war im Wasser, er hetzte flussabwärts durch die Schlucht, die die alten Monschauer Handwerkerhäuser bildeten. Nur wenige Stunden zuvor waren noch Tausende von Touristen über die beiden Brücken geschlendert, die dicht nebeneinander das Wasser der Rur überspannten – links, wenn man vom Marktplatz kam, die Straßenbrücke, rechts die Fußgängerbrücke, die zur evangelischen Kirche führte. Jetzt, in der Dunkelheit, war Driesch mutterseelenallein. Nein, nicht ganz allein. Denn da lief hinter ihm sein Mörder, dicht hinter ihm.

Oder hatte der Mörder auf einer der Brücken gestanden und ganz einfach auf ihn gewartet? Dann hätten allerdings die Schusskanäle von oben nach unten verlaufen müssen. Aber das wurde nirgendwo erwähnt, weder in der *Aachener Volkszeitung* noch in der *BILD*. Die *Aachener* titelte: *Bundestagsabgeordneter Driesch erschossen!* Und in der *BILD* stand: *Sechs Schüsse bis zum Tod!*

Es war morgens um neun Uhr, es war sehr heiß. Hinter mir an der Mauer drehte sich der Wassersprenger, das Dorf war still. Mein kleiner Kater Satchmo lag auf meinem Bauch und schlief fest, seine beiden Erziehungsberechtigten Paul und Willi ruhten unter der Liege im dichten kühlen Gras. Zwei Meter von mir entfernt tummelten sich die Goldfische und Koikarpfen im Flachwasser des Teiches und hatten anscheinend einen Mordsspaß daran, sich schwanzschlagend seitwärts über eine schmale Zunge aus Moorerde treiben zu lassen, um dann durch einen nur zehn Zentimeter breiten Kanal zurück in das tiefere Wasser zu gelangen. Ich hatte noch nie darüber nachgedacht, ob Fische miteinander spielen und wie sie das machen. Jetzt wusste ich es, sie unternahmen einen Ausflug in den Sauerstoff.

Jakob Driesch, was trieb dich um vier Uhr früh in das kalte Wasser des Gebirgsflüsschens in dem wildromantischen Monschau? Warum hast du nicht in deinem warmen Bett in Schleiden neben deiner warmherzigen Frau gelegen?

Das Bild von Jakob Driesch nahm noch einmal in meinem Kopf Gestalt an: ein langer, hagerer Mensch mit einem Raubvogelgesicht, aus dem gütige Augen immer ein wenig staunend in die Welt blickten. Ein Mensch, der bedächtig war, schnellen Lösungen misstraute, ein Bauer, der gern wachsen sah, was er säte. Ein Mann, der mir einmal auf einem Spaziergang gesagt hatte: »Der Weg zum lieben Gott ist sehr weit. Meistens dauert er ein Leben lang und du hast keine Zeit mehr, das Ergebnis zu genießen.«

Etwa einsachtzig groß, grau gewordene, widerborstige Haare, ein von Wind und Wetter gegerbtes Gesicht, ungewöhnlich schmale und langgliedrige Hände – die Hände eines Pianisten. Ja, das Klavier war tatsächlich sein Hobby gewesen. Das Klavier und der frühe Beat aus New Orleans. Ich erinnerte mich an einen Sonntagnachmittag, als er unvermittelt aufgestanden war, sich auf den Hocker vor dem Instrument setzte, sich räusperte, gegen die Decke blickte und dann mit ›Basinstreet‹ losfegte, als handele es sich um ein Gebet.

Weshalb hatte ich ihn damals eigentlich besucht? – Ja, richtig, ich hatte mich für Windenergie interessiert, für diese faszinierenden Flügelräder auf den meist westwärts geneigten Hängen der Eifel, wo sie die Winde vom Atlantik her besonders gut auffangen. Jakob Driesch war ein leidenschaftlicher Verfechter dieser Art von Energiegewinnung gewesen. Er hatte mit vibrierendem Bass gedonnert: »Die Windräder sind keine Reklame für Mercedes, sie sind eine verdammt gute Möglichkeit, mit relativ kleinem Aufwand an Strom zu kommen. Aber diese Scheißmanager der großen Stromversorger haben was dagegen.« Eine seiner hübschen Töchter hatte daraufhin gemahnt: »Papa, du wirst ausfällig!«, und er hatte gegrinst: »Du hast Recht, Mädchen, aber Gott ist mit mir, denn er schickt den Westwind!« Und seine Frau Anna hatte ihn liebevoll angeblickt und so ausgesehen, als wollte sie ihn erst umarmen und dann sofort mit ihm ins Bett. Eine bemerkenswerte Familie um einen bemerkenswerten Mann.

Politisch hatte Driesch die Christlichen vertreten. Er hatte einmal geäußert: »Ich bin altmodisch, ich verlasse mich immer wieder auf meinen Herrgott.« Er war allerdings, wenn ich das richtig beurteilte, immer ein Stachel im Fleisch dieser Christlichen gewesen. Er scheute sich nicht vor Aussagen wie: »Wer so dämlich ist, das Leben eines Homosexuellen als widernatürlich zu bezeichnen, darf sich nicht wundern, dass ihm nichts übrig bleibt, als zu onanieren.« Und er hatte unumwunden eine stille Liebe zu den Grünen gepflegt und auch dazu gestanden: »Ein chaotischer, liebevoller Haufen, der sich kindlich naiv darüber aufregt, dass andere schon gehandelt haben, während man selbst noch wild diskutiert.« Besonders zur Grünsten aller Grünen hatte er eine deutliche Zuneigung gefasst – Wilma Bruns aus Stadtkyll. Die Zuneigung war durchaus erwidert worden. Wilma hatte mir mal kichernd zugemurmelt: »Also, wenn er nicht so toll verheiratet wäre und ein bisschen weniger katholisch, würde ich ihm einen unsittlichen Antrag machen.« Oft hatte Driesch mit Wilma, dem neongrünen Herz der Eifel, vor seinem alten Bauernhof gesessen, und die geduldige Anna hatte endlos Kaffee und edle Schnäpse aus der Eifel aufgetischt.

Und nun war Jakob Driesch tot, ein toter Politiker. Ich ging in das Haus und holte mir das rot gestreifte Buch der Bundestagsabgeordneten aus dem Regal. Zweiundfünfzig Jahre war er alt geworden, nicht mehr als zweiundfünfzig Jahre. Mir fiel der Satz ein: Wen die Götter lieben, den holen sie früh zu sich. Die Götter waren im Fall des Jakob Driesch arg ungeduldig gewesen.

Aber wer hatte den Göttern geholfen und diesen Mann erschossen? Ein Irrer, ein Verrückter, ein Betrunkener?

Morgens um vier Uhr in Monschau, nur ein paar tausend Meter von der belgischen Grenze entfernt, in der Nacht von Sonntag auf Montag. Ob es noch stockdunkel gewesen war oder war der Himmel schon hell? – Mondkalender, wo war der Mondkalender?

Ich sah nach. Der Sonnenaufgang hatte an dem Tag erst etwa eine Stunde später stattgefunden. Also hatte es nur einen hellen Schimmer im Osten gegeben, der das Städtchen im engen Tal der Rur noch nicht erreicht haben konnte.

Ich hätte eigentlich dringend Wilma Bruns anrufen müssen. Wahrscheinlich hockte sie zu Hause und betrank sich weinend. Sie hatte einen Freund verloren, vielleicht mehr als das, vielleicht einen geliebten Partner.

Ich stopfte mir die helle Olivenholzpfeife, die mir Ute aus Malta mitgebracht hatte, und ging zurück in den Garten.

Die drei Kater hatten sich mittlerweile auf meiner Liege breit gemacht, lagen nebeneinander auf dem Rücken, hielten die Vorderpfoten artig geknickt vor dem Leib und schliefen so fest, dass sie nicht einmal blinzelten, als ich mich beschwerte. Ich nahm die Liege hoch und schüttelte die Kater herunter. »Das ist ja wohl die Höhe! Ich bin euer Ernährer, verhaltet euch gefälligst entsprechend.« Sie nahmen mich nicht ernst, krochen unter die Liege und setzten ihren Schlaf fort.

Klein-Fritzchen, der kleinste der Goldfische, der immer noch nicht länger als drei Zentimeter war, lag in einem Bett aus Grünalgen in fünf Zentimeter tiefem Wasser und schlief ebenfalls. Ich stupste ihn mit einem langen Grashalm. Widerwillig bewegte er sich zwei Zentimeter, um dann weiterzuträumen. Es war eben ein träger Tag und ich hoffte auf ein kühlendes Gewitter, das die Hitze ein wenig eindämmen würde.

Wer wohl für den Fall zuständig war? Die Kripo aus dem dreißig Kilometer entfernten Aachen wahrscheinlich. Und wahrscheinlich würden sich irgendwelche zuständigen und nicht zuständigen Geheimdienste um diesen brutalen Tod kümmern. Mit Sicherheit der tatsächlich zuständige Verfassungsschutz sowie der Militärische Abschirmdienst, weil Driesch mit der Bundeswehr zu tun gehabt hatte. Vermutlich auch der BND, weil man einen Bundestagsabgeordneten nicht erschießen kann, ohne diesen elitären Haufen aufzuscheuchen.

Die Zeitungsausschnitte, die mir Hubert vom Venn *mit freundlichen Grüßen aus der Walachei* gefaxt hatte und die mich so ins Grübeln gebracht hatten, stammten von Dienstag. Heute war Mittwoch, der Tod des Jakob Driesch war also drei Tage alt, und inzwischen gab es vermutlich von Aachen bis Trier, von Monschau bis Daun kein anderes Gesprächsthema mehr als dieses.

Ich holte mir den *Trierischen Volksfreund*, um nachzulesen, was die schrieben.

Viel Neues gab es nicht zu vermelden. Noch immer gab es nicht mal eine Ahnung, weshalb Driesch überhaupt in Monschau gewesen war. Seine Frau hatte ausgesagt, er habe entgegen seiner sonst üblichen peniblen Art nur erwähnt, er würde einige Bekannte treffen, sei aber nach einer Stunde wieder daheim. Das war am Sonntagabend gegen neunzehn Uhr gewesen. Sie habe keine Idee, wen ihr Mann getroffen haben könnte. Und ihr sei nicht das Geringste an ihm aufgefallen, er sei gewesen, wie er immer war: gut gelaunt und begierig darauf, sein neues Büro in Berlin beziehen zu können. Nein, es sei ihr unvorstellbar, dass irgendein Mensch hingehen konnte und ihren Mann mit sechs Kugeln aus einer 44er-Winchester erschoss. Sie kenne auch niemanden, der ein solches Gewehr besitzen würde, und ihr Mann habe trotz seiner Kontakte zur Bundeswehr bekanntlich nie und nimmer eine Waffe in die Hand genommen.

Dann stand dort noch etwas: *Inzwischen ist klar, dass der Mörder alle Schüsse aus einer Entfernung von zwölf bis zwanzig Metern auf den durch das Wasser rennenden Bundestagsabgeordneten abgegeben hat. Und es gilt in Kreisen der Sonderkommission als sicher, dass der Mörder seinem Opfer in der Rur folgte und nicht etwa auf einer der beiden Brücken stand, wie anfänglich angenommen wurde. Kriminaloberrat Kischkewitz, der aus Wittlich hinzugezogene Leiter der Sonderkommission, antwortete auf die Frage, ob der Tod von Jakob Driesch etwas mit dessen politischer Tätigkeit zu tun haben könnte: »Das scheint mir nicht wahrscheinlich. Driesch war nicht mit Geheimdingen beschäftigt, er war Spezialist für Landwirtschaft, Windenergie und hatte am Rande mit den in der Eifel stationierten Bundeswehreinheiten zu tun. Im Hochsicherheitsbereich war der Abgeordnete nicht zu Hause, so dass ein Motiv im Rahmen seiner Tätigkeit nicht erkennbar ist. Allerdings geben wir zu, dass wir bisher überhaupt kein Motiv erkennen können. Daher bitten wir alle Monschauer und Touristen, die in der Nacht von Sonntag auf Montag in Monschau waren und irgendetwas Ungewöhnliches bemerkt haben, sich bei der*

Sonderkommission zu melden. Bis jetzt – auch das wollen wir zugestehen – konnten wir merkwürdigerweise noch keinen Menschen ausfindig machen, der Driesch am Sonntagabend vor seinem Tod in Monschau gesehen hat. Auch seinen Wagen, einen Mercedes, schwarz, Typ E 290, haben wir noch nicht finden können. Und wir haben bis jetzt keine Vorstellung davon, wie der Abgeordnete in den Fluss gelangt ist. Es erscheint unwahrscheinlich, dass er durch irgendeinen Keller in den Flusslauf stieg, denn gewöhnlich sind diese Zugänge mit fest verschlossenen Türen versehen oder sogar vermauert. Die nächste Möglichkeit über eine normale Uferbefestigung in das Flussbett zu gelangen, befindet sich weit oberhalb der Stadt, was bedeutet, dass Driesch noch mehr als tausend Meter im Wasser gelaufen sein muss, ehe sein Mörder ihn erschoss. Alle sechs Kugeln, das ist inzwischen sicher, stammen aus derselben Waffe, einer klassischen 44er-Winchester. Die Waffe ist nirgendwo registriert. Wir wissen allerdings, dass sie ein hochbegehrtes Sammlerstück ist und auf dem schwarzen Markt, vor allem im benachbarten Belgien, angeboten wird. Wir bitten dringend um Hilfe. Die Sonderkommission ist im Aukloster zu erreichen. Selbstverständlich behandeln wir sämtliche Hinweise auf Wunsch streng vertraulich.«

Ein fett gedruckter Kasten ergänzte den Artikel, in dem es hieß, die Belohnung sei auf fünfhunderttausend Mark festgesetzt worden.

Ich fasste einen Entschluss: Ich würde Wilma Bruns nicht anrufen, auch Anna nicht und schon gar nicht Kischkewitz, den ich von einer anderen Geschichte her kannte, oder irgendwen sonst bei der Sonderkommission. Der Fall war zu weit entfernt, nicht mein Bier, ich hatte etwas anderes vor, sicher gab es Journalisten, die Driesch besser gekannt hatten als ich, vielleicht hatten sie den Täter auch schon, vielleicht war alles längst gelaufen ... Nein, ich wollte nicht einsteigen. Dazu war es aller Wahrscheinlichkeit nach sowieso viel zu spät.

Da schrillte mein Handy, Emma rief nach mir: »Hör mal, ich bin in Frankfurt, gerade gelandet aus New York. Ich kann Rodenstock nicht erreichen. Ist er bei dir?«

»Nein. Ich hocke allein in meinem Garten, kein Rodenstock.«

»Dann wird er bald auftauchen. Gestern hat er angedeutet, er wolle bei dir einfallen. Ich begebe mich jetzt nach s'Hertogenbosch und komme wahrscheinlich morgen zu euch. Wieso hat er sich bei dir nicht gemeldet?«

»Das weiß ich doch nicht. Wie war es beim FBI?«

»Wie üblich. Sie bringen einem die neuesten Tricks der international arbeitenden Terroristen bei, kriegen die aber selbst nicht zu fassen. Das nennt man Fortbildung.« Sie lachte schallend. »Aber ich habe meine Tante Souza besuchen können. Und das war wirklich gut. Wie weit seid ihr denn in der Sache?«

»In welcher Sache, bitte schön?«

»Na ja, mit diesem erschossenen Bundestagsabgeordneten. Wie hieß der doch gleich?«

»Jakob Driesch. Ich kümmere mich nicht darum und von Rodenstock habe ich seit Tagen kein Sterbenswort gehört. Was soll das?«

Sie machte eine Pause, ich hörte nur ihren Atem. »Er arbeitet aber dran, das hat er mir erzählt, er hat sogar einen Auftrag.«

»Er hat was?«

»Den Auftrag, diese Sache zu untersuchen. Für den Bundesnachrichtendienst. Das nennt man ›Operation Splitting‹. Rodenstock soll ganz gemütlich das Umfeld des Toten auseinander nehmen und sehen, was dabei herauskommt. Er wird sogar dafür bezahlt.« Sie lachte wieder. »Ich muss weiter, mein Lieber. Ich melde mich. Und hilf ihm, bitte, er war so aufgeregt wie ein Pennäler.« Es klickte.

»Ja, ja«, murmelte ich in die Hitze. Wieso hatte sich der Dickkopf nicht bei mir gemeldet? Wollte er einen Alleingang? Oder hatte der BND ihm angeraten, allein zu arbeiten? Wie auch immer, mein alter Freund Rodenstock steckte bis zum Hals in dem Fall und bald würde es mir wahrscheinlich genauso gehen. Ganz gemütlich das Umfeld von Driesch auseinander nehmen?! Ha, Rodenstock konnte alles, gemütlich sein konnte er nicht.

Ich stiefelte wieder ins Haus und suchte die Telefonnummer von Wilma Bruns aus der Kartei.

Sie war daheim, sie klang hohl. »Ihre Abgeordnete der Grünen im Landtag Wilma Bruns hier. Guten Tag.«

»Siggi Baumeister. Wie geht es dir?«

»Schlecht.« Ihre Stimme klang nach Reval und zu viel Schnaps.

»Haben sie dich schon auseinander genommen?«

»Und wie! Und schlecht wieder zusammengesetzt. Die Kripo, der Verfassungsschutz, der MAD, wirklich alle. Sag bloß nicht, du willst ein Interview!«

»Will ich nicht.«

»Kriegst du auch nicht. Ich hocke hier im Wohnzimmer und habe Omas alten Unterrock an.«

Das schien etwas zu bedeuten, ich wusste aber nicht was. »Was soll das?«

»Den ziehe ich immer an, wenn es mir dreckig geht, wenn ich zu viel rauche, zu viel Weißwein saufe und nicht weiterweiß.«

»Würdest du trotzdem mit mir reden? Nur reden? Nichts für die Öffentlichkeit.«

»Keine Zeitung, die morgen mit dem Scheiß erscheint?«

»Wilma!«

»Ja, ja schon gut. Komm halt her, aber lass deinen Kugelschreiber zu Hause.« Sie brach das Gespräch ab.

Ich versuchte, Rodenstock über sein Handy zu erreichen, aber auch mir gelang es nicht. Also stopfte ich mir ein paar Pfeifen in die Weste, dazu den Tabaksbeutel, und machte mich auf den Weg. Ich fuhr in einem schnellen Tempo über Dockweiler Richtung Daun, in Pelm hinauf zur Kasselburg, ein kurzes Stück auf der Straße nach Hillesheim, dann links an der Bahnlinie entlang, quer zur Strecke Hillesheim – Jünkerath. Ich war in Eile, achtete nicht auf Geschwindigkeitshinweise, fuhr einfach drauflos, wie man das tut, wenn man aufgeregt und etwas verquer ist. Als ich in Jünkerath durch den Kreisverkehr rauschte und meine Reifen quietschten, weil ich den Wagen zu hart nach links zog, wurde mir plötzlich bewusst: Was rase ich so? Was bringt das? Macht das Driesch wieder lebendig?

Ich fuhr rechts ran, stopfte mir erst einmal die dänische Pfanne von Stanwell und rauchte ein paar Züge bei offenem Fenster. Dann ließ ich es sanfter angehen. Von der schmalen Straße aus, über die man nach links zum Stausee fährt, um zu dem Restaurant zu kommen, das so schöne indische Gerichte im Tandoor zubereitet, geht rechter Hand ein schmaler, asphaltierter Wirtschaftsweg den Hang hinauf. Das war der Weg, der zu Wilma Bruns führte, zu ihrem großelterlichen Haus, einem eindrucksvollen alten Trierer Einhaus, das sie schon seit Jahren selbst restaurierte. Sie werkelte wirklich selbst, sie mauerte, legte die elektrischen Leitungen, lernte, wie ein Installateur arbeitet, lernte, das Dach zu decken, und sie lernte, eine Heizung einzubauen. Und in den Zwischenzeiten opferte sie sich für die Grünen auf, die ihr selten dankten, sie wüst beschimpften, wenn etwas danebenging, und sich gebärdeten wie Kinder, die es ganz grässlich finden, wenn Mama etwas tut, was sie nicht auf Anhieb verstehen. Und immer wenn es wieder so weit gekommen war, griff sich Wilma in ihrer Verzweiflung einen Kerl – und sie griff todsicher immer den falschen, immer einen, der sie ausnutzte und noch weiter hinunterzog. Bis sie wach wurde, ihn wutschnaubend vom Hof jagte und die ganze Geschichte von vorne begann.

Die Haustür stand offen. Sie hatte die gute Stube abgedunkelt, schwere Vorhänge vor die Fenster gezogen. Nur eine grüne Schreibtischlampe verbreitete ein geradezu gespenstisches Licht.

Ich sah Wilma nicht. »Hallo?«

Da bewegte sich etwas auf dem altertümlichen, mit rotem Plüsch bezogenen Sofa.

»Ich bin hier«, sagte sie müde. »Hier ist das, was von mir übrig ist. Nimm dir ein Bier oder einen Wein oder was auch immer. Haben wir schönes Wetter?«

»Sehr schönes Wetter, fast zu heiß. Wie lange hockst du hier schon?«

»Na ja, seit Montagmorgen, als ich angerufen wurde.«

»Wer rief dich an?«

»Die Bullen, wer sonst? Wie geht es Anna?«

»Ich weiß es nicht, ich bin selbst eben erst eingestiegen. Wo steht das Wasser?«

»Da vorn, neben der Küchentür. Was meinst du, kriegst du einen Kaffee zusammen?«

»Na sicher. Falls du welchen hast.«

»Habe ich. Kaffee habe ich immer, den kaufe ich zentnerweise bei unseren belgischen Nachbarn in Losheim. Sag mal, die Zigaretten sind mir ausgegangen, kannst du welche besorgen? Da liegt irgendwo Geld rum, da vor dem Fernseher. Reval, bitte, alles andere ist Pipifax.«

Sie sah schlimm aus, sah aus wie eine alte Frau, dabei war sie erst Mitte dreißig. Ihr Gesicht war eingefallen und grau, ihr Haar, das normalerweise hennafarben wie Lohe brannte, war strähnig und schmierig.

Wahrscheinlich hatte sie sich nicht mehr gewaschen, seit sie von Drieschs Tod gehört hatte, und wahrscheinlich war ihr das jetzt auch nicht wichtig.

Ich setzte den Kaffee auf und sagte dann: »Ich kaufe erst mal das Rauchzeug.« Ihr Geld ließ ich liegen und fuhr den Weg hinunter bis zur nächsten Kneipe.

Der Wirt stand schmal, unglücklich und allein hinter seinem Tresen. Er nörgelte: »Wie geht es Wilma? Die hat es geschmissen, was? Das ist ja auch eine Sauerei! Die beiden waren ja ein Herz und eine Seele, obwohl man das eigentlich von den Parteien her nicht für möglich halten sollte. Na ja, irgendwie geht das Leben weiter, was?«

»Ja«, nickte ich und verschwand wieder. Wahrscheinlich gehörte er zu denen, die sagten: »Wilma ist wirklich ein guter Typ!« Das, was sie nicht sagten, war: »Schade, dass sie eine Frau ist!«

Der Kaffee war durchgelaufen und Wilma murmelte: »Du bist ein Schätzchen. Danke.« Sie riss die Packung auf und zündete sich eine an.

»Vielleicht solltest du duschen«, sagte ich vorsichtig.

»Was?« Sie starrte mich aus runden Augen an. »Ach, herrje! Ich stinke wahrscheinlich. Na klar stinke ich!« Sie lachte heiser und schüttelte sich.

»Du solltest lauwarm duschen, du bist ja völlig fertig. Du hilfst Driesch nicht damit und Anna auch nicht, verdammt noch mal!«

Eine Weile war es still, irgendwo tickte altmodisch eine große Uhr, ein kleiner Hund, ein Schäferhundwelpe, kam schwanzwedelnd hereingelaufen und fiepste erbärmlich.

»Er heißt Cisco und ist mein Beschützer. In der Küche muss irgendwo eine Dose mit Hundefutter sein. Kannst du das übernehmen? Ja, du hast Recht, ich muss irgendwie von diesem Scheißsofa runterkommen.«

Ich ging in die Küche, fand die Dosen, öffnete eine und der kleine Hund sprang an mir hoch und bellte kindlich. Ich stellte ihm die Schüssel auf den Boden und er legte seinen kleinen Körper flach davor und begann das Zeug zu schlabbern.

Mein Handy meldete sich und Rodenstock fragte: »Wo bist du?«

»Ich bin bei Wilma Bruns.«

»Da will ich auch hin. Beschreib mir den Weg, bitte.«

Ich tat es, dann krachte es hinter mir. Wilma war auf die Dielenbretter geschlagen, und sie saß da und schüttelte sich, als müsse sie zu sich kommen.

»Hilf mir mal«, stöhnte sie verbissen, »verdammt!« Unvermittelt weinte sie leise.

Ich hievte sie hoch und sie atmete keuchend.

»Langsam, ganz langsam. Wo ist dein Badezimmer?«

»Oben, die Treppe rauf.«

Sie trug tatsächlich einen uralten Unterrock, blassrosa. Und sonst nichts.

»Du bist richtig verrückt«, sagte ich und schob sie vor mir her.

»Ich habe die Kontrolle verloren«, erklärte sie seltsam klar. »Das darf nicht passieren!«

»Ist schon okay«, sagte ich. »In so einem Fall ... Da nimmt jeder eine Auszeit. Langsam, langsam, nicht so hastig.«

Die Tür zum Badezimmer stand offen, es herrschte eine peinliche Ordnung.

»Ich lass dir Wasser ein. Warte hier und halte dich an der Wand fest.« Ich öffnete den Warmwasserhahn und stöpselte die Wanne zu.

»Er bedeutete sehr viel für mich, weißt du. Er war ein Mann, wie ich nie einen kriegen werde. Niemals. Ich kriege immer nur den Schrott.« Sie zog sich den

Unterrock über den Kopf und griff nach meiner Hand. Haltlos kicherte sie. »Ich alte Frau komme da nicht alleine rein.«

»Langsam, langsam, ich helfe dir ja. Hoch das Bein, in Ordnung. Jetzt das zweite, du hast zwei Beine.« Sie war eine schöne Frau und ich wünschte, dass sie irgendwann einmal das Glück haben würde, den Mann zu finden, mit dem sie ruhig werden konnte. »Ist es zu warm? Geht es?«

»Das ist gut. Mein Gott, ich stinke wirklich. Wenn mich nicht alles täuscht, habe ich 48 Stunden lang nur gesoffen, geraucht und geheult. Blöde Zicke, die ich bin. Kannst du mir die Zigaretten und das Feuer bringen, und auch ein Glas Weißwein, bitte?«

»Kommt sofort.«

»Und noch was, Baumeister. Nicht, dass du das hier falsch verstehst.«

»Du bist wirklich aus dem Tritt«, anwortete ich leicht empört.

»Man weiß ja nie«, sagte sie gedehnt. »Bring mir auch einen Kaffee, bitte. Und besser keinen Wein. Nur Zigaretten. Und viel Zucker und etwas Milch. Irgendwo müssen noch Zigarillos sein. Ja, und ich hatte neues Mundwasser gekauft. Das muss irgendwo in der Küche stehen. Ja, und dann noch vielleicht ...«

»Wenn du so weitermachst, kann ich meinen Gesellenbrief im Roomservice ablegen.« Langsam war ich wütend.

»Es ist ja nur wegen Jakob«, sagte sie matt.

Ich stieg die Treppe wieder hinunter, nahm ein Tablett und stellte alles darauf, was sie wollte und möglicherweise nachbestellen würde. Und weil sie mir so Leid tat, griff ich in einen Strauß Sonnenblumen, brach eine unter dem Kopf ab und legte sie mitten auf das Tablett. Es sah hübsch aus, zeigte aber keine Wirkung, denn Wilma war inzwischen eingeschlafen und schnarchte wie ein Sägewerk. Jedes Mal, wenn sie laut ausschnaufte, blies sie feine Bläschen aus dem Badeschaum, die sternengleich funkelnd durch den Raum segelten.

Ich machte mich in ihrem CD-Haushalt auf die Suche nach etwas, das sie vielleicht aufmuntern würde. Es war ein wenig zynisch, aber ich entschied mich für Satchmos ›What a wonderful world‹ und ließ es ordentlich dröhnen. Tatsächlich reagierte Wilma.

»Mach das Scheißding aus!«, schrie sie hysterisch. »Mach es aus!«

Das tat ich nicht, stattdessen beugte ich ihren Kopf nach vorn und massierte ihr kräftig die Schulterpartie. »Du wirst jetzt zu dir kommen. Du wirst noch gebraucht, Frau.«

Sie wollte maulen, doch ich fuhr fort: »Kannst du mir vielleicht die Frage beantworten, warum Driesch in die Rur gestiegen und durch das Wasser gelaufen ist?«

»Kann ich nicht.«

»Hatte er Freunde in Monschau?«

»Er hatte überall Freunde. Das weißt du doch.«

»Wirkte er in der letzten Zeit irgendwie verändert?«

»Ja. Er war verändert. Aber nicht ... nicht negativ. Er war nur stiller, nachdenklicher.«

»Seit wann?«

»Seit ein paar Monaten.«

»Traf er irgendwelche Leute, die er früher nicht getroffen hat?«

»Das weiß ich nicht, ich lebte schließlich nicht mit ihm. O Gott, sind diese Muskeln hart. Das tut weh, Baumeister.«

»Das soll es auch. – Gab es vielleicht Zoff mit den Leuten, die Windräder aufstellen, oder mit den Leuten, die gegen Windräder sind?«

»Nur das Übliche, nichts Besonderes. Und noch vor einer Woche sagte er, kein Mensch kann die Windräder auf Dauer verhindern, es gibt sie, also werden sie aufgestellt. Der Meinung bin ich auch. Glaubst du, Anna wird mit mir reden?«

Ich war verblüfft. »Warum sollte sie das nicht tun?«

»Weil sie vielleicht gedacht hat, ich hätte was mit Jakob.«

»Hattest du was mit ihm?«

Sie schüttelte den Kopf und begann erneut zu weinen. »Verdammte Hacke, nein. Albert hat das auch geglaubt, aber Albert glaubt alles Miese, wenn es gegen Jakob geht.«

»Und wer, bitte, ist Albert?«

»Albert ist unser Wasserspezialist. Er ist für Natur pur, er findet Windräder furchtbar, er sagt, wir sollen die Bachläufe und Flüsse nutzen und Wasser zur Stromerzeugung benutzen. Er ist der Ansicht, Windräder verschandeln die einmalige Natur in der Region. Ich habe keinen Beweis dafür, aber ich wette, er war es, der das Windrad oben vor Losheim umgelegt hat. Damals, vor acht Monaten. Er hat es natürlich abgestritten, aber ich wette, er war es.«

»Was macht dieser Albert denn im normalen Leben so?«

»Schafskäse und Ziegenkäse und Honig und Kräuterbutter, Ökobauer eben. Albert ist verheiratet, hat vier Kinder und ist ein geiler Bock. Er hat Jakob mal als katholisches Niederwild beschimpft, das man zum Abschuss freigeben sollte. Dabei hatte er fast Schaum vor dem Maul.«

»Oha!«, sagte ich. »Wo finde ich diesen Albert?«

»Ein Einsiedlerhof oben am Weißen Stein. Aber sei vorsichtig, der Kerl ist irre und außerdem bewaffnet. Er ist ein friedlicher Grüner mit einer heimlichen Liebe zu Maschinenpistolen – was häufiger vorkommt, als die Allgemeinheit annimmt.« Sie erstarrte einen Augenblick. »Habe ich Waffennarr gesagt?«

»Hast du. Meinst du, dieser Albert bringt so etwas fertig?«

Sie überlegte. »Ich weiß es nicht. Ich weiß nur, er hat manchmal Schwierigkeiten, sich unter Kontrolle zu halten.« Sie hatte nun ganz schmale Lippen, rauchte nervös und sog den Rauch tief ein. »Wenn du mich fragst, ob er eine Winchester hat, muss ich antworten: Könnte sein, könnte durchaus sein. O Gott, wir haben oft gesagt, wenn Albert durchknallt, steckt er die Eifel in Brand.«

»Wie heißt er eigentlich? Ich meine, Albert reicht mir nicht.«

»Albert Tenhoven, ein Wort.«

Eine Männerstimme rief: »Hallo? Ist hier jemand?«

»Komm rauf«, rief ich. »Hier oben.«

Rodenstock tauchte auf, erschrak leicht beim Anblick der Badenden, fing sich und sagte heiter: »Das ist doch mal ein guter Empfang.« Dabei grinste er wie ein Haifisch. »Rodenstock ist mein Name. Ich bin ein Freund vom Baumeister.«

»Das ist gut«, nickte Wilma. »Dann darf ich euch bitten, mal rauszugehen. Ich ziehe mir rasch was an. Schließlich ist das hier keine gute Konferenzsituation.«

»Da stimme ich zu«, meinte Rodenstock.

Wir gingen hinaus und noch auf der Treppe legte ich los: »Ich habe ein Problem mit dir, mein Freund. Warum sagst du nichts und fängst heimlich an, den Fall zu recherchieren? Weil der edle Bundesnachrichtendienst dich gebeten hat, mich rauszuhalten?« Ich war wütend und wollte es hinter mich bringen.

»Ich weiß gar nicht, warum du dich so aufregst«, sagte er mild.

Wir erreichten den Vorraum und ich schlug vor: »Lass uns das draußen erledigen, das geht Wilma nichts an.«

»Du bist sauer, nicht wahr?«

»Ich bin stinksauer«, nickte ich. »Und zwar auf dich, Rodenstock, nicht auf den Fall. Auf dich. Und du musst dir schon was Gutes einfallen lassen, um das zu ändern. Emma ist übrigens wieder zurück. Sie wollte erst nach s'Hertogenbosch und dann hierher.«

Vor dem Haus stand eine Bank vor einem Tisch. Wir setzten uns. Rechts von mir wuchs ein kleiner Malvenbusch, das Rosa strahlte in der Sonne. Gleich daneben hatte die Hundskamille ein grelles Weiß aufgezogen und ihre goldene Mitte leuchtete.

»Na gut«, murmelte er und sah mich nicht an, »sie haben mich gebeten, das für sie zu erledigen. Und sie wussten natürlich, dass wir beide in der Regel zusammenarbeiten und dass du häufig für Magazine schreibst. Also haben sie gesagt: Halt den Baumeister aus deinen Recherchen raus!«

»Wenn du so sachlich bemüht daherschwafelst, tut das einfach weh«, erwiderte ich zornig.

»Aber wieso denn? Das ist eine Behörde wie andere Behörden auch. Und die Leute müssen eben Vorkehrungen treffen, dass die Arbeit sicher verläuft.«

»Ich bin also ein Unsicherheitsfaktor«, sagte ich bitter. »Du rennst immer weiter in die Scheiße, Rodenstock. Baumelte deine Seele am Garderobenhaken?«

»Nun mach mal Pause«, begann er zu schimpfen. »Du weißt genau, dass der Fall Jakob Driesch eine große Story wert ist. Wann wird schon mal ein Bundestagsabgeordneter mit sechs Kugeln aus einer 44er-Winchester umgelegt? Das weißt du, das weiß ich, das weiß auch Kischkewitz von der Sonderkommission. Das ist der Haken.«

Ich ließ ihn eine Weile zappeln, ich war mir sicher, dass er genau wusste, auf was ich aus war.

»Sieh es doch mal so«, begann er erneut. »Da haben wir einen Mordfall. Du bist Journalist, du bist als Journalist bekannt, und zwar als guter Journalist. Oft haben wir beide zusammengearbeitet und du hast dich auf mich und mein Fachwissen berufen. Nun will dieses Fachwissen mal der Bundesnachrichtendienst nutzen – gegen Bezahlung. Und er fordert: Den Baumeister halten Sie aber schön raus. Gut, sage ich, ist gebongt. Was ist dagegen einzuwenden?«

»Nicht viel«, sagte ich nach einer Weile. »Nicht viel. Nur, dass du unsere Freundschaft verraten hast, Rodenstock. Nie würde ich ein Detail aufschreiben, ohne dich vorher zu fragen, ob du einverstanden bist. Das war vor dem Fall Driesch so und ich hatte angenommen, es würde im Fall Driesch genauso sein. Wir konnten uns blind aufeinander verlassen. Und jetzt hast du zugestimmt, mich da rauszuhalten. Das finde ich schäbig.«

Rechts stand ein uralter Apfelbaum, die Äpfel hatten schon die Rotfärbung angenommen und leuchteten wie kleine Lampions. Eine Grasmücke hüpfte durch die Zweige, ein Sperling machte ihr das Leben schwer und verfolgte sie tschilpend. Unten im Tal brannte jemand Holz ab, es roch angenehm nach Buche. Links zog ein uralter Trecker durch den Hang, seine Auspuffgase waren blau, fast schwarz.

»Ich bin Beamter, ich habe mich auch nach der Pensionierung an solche Weisungen zu halten.« Rodenstocks Stimme klang hohl.

»Dann hast du ein Problem mit mir«, warf ich ein. »Und du redest um das Problem herum, du eierst.«

»Leck mich doch am Arsch!«, sagte er heftig, erhob sich und ging zu seinem Wagen hinüber.

»Das habe ich bereits einem anderen Schwein versprochen!«, schrie ich.

Er wendete den Wagen, der dabei gegen das Heck meines Autos prallte. Rodenstock reagierte nicht, er gab Gas und preschte den Hügel hinunter, als würde er verfolgt.

»Blöder Beamter«, fluchte ich überflüssigerweise. Ich fühlte mich elend.

»Will dein Freund nicht hier bleiben?«, fragte Wilma hinter mir. Sie sah nun ausgesprochen hübsch aus und schien wieder etwas Mut gefasst zu haben.

»Nein, er muss erst etwas anderes erledigen. Wollen wir über diesen Driesch reden?«

»Ja«, nickte sie. »Und dann will ich zu Anna fahren und ihr helfen bei ... in ihrem Schmerz. Aber zuerst muss ich ein paar Telefonate erledigen.«

»Tu das, ich warte hier.« Ich starrte in das Tal hinunter und dachte an Rodenstock, der sich auf die Flucht begeben hatte. Irgendwo tief in mir drin hörte ich, wie eine Klarinette ein Stück von Sidney Bechet spielte – Blues vom Feinsten und irgendwie zum Kotzen.

Wilma kam wieder zu mir hinaus und setzte sich neben mich. Sie betrachtete mich eine Weile. Dann fragte sie: »Dir geht es beschissen, was?«

»Ja. Aber das geht vorbei. Erzähl mir von Jakob Driesch – was war er für ein Mann?«

»Ein ziemlich ungewöhnlicher für einen Politiker. Er hatte keine Begabung zur Lüge. Und ich weiß, wovon ich rede, ich habe nämlich eine. Er war das, was Jugendliche heute cool nennen.«

»Hast du je erlebt, dass einer seiner Gegner ausflippte, so dass er – wie hast du das genannt? – Schaum vor dem Mund hatte?«

»Nein, aber ich weiß, dass einer aus der Riege ihn hasste, richtig und regelrecht gehasst hat. Er ist Anwalt und sitzt in Roetgen. Seit zwei Legislaturperioden will er Drieschs Platz übernehmen. Er schafft es nicht, er schafft nicht mal in der Diskussion mit ihm einen Achtungserfolg.«

»Wie alt ist er?«

»Fünfunddreißig, schätze ich. Ob der jedoch so weit gehen würde, dass er schießt, das weiß ich nicht. Er heißt Ludger Bensen, Doktor Ludger Bensen. Sein Pech ist, dass er sich selbst für genial hält. Irgendwann wird ihm das das Genick brechen. Aber nun wird er zunächst doch Drieschs Nachfolger werden, das scheint mir ziemlich sicher. Der Mann ist übrigens Fachanwalt für Immobilien. Er handelt und vermittelt, vertritt vor Gericht und wird als Sachverständiger hinzugezogen.«

»Hat er irgendwie mit Waffen zu tun?«

»Weiß ich nicht. Ich nehme an, nein. Das ist so ein Weißer-Kragen-Typ, er würde schießen lassen, niemals selbst schießen.«

»Und wie kam es zu diesem Hass gegen Driesch?«

»Dieser Bensen ist ein absoluter Karrieremann, sieht weder nach rechts, noch nach links. Er hat irgendwann mit achtzehn Jahren beschlossen, in eine Partei zu gehen und Politik zu machen. Er wurde Mitglied der Jungen Union, wurde Vorsitzender, er ließ sich mit dreiundzwanzig für den Gemeinderat aufstellen, hatte Erfolg. Mit fünfundzwanzig war er Vorsitzender des Bau- und Planungsausschusses. Er hat in Bonn studiert, so ganz nebenbei, wohnte in Roetgen bei seinen Eltern. Dann heiratete er die Tochter eines sehr reichen belgischen Bauunternehmers aus Malmedy, sie haben zwei Kinder. Es ist ein Paar wie aus dem Bilderbuch, strahlend jung und schön. Sie verkehren in der besten Gesellschaft Aachens. Brunch hier, Party da, Empfang dort. Also, wenn du mich fragst, grässliche Leute. Die Frau hat mir mal auf einem Stehempfang gesagt, sie sei froh, wenn er aus dem Haus ist, und Eheleben sei gut, so lange die Dauerwelle nicht leidet. Ich frage mich, wie die zwei Kinder zeugen konnten. Und Hass? Na ja, der Mann hat versucht, Driesch mittels übler Nachrede aus der Politik zu drängen. Er hat behauptet, Driesch habe eine heimliche Geliebte. Das ist übrigens noch nicht lange her, ein Jahr oder so.«

»Und Driesch hatte keine heimliche Geliebte?«

»Nein, auf keinen Fall.« Wilma schnaufte entsetzt. »Der doch nicht, der hatte doch Anna und die Kinder. Er meinte mal zu mir, bei einer Ortsbegehung in Kalterherberg, er werde langsam misstrauisch angesichts all des Glücks in der Familie. Wenn ich mich richtig erinnere, sagte er wörtlich: Ich warte auf einen Knall.«

»Wann war das?«

»Vor einem Dreivierteljahr, aber wenn du den genauen Termin brauchst, kann ich nachgucken.«

»Nein, nein, lass mal, ich will mir nur ein Bild machen. Ich komme mit diesem so genannten Tatort nicht klar. Schließlich ist es kein Wohnzimmer, keine Straße, kein Auto, kein Parkplatz. Es ist ein Fluss mitten in einer kleinen Stadt. Kannst du das erklären?«

»Nein«, sagte sie und zündete sich eine Zigarette an. »Das ist genau das, was anscheinend auch der Kripo und den anderen, die untersuchen, das größte Rätsel ist. Niemand hat eine Idee, wie Jakob in den Fluss kam und vor allem, warum.«

»Vielleicht durch irgendeinen Hauskeller?«

»Die Sonderkommission hält das für unwahrscheinlich. Du kennst ja die Szenerie dort. Ich dachte automatisch, dass er irgendwo weit oben in den Fluss gestiegen ist. Den Zahn hat mir dieser Kischkewitz aber gezogen. Er hat gesagt, wieso soll er oberhalb der Häuserschluchten in den Fluss gegangen sein, wieso nicht unterhalb? Er kann auch gegen die Strömung gelaufen sein, das Wasser ist an den meisten Stellen sehr flach und du kannst es sogar umgehen, wenn du auf den Steinen läufst.«

»Hat man denn Geschosshülsen gefunden?«

»Nein, nicht eine. Und dann die Sache mit seinem Geldbeutel.«

»Geldbeutel? Wieso Geldbeutel? Davon stand nichts in der Zeitung.«

»Er lag mit den Beinen im Wasser, mit dem Oberkörper auf einer der für die Abwasserleitung gemauerten Flächen, in denen Kanaldeckel eingelassen sind. Die Abwasserleitung folgt nämlich genau dem Fluss. Unterhalb von Jakob, vielleicht zwanzig Meter entfernt, lag sein Geldbeutel in einem Grasbüschel. Es ist möglich, dass der Geldbeutel mit dem Wasser dorthin getrieben ist, es kann aber auch sein, dass Jakob ihn an der Stelle verloren hat, während er flussaufwärts hetzte. Aber vermutlich ist das alles nebensächlich, vermutlich hat das alles keine Bedeutung. Weißt du, was ich denke?«

»Sag es mir.«

»Er saß irgendwo. In einem Raum, auf einer Bank draußen. Dann tauchte jemand auf, von dem er sofort wusste, dass der ihn töten wollte. Er geriet in Panik und rannte los, er wusste nicht wohin. Irgendwie schaffte er es, in den Fluss zu kommen. Er rannte um sein Leben. Und er hatte keine Chance.«

»Da muss ich heftig widersprechen. Denn noch mal: Wie ist er in den Fluss gekommen? Und vor allem, warum? Nehmen wir an, deine Vorstellung ist richtig, nehmen wir an, er sah plötzlich jemanden, von dem er wusste: Der will mich töten. Er rannte los. Es gibt Hunderte Winkel und Ecken, die Stadt ist uralt. Innenhöfe, Hauseingänge, Durchlässe, schmale Steigen, Treppen; immer wieder kleine Gärten im Steilhang. Er hatte tausend Möglichkeiten, der Beschießung auszuweichen. Warum also flüchtete er in den Fluss? Der Fluss liegt drei Meter tiefer als die Stadt, an manchen Stellen mehr. Der Fluss ist der schlechteste aller Fluchtwege. Deshalb ist er vollkommen unlogisch.«

Wir schwiegen eine Weile, dann nickte sie: »Du hast Recht, der Fluss ist der schlechteste aller Wege. Aber wir können Jakob nicht mehr fragen, warum.« Sie weinte wieder.

»Hast du ihn geliebt?«

Sie nickte, musste nicht überlegen. »Auf eine gewisse Weise, ja. Es war ein sauberes Verhältnis.«

»Wie war seine finanzielle Lage? Weißt du etwas darüber?«

»Nein, wir haben das Thema kaum berührt. Ach, nur einmal, als ich wen in meinem Bett hatte, der mein Bankkonto geplündert und das Geld gebunkert hat, da habe ich mich bei ihm ausgeheult. Er hörte zu, er tröstete mich und er sagte: Wenn es hart auf hart kommt, schmeißt du ihn raus, ich gebe dir einen Scheck, du bringst deine Sachen in Ordnung und wir reden nicht mehr drüber. Das ist so beschissen an der Sache: Ich habe den besten Freund meines Lebens verloren. Und er ist nicht ersetzbar, verstehst du? Als die Sache mit Albert war, hat er mich rausgehauen. Verdammt noch mal, warum bin ich bloß so eine unsolide Frau?«

»Was war denn mit Albert? Meinst du den Albert vom Weißen Stein, der möglicherweise eine Winchester haben könnte?«

»Genau den.« Sie schwieg eine Weile. »Wenn ich dir das erzähle, Baumeister, musst du den Mund halten. Sag es niemandem, hörst du, niemandem.«

»Ich sage zu niemandem etwas, versprochen. Niemand wird es von mir erfahren. Und wenn es für Jakob Driesch ohne Bedeutung ist, brauchst du es mir auch nicht zu erzählen.«

Sie sah mich von der Seite an. »Du bist schon ein komischer Journalist, einer, der schweigt. Irgendjemand hat mal gesagt, davon kannst du doch nicht leben können.«

»Ich bin nicht an Indiskretionen interessiert. Informanten, die hintenrum flüstern, hasse ich wie die Pest. Ja, das stimmt, ich denke, wir sollten den Tag beschreiben, nicht die Farbe deiner Unterwäsche.«

Sie kicherte. »Die ist schwarz. Also, die Sache mit

dem Albert Tenhoven passierte vor drei Jahren. Er war gerade da oben am Weißen Stein in den Hof gezogen. Natürlich machte er uns alle neugierig. Wir fragten uns: Was will der da? Außer einer wilden Natur gibt es da doch nichts. Er wohnte zunächst allein dort, niemand wusste von seiner Frau und den Kindern. Abends tauchte er in unseren Kneipen auf, ein verrückter Macho, aber irgendwie liebenswert, jedenfalls ein starker Typ mit grauem Bart und Händen wie Bratpfannen. Und irgendwie befand ich mich in einer Phase, in der ich so eine Stärke brauchte. Weiß der Geier, was mich geritten hat. Das Schreckliche an mir ist, dass ich immer um die nächste Ecke gucken will. Und eine Ecke gibt es immer. Jedenfalls habe ich ihn mitgenommen. Nicht hierher, nein. Wir sind nach Nideggen gefahren, haben uns ein Hotelzimmer genommen.« Sie war ganz versunken in diese Geschichte. »Wir fingen die Geschichte an wie eine ... na ja, irgendwie wie eine geschäftliche Beziehung. Du erledigst meine Bedürfnisse, ich erledige deine. Das passte mir damals, das fand ich ganz toll. Das war so schön unverbindlich, das war genauso unverbindlich, als wenn du zu einer Nutte gehst. Es blieb nicht bei dem einen Mal. Wir fuhren nach Aachen, wir fuhren nach Heimbach, immer Hotelzimmer. Irgendwann nahm ich ihn mit in dieses Haus. Ich träumte von einer Zukunft mit ihm. Doch dann entdeckte ich, dass er verheiratet ist und Kinder hat. Na klar, wieso sollte ich auch mal Glück haben. Ich wollte ihn rauswerfen, aber er ließ sich nicht rauswerfen, er besetzte sozusagen meine Küche, grinste und blieb sitzen. Da kam Jakob Driesch, um mich abzuholen, es ging um Windräder in Ormont, um die Frage, ob wir den Windpark vergrößern sollen. Driesch fand also Tenhoven in meiner Küche. Und Tenhoven wurde sofort pampig. Auf die ganz unangenehme Art. Er brüllte rum, wieso ich mir einen zweiten Kerl holte, was denn das sollte, ob sein Pimmel vielleicht nicht ausreiche. Er verlor die Kontrolle, verstehst du? Driesch stand da und wusste überhaupt nicht, wie ihm geschah. Tenhoven schrie: Sie braucht das, Kumpel, sie braucht das. Es geht immer nur um Schwänze; Weiber sind eben so, sie werden immer so sein. Und so weiter und so fort. Richtig widerlich. Driesch kam ganz langsam zu sich. Ich konnte an seinen Augen sehen, dass er begriffen hatte, was da bei Tenhoven ablief. Auf dem Tisch stand eine volle Thermoskanne mit Kaffee. Driesch nahm sie und schmetterte sie Tenhoven auf den Kopf, einfach so und ohne Vorwarnung. Tenhoven fiel vom Stuhl, wurde aber schnell wieder lebendig und wollte auf Driesch los. Doch der nahm einen Küchenstuhl und haute Tenhoven um. Dann packte er ihn und schmiss ihn vor die Tür. Er prügelte ihn regelrecht den Berg runter. Als er zurückkehrte, sagte er nur: Lass uns fahren, wir sind spät dran.« Wilma seufzte. »Mein Gott, warum baue ich immer so einen Mist?«

»Ab da hatte Driesch einen Feind fürs Leben.«

»Ja«, nickte sie. Sie zog die Unterlippe ein und kaute darauf herum. »Ich bin so hungrig.«

»Solange du dich deswegen nicht verurteilst, ist es in Ordnung.«

»Aber diese Geschichten bringen mir nur Schwierigkeiten, Baumeister, nichts als Schwierigkeiten. Als Frau in der Eifel ist es schwer. Und als moderne Frau in der Eifel ist es manchmal nur schwer auszuhalten. Aber ich liebe das Haus und das Land ... na ja, du weißt schon.«

»Ich liebe es ja auch. Sollen wir zu Anna fahren?«

»Ja«, murmelte sie. »Ich mache nur das Haus dicht. Ich muss den Schlüssel unter die Matte legen, Schorsch von der Raiffeisenzentrale bringt mir Heizöl.« Sie stand auf und ging ins Haus.

Ich hörte, dass sie eine Nummer wählte, dass sie sagte: »Ach, Anna. Guten Tag. – Ja, meine Liebe, das ist beschissen. – Du wirst es irgendwie packen, du bist stark. Baumeister ist hier, wir wollen rüberkommen zu dir. – Wie bitte? Das ist nicht wahr! Sag, dass das nicht wahr ist ...« Nach einer langen Weile Schweigen hörte ich so etwas wie ein gehauchtes »Ja!« Dann legte sie den Hörer auf.

Als Wilma wieder in der Tür erschien, war sie weiß im Gesicht und ihre Augen waren sehr alt. Tonlos teilte sie mir mit: »Annette von Hülsdonk ist tot. Sie wurde erschossen. Sie haben sie vor zwei Stunden gefunden. Das kann doch alles nicht wahr sein!«

»Wer ist denn das?«

»Die Tochter von Manfred von Hülsdonk. Du weißt schon, der Hotel- und Kneipenbetreiber. Das glaube ich einfach nicht.«

»Kann das mit dem Tod von Driesch zusammenhängen?«

Sie starrte irgendwohin. »Wenn es zusammenhängt, dann geht es doch um Windkraft, um diese Scheißwindräder. Annette gehörte zu unserer Clique und sie war für Windräder.«

»Kannte sie Driesch?«

»Natürlich. Wer hier nicht?« Sie schüttelte den Kopf.

»Lass uns fahren. Wo ist es denn passiert?«

»In Hellenthal. Mein Gott, sie war erst siebenundzwanzig. Höchstens. Rennt da ein Irrer rum?«

Von der anschließenden Fahrt von Stadtkyll nach Hellenthal weiß ich nicht mehr viel. Ich erinnere mich, dass ich Richtung Hallschlag raste und dann erschrak, als Wilma brüllte: »Rechts hoch, rechts hoch!«

Es ist zweifellos eine der schönsten Strecken im Naturpark Nordeifel, aber ich hatte genug damit zu tun, die sowieso schnellen Kleinlaster von Handwerkern und die obligaten Steinlaster zu überholen.

»Das kann doch nicht wahr sein!«, schrie Wilma plötzlich. »Das ist doch verrückt!«

Ich kommentierte das nicht. Oberhalb von Hellenthal schossen wir auf die B 265 und etwas quietschte, weil ich zu schnell war.

Im Kreisel standen zwei Frauen und unterhielten sich. Ich stoppte den Wagen neben ihnen.

»Wo ist denn das mit der Annette passiert?«, fragte sie Wilma.

»Dort oben. Sie soll dort ausgeritten sein. Tut sie ja öfter. Hinter der Jugendherberge. Da ist auch Polizei und so was. Aber kann man nicht hin, sie haben alles abgesperrt. Sie müssen da rauf, Richtung Hollerath, dann rechts. Oben ist ein Schild. Sie soll ja sofort tot gewesen sein und ...«

Ich hatte schon wieder Gas gegeben.

Es gab einen schmalen Weg zur Jugendherberge hin, der als asphaltierter Wirtschaftsweg endete. Jetzt sahen wir sie – zwei Streifenwagen, ein dunkelblauer Kleinbus, zwei Privatfahrzeuge. Eine große Gruppe Menschen sperrte die Straße ab, davor stand ein Uniformierter. Hinter dem Uniformierten entdeckte ich Kischkewitz im Gespräch mit einem Polizeibeamten.

Ich parkte den Wagen auf dem Grasstreifen und ging mit Wilma um die Menschentraube herum. Kischkewitz bemerkte uns und winkte.

In Verlängerung des Wirtschaftsweges kreiselte eine Gruppe Männer um etwas, das auf der Straße lag. Das Etwas war schneeweiß. Die Tote trug wohl eine weiße Bluse.

»Tag, Siggi«, sagte Kischkewitz. »Ich habe gleich Zeit für euch. Moment noch.« Er sprach eindringlich auf den Uniformierten ein, der dann fortging.

»So. Wir haben noch nicht viel tun können. Eine Riesenschweinerei. Ich leite die Sonderkommission in Monschau und wollte mir das ansehen, ob das eventuell etwas mit Jakob Driesch zu tun haben könnte.« Er sah mich fragend an.

»Wilma Bruns«, stellte ich vor. »Sitzt im Landtag für die Grünen, enge Freundin von Jakob Driesch. Sie sagt, die beiden Toten verbindet die Windenergie.«

Kischkewitz nickte düster und reichte Wilma die Hand. »Wir kennen uns schon. Und Sie kannten die junge Dame da vermutlich auch?«

»O ja, schon seit Jahren.«

»Gehen Sie lieber nicht hin. Siggi, du kannst Fotos machen, aber nicht zur Veröffentlichung. Mich immer vorher fragen. Ist das klar?«

»Natürlich«, sagte ich. »Was ist hier genau passiert?«

»Ein direkter Schuss aus geringer Entfernung. 80-Gramm-Rehposten, also ziemlich schwerer Schrot. Ihr Gesicht ist so gut wie nicht mehr vorhanden. Sie war sofort tot. Nach meiner Vorstellung muss der Schütze gewusst haben, dass sie da vorne aus dem Wald herauskommen würde. Das macht sie fast jeden Tag, das weiß jeder hier. Nach Lage der Dinge hat der Schütze da vorne hinter dem kleinen Weidenbusch gelegen. Er hat sie nah rankommen lassen, er befand sich in guter Deckung. Entfernung ungefähr fünf bis sechs Meter. Jetzt entschuldigt mich, ich muss weitermachen.«

»Ich sehe mir das mal an«, sagte ich. »Wann ist es geschehen?«

»Vor rund fünf Stunden«, sagte Kischkewitz. »Heller Vormittag, elf Uhr wahrscheinlich. Sie ist ziemlich spät gefunden worden, weil niemand hier entlangfuhr. Ihr Pferd ist übrigens durchgegangen, wir haben es bisher nicht finden können. Und noch was, Siggi. Wenn dich Redaktionen anrufen, gib bitte vorerst nichts raus. Ich habe noch diese ganzen Geheimdienstler an den Hacken.« Er seufzte. »Das sind einfach schreckliche Zeitgenossen.«

Annette von Hülsdonk lag auf dem Rücken mitten auf dem Wirtschaftsweg. Rechts über ihr stand ein Fotograf und richtete eine 6 x 6-Mamiya auf einem Stativ ein.

»Das ist ja furchtbar«, hauchte Wilma hinter mir.

»Du solltest dir das nicht ansehen«, sagte ich scharf.

»Wieso nicht? Weil ich eine Frau bin?«

»Weil du ein Mensch bist«, sagte ich.

»Mein Gott, so viel Blut.«

Ich fotografierte Annette von Hülsdonk etwa zehnmal, dann kehrte ich um. Ich wollte zu meinem Auto.

Rodenstock kam mir entgegen. Er wirkte verschlossen. »Wie ist es gemacht worden?«

»Mit Schrot. Aus kurzer Entfernung.«

»Dreht da einer durch?«

»Sieht so aus«, nickte ich.

Er war schon an mir vorbei. Jetzt drehte er sich halb herum und sagte mit einer leichten Handbewegung: »Wir ... wir sollten vielleicht noch mal miteinander reden.«

»Das sollten wir. Wenn wir privat sind.«

Er nickte. Dann ging er zwei Schritte weiter, wandte sich wieder zu mir um und fragte: »Weißt du etwas?«

»Ja. Laut Wilma sollten wir wenigstens zwei Leute durchtesten. Der eine ist Rechtsanwalt in Roetgen und heißt Dr. Ludger Bensen, der andere ist ein gewisser Albert Tenhoven, Landwirt, Imker, Ökofreak oben am Weißen Stein.«

»Richtig, das sind Zielpersonen«, erwiderte er. »Doch der Anwalt hatte am Montagmorgen ein Verfahren vor dem Düsseldorfer Landgericht und übernachtete im Marriott-Hotel in Düsseldorf. Albert Tenhoven hat keinerlei Alibi für die Tatnacht, was uns aber nicht weiterhilft. Er ist nämlich seit Montagabend verschwunden. Seine Frau behauptet, sie wisse nicht, wo er sich aufhält. Ich glaube ihr nicht, aber das ist unwesentlich. Er besitzt übrigens eine 44er-Winchester, aber aus der wurde nicht geschossen.«

»Was glaubst du, wie Jakob Driesch in den Fluss gelangte?«

Er sah mich an. »Das weiß ich nicht, Baumeister. Ich gebe mir auch keine Mühe, meine Phantasie anzustrengen. Wahrscheinlich wird es hinterher eine ganz einfache Erklärung geben. «

»Das nutzt uns jetzt aber wenig.«

»Das ist richtig«, stimmte er zu. »Doch die Rur, ich meine, das Wasser ist nicht der Punkt. Sein Auto ist weg. Das ist ein Punkt. Der zweite und viel wichtigere Punkt ist: Wo war er, bevor er in das Wasser hinabstieg oder reingeschubst wurde? Er ist gegen sieben Uhr abends an dem Sonntag mit der Bemerkung weggefahren, er treffe eben mal Bekannte und sei in etwa einer Stunde wieder da. Danach ist er spurlos verschwunden. Bis jetzt ist kein Zeuge aufgetaucht, der ihn oder auch nur das Auto an diesem Abend irgendwo gesehen hat. Und das, Baumeister, macht mich verdammt nachdenklich. Getötet wurde er um vier Uhr morgens. Uns fehlen neun Stunden seines Lebens.«

Wilma kam heran und schüttelte den Kopf, dass ihre roten Haare flogen. »Das kann doch nur ein Irrer sein, so etwas tut doch kein Mensch, oder?«, flüsterte sie zu sich selbst. Erst jetzt nahm sie uns wahr. »Oh, Baumeister, du brauchst mich nicht nach Hause zu bringen. Kischkewitz lässt heimfahren. Er will noch mit mir reden.«

»Wilma Bruns«, sagte Rodenstock leise und eindringlich, »ich glaube, wir sind uns einig, dass möglicherweise die Windräder eine Rolle spielen, nicht wahr? Wenn das so ist und wenn jemand ausgeflippt ist – weshalb? Gibt es ein großes Projekt, einen neuen Windpark, an dem sich in letzter Zeit die Gemüter erhitzt haben?«

Wilma kniff die Lippen zusammen. »Das gibt es, aber es wird noch geheim gehalten.«

»Was heißt geheim?«, fragte ich sauer.

»Geheim heißt, dass es eine geheim gehaltene Studie über einen Windpark gibt, der mit einer Wahnsinnsleistung arbeiten soll. Strom für ganz Aachen, wenn ihr so wollt.«

»Eine Studie?«, lächelte Rodenstock. »Eine Studie, die geheim bleiben soll? Das ist doch wohl ein Wunschtraum. Wer hat die Studie denn in Auftrag gegeben?«

»Ein Hersteller-Konsortium, die Leute, die Windräder bauen. Teure Sache.«

»Gut«, sagte ich. »Ich nehme mal an, Jakob Driesch wusste davon, du wusstest davon, die Hersteller wussten davon, die Leute, die die Studie erstellt haben, wussten davon. Und wer, außer diesen dreißig bis vierzig Leuten und ihren unmittelbaren Mitarbeitern wusste noch davon?«

»Nur die Leute, denen das Terrain gehört, das in Frage kommt.«

»Wie viele sind das etwa?«, fragte Rodenstock freundlich.

»Sechzehn«, antwortete Wilma. »Es handelt sich um eine Waldbesitzergemeinschaft.«

»Wahrscheinlich haben die meisten Familie und diskutieren bei jedem Abendessen darüber. Wir dürften also ungefähr zweihundert bis dreihundert Leute vor uns haben, oder?« Du lieber Himmel, wann würden Politiker endlich einmal nach Intelligenz ausgewählt?

»Über wie viel Geld reden wir denn da, das investiert werden muss, bis die Windräder stehen und Strom erzeugen?«, kam Rodenstock zum Kern der Sache.

»Rund einhundertdreißig Millionen«, erklärte Wilma. Sie sah uns nicht an.

»Und was spielte Annette von Hülsdonk für eine Rolle in dem Spiel?«, wollte ich wissen.

»Na ja, sie hatte die Rolle der Safeknackerin. Wir haben ihr diesen Spitznamen gegeben. Sie ist von Haus zu Haus marschiert und hat die Besitzer überzeugt, die Waldbesitzer. Sie hat verdammt gute Arbeit geleistet, sie hat sie alle unter einen Hut gebracht, und das gilt in der Eifel als Königsschuss.«

Es herrschte Schweigen.

Wilma starrte uns an. »Warum soll einer dieser Leute, die von dem Projekt wussten, Driesch töten? Und Annette? Das ist doch verrückt.«

Rodenstock bewegte das rechte Bein. Er zeichnete mit der Spitze seines Schuhs einen Kreis. »Wenn ich das Problemfeld der Windenergie richtig verstehe, so gibt es doch heftige Gegner, oder? Nun, ohne Driesch und ohne Annette ist das Problem vom Tisch, weil die Gruppe ihre Köpfe verloren hat. Außerdem kommt die Planung an die breite Öffentlichkeit und ist damit im Eimer. Sehe ich das richtig?«

»Das könnte sein«, nickte Wilma und ihr Blick verlor sich in der Ferne. »Aber trotzdem ist das verrückt, das bringt doch alles nichts. Windräder sind nicht mehr aufzuhalten.«

»Sie, liebe Wilma, sind auf eine sanfte Weise auch verrückt«, sagte Rodenstock mild. »Sie stehen nur auf der anderen Seite des Zauns. Was, meinen Sie, könnte jetzt passieren?«

Wilma schaute ihn an, sah ihn aber gar nicht. »Sagen Sie es mir.«

»Jemand könnte sich fragen, ob es nicht sicherer wäre, auch Sie zu töten. Der Volksmund sagt: Aller guten Dinge sind drei!«

Zweites Kapitel

»Das kann nicht Ihr Ernst sein.« Wilmas Stimme brach mit einem hohen Kiekser.

»Das ist sein Ernst«, erklärte ich. »Du redest selbst dauernd davon, dass der Mörder irre sein muss. Irre verfolgen eine eigenartige Logik, aber eine, die in sich funktioniert. Also kannst du Nummer drei sein.«

Sie musterte den Asphalt zu ihren Füßen. »Ich werde mal diesen Kischkewitz fragen, was er denkt.«

»Das Gleiche«, nickte Rodenstock lächelnd. »Wann sollte denn mit dem Bau dieser Windanlage begonnen werden?«

»In zwei Jahren«, antwortete sie. »Es gibt jede Menge Auflagen. Der Wald muss gerodet werden, eine Riesenfläche. Und wahrscheinlich wird sich ein Verein auftun, der gegen die Anlage kämpft. Der Verein wird vor Gericht marschieren, wahrscheinlich wird auch der BUND vor Gericht marschieren und so weiter.«

»Und wann lohnt sich so eine Anlage, wann wirft sie Gewinn ab?«, fragte ich.

»Nach fünf bis sechs Jahren«, erwiderte sie. »Da gibt es Erfahrungen aus anderen Regionen. Nach fünf bis sechs Jahren schreibst du schwarze Zahlen, dann ist das Gröbste durchgestanden.«

»War Jakob Driesch persönlich beteiligt? Ich meine, hat er Geld in das Projekt gesteckt?« Rodenstock beobachtete den Waldrand.

»Dazu war es zu früh, das war noch gar nicht möglich.« Sie warf die Haare zurück. »Und Sie glauben wirklich, dass ich auf der Liste stehen könnte?«

»Ja«, nickte Rodenstock. »Aber besprechen Sie das mit meinem Kollegen Kischkewitz. Er wird das Notwendige veranlassen.«

Etwa hundert Leute bevölkerten die triste Szene. Ihre Köpfe ruckten wie auf einen scharfen Befehl herum, als ein schwerer Toyota Landcruiser von der Bundesstraße her mit viel zu viel Gas den schmalen Weg hochkam.

»Ihr Vater!«, sagte Wilma tonlos.

Der Mann raste auf die Zuschauer an der Absperrung zu, als wäre er ein Amokläufer.

»Lieber Himmel!«, stöhnte Rodenstock angstvoll.

Die Neugierigen spritzten zur Seite, der Wagen schlingerte ein wenig. Nun hatte es den Anschein, als käme der Mann hinter dem Steuer zu sich. Er ließ den Wagen quer in ein Stoppelfeld rollen und hielt dann. Er stieg aus und zögerte, er schwankte, er drehte sich ab, er wusste, dass er das nicht ertragen konnte.

»Abfangen!«, zischte Kischkewitz scharf.

Ein paar seiner Leute gingen dem Mann entgegen.

»Ich will sie sehen!«, sagte Manfred von Hülsdonk heiser. »Ich will Annette sehen!«

»Das geht nicht«, widersprach Kischkewitz entschieden.

»Ich ... sie ist meine Tochter«, beharrte der Mann.

»Das geht trotzdem nicht«, wiederholte Kischkewitz. »Das müssen Sie verstehen. Es ist ein Tatort. Sie müssen in gehöriger Entfernung bleiben. Sie können sie sehen, wenn wir mit der Untersuchung fertig sind.«

Der Mann stand da und strich sich über die Stirn, als verweigere sein Gehirn die Realität. »Was ist denn passiert?«

»Auf sie wurde geschossen«, sagte Kischkewitz.

»Ich war nicht hier«, stammelte Manfred von Hülsdonk. »Ich war nicht hier, ich war in Düsseldorf. Wenn ich hier gewesen wäre ...«

»Das hätte nichts geändert.« Kischkewitz' Stimme war sanft, aber eindringlich. Er machte ein paar Schritte auf Annettes Vater zu, fasste ihn am Arm und drehte ihn herum. »Sie müssen jetzt ... Doc, komm mal her.«

Ein hagerer Mann löste sich aus der Gruppe, die die Leiche umstand, und trat zu Kischkewitz.

»Bernard, mein Koffer«, verlangte der Doc. »Haben Sie irgendwelche Kreislaufschwierigkeiten oder Herzprobleme?«

»Wie bitte?« Annettes Vater starrte den Doc verwirrt an.

»Sind Sie gesund oder haben Sie gesundheitliche Probleme?«

»Ich bin gesund.«

»Na gut. Dann setzen Sie sich mal auf den Grasflecken da.« Der Arzt wirkte kühl, er wollte ein Problem aus der Welt schaffen. »Ziehen Sie das Jackett aus, ich brauche Ihren rechten Arm.«

»Ja«, murmelte von Hülsdonk verwirrt. »Sie war nicht mehr zu retten?«

»Leider nein«, sagte der Doc und kramte in seiner Tasche.

»Hat sie, ich meine, hat sie ...«

»Sie hat nicht gelitten«, gab Kischkewitz Auskunft. »Wenn Sie das meinen.«

»Ich fahre mal, ich muss noch nach Monschau«, sagte Rodenstock. Er wandte sich an mich. »Wir sehen uns.«

»Ja, gut«, sagte ich. »Ich fahre jetzt heim. Wilma, du solltest mit Kischkewitz abklären, was zu tun ist.«

»Na klar«, murmelte Wilma, »na klar.« Aber sie war nicht bei der Sache. »Also, ich glaube nicht an die Windräder als Motiv.« Sie meinte mich gar nicht, sie sprach mit sich selbst.

Darauf hatte ich keine Antwort. Ich ging zu meinem Auto und fuhr los. Plötzlich war ich todmüde und hatte nur noch den Wunsch, mich hinzulegen und einzuschlafen.

Es muss gegen sieben Uhr abends gewesen sein, als ich auf meinen Hof rollte und zufrieden feststellte, dass meine kleine Welt noch in Ordnung war. Meine drei Kater standen vor der Haustür und miauten um die Wette, drückten sich an meine Beine und taten so, als seien sie kurz davor zu verhungern.

Ich legte eine CD des Jazzgeigers Stephane Grapelli auf und ließ es ordentlich dröhnen. Wahrscheinlich habe ich gedacht, ich müsse etwas gegen die Bedrückung tun, die sich in mir breit gemacht hatte.

Auf das Tonband des Telefons hatten vier verschiedene Redakteure gesprochen, die anfragten, ob ich etwas über den Tod des Bundestagsabgeordneten Jakob Driesch machen könnte. Ich rief sie der Reihe nach zurück und sagte zu, dass ich am nächsten Tag einen Text schreiben würde.

Sonja Rheinheimer, meine Steuerberaterin aus Loogh, bemerkte auf dem Anrufbeantworter mit berechtigter Ungeduld: »Sie sollten bei mir vorbeikommen, dem Finanzamt fehlen immer noch gewisse Angaben. Und wenn die böse werden, wird das richtig teuer!« Jemand von der Firma Minninger erklärte, das Heizöl koste zurzeit soundso viel. Emma teilte mit, sie mache sich doch noch heute auf den Weg. Die nächste Aufnahme stammte wieder von Emma, die nun mitteilte, sie führe nach Absprache mit Rodenstock erst einmal in ihre Wohnung an der Mosel. Und noch einmal Emma mit dem spitzen Satz: »Ihr zwei seid wirklich wie Kinder ohne Hirn.« Zuletzt meine Bank mit dem Hinweis, mein Konto sei in beträchtliche Bodenlosigkeit gesunken.

Alles in allem fand ich also nichts Besonderes vor, entschied mich gegen jede Form von Arbeit und hockte mich oberhalb des Teiches an die Mauer im Garten. Dann geschah die Sache mit dem Wildentenpaar.

Die beiden waren den ganzen Sommer über frühmorgens und gegen Abend auf meinen Teich geflogen, hatten sich quakend wohl gefühlt und waren in der Regel eine Stunde geblieben. Sie hatten an den Algen gezupft, ein paar Blätter der Wasserpflanzen angefressen und waren dann, Schnabel im Gefieder, eingeschlafen, um sich endlich, mit kraftstrotzendem Start flach über die Mauer hinweg, wieder auf den Weg zu machen.

Ich stellte mir das sehr menschlich vor: Unten am Bach hatten sie ihre Jungen, warteten vermutlich, bis die schliefen, hatten ihnen vorher eingebläut: Seid ruhig, sonst kommt der böse Mäusebussard! Und kamen dann, um ihr Eheleben zu pflegen, zu Baumeisters Teich. Sie hatten tatsächlich vier Junge, so viel hatte ich herausfinden können.

Meine drei Kater hatten bisher nicht auf die Besuche des Vogelpaars reagiert. Hin und wieder ein schräger Blick, aber kein Angriff. An diesem Abend aber wollten sie es wissen.

Der Erpel umschwamm sein Weibchen, war äußerst liebevoll und wahrscheinlich besagte sein beständiges Schnattern: »Du siehst heute Abend wieder entzückend aus, meine Liebe!« Wahrscheinlich antwortete sie: »Du bist so fürsorglich, tatsächlich fühle ich mich scheußlich, weil meine Federn so flach liegen!« oder so was in der Art.

Derweil formierten sich meine drei Kater Satchmo, Willi und Paul. Sie bildeten das klassische Dreieck. Satchmo hatte die Aufgabe, frontal anzugreifen, Willi deckte die linke Flanke, Paul die rechte. Ich nahm an, dass Paul als der Schnellste und Hinterlistigste den direkten Schlag führen sollte. Satchmo und Willi waren ablenkende Dekoration.

Natürlich geriet ich als normaler Mitteleuropäer in eine nervenzerfetzende Krise. Sollte ich die Katzen verfluchen und verscheuchen? Oder sollte ich ihnen die Chance lassen zu gewinnen? Sollte ich die Enten verscheuchen, um sie zu retten? Baby-Enten ohne Eltern? Das klang sehr grausam, unerträglich.

Aber meine Katzen waren geborene Raufbolde und Jäger. Und irgendwie gehörten sie zur Familie und irgendwie musste ich mich solidarisch zeigen. Und wann immer ein Mensch maßgeblich in tierisches Schicksal eingreift, bekommt er eine Lektion erteilt.

Meine Katzen und das Wildentenpaar hätten sich wahrscheinlich totgelacht, wenn sie meine Gedanken hätten lesen können.

Die strategische Mitte namens Satchmo krallte also die Läufe in meinen Rasen, wackelte mit dem Arsch, um den notwendigen Halt zu gewinnen, und schoss dann raketengleich nach vorn. Der Angriff galt dem Erpel, der seine Frau abdeckte. Mit einer einzigen Bewegung seiner Ruderfüße glitt der Erpel aus der Flugbahn meines Jungkaters. Satchmo schoss mit einer geradezu irren Geschwindigkeit über den Teichrand hinaus und landete neben Frau Wildente im Wasser. Die Dame drehte gelangweilt ab, machte zwei- oder dreimal »Quak, quak«, während sich mein Kater verzweifelt bemühte, festen Boden unter die Füße zu kriegen. Etwas war schiefgegangen, er hatte das Wasser vergessen. Endlich erreichte er Boden, aber hier war schlammige Moorerde und Satchmo sackte ein und quiekte erbärmlich.

Inzwischen hatte sich Willi raffinierterweise auf die Moorerde am Rand getraut und war nur noch etwa dreißig Zentimeter von dem Erpel entfernt. Der blieb vollkommen gelassen, machte sogar ein freudig erregtes »Quak, quak« nach dem Motto: Ich heiße Detlev und wie heißt du? Dann aber glitt der Entenmann zur Seite und machte seiner Frau Platz, die mit majestätischer Ruhe heranschwamm und auf die Moorerde watschelte. Auch sie machte »Quak, quak«, aber durchaus nicht friedfertig. Sie tat einen plötzlichen Hupfer zur Seite und landete auf dem Rücken des wackeren Willi. Der duckte sich, so tief er konnte, und rutschte ab. Die Entendame hackte auf sein Genick ein und Willi begann augenblicklich wie ein Menschenbaby zu schreien. Ich war empört. Was bildeten sich diese gottserbärmlichen Enten eigentlich ein, diese miesen, watschelnden Weihnachtsbraten?

Willi entkam, indem er sich so flach wie möglich in den Modder drückte. Jetzt herrschte Krieg.

Satchmo war nun auf rettendes Gelände geraten, aber Willi steckte noch immer im Schlamm. Das Entenpaar schwamm derweil dermaßen arrogant vor meiner Mannschaft herum, dass einem elend werden konnte.

Paul, du musst uns retten!

Paul befand sich immer noch auf der rechten Flügelposition und verfiel auf einen einleuchtenden Trick. Da gab es einen Königsfarn, in dessen unmittelbarer Nachbarschaft die Erde relativ fest war. Und das Wasser unter dem Kiel der Enten war nur einen Hauch weit entfernt. Paul, da war ich ganz sicher, würde nicht den Fehler machen, ins Wasser zu gehen oder sich auf Moorerde zu verlassen. Und ich behielt Recht. Paul tat das einzig Vernünftige: Er blieb stur und bewegungslos hinter dem Farn hocken.

Willi eilte ihm zu Hilfe. Moorerde hin, Moorerde her, Willi griff an. Tatsächlich kam er auf Prankenlänge an den Erpel heran, richtete sich hoch auf und ließ sich nach vorn fallen. Ins Leere, weil der Erpel wieder elegant zur Seite geglitten war. Diesmal musste Willi schwimmen. Und das mochte er gar nicht. Er kiekste angstvoll und machte Lärm wie eine Horde Affen.

In diesem Moment sprang Paul die Mutter der Kompanie an. Er erreichte sie auch am Bürzel, wie man den Hintern nennt, erwischte einige kleine Federn, war aber weit davon entfernt, Sieger zu werden, denn die Dame machte eine kurze Drehung nach backbord und hatte ihn frontal vor sich. Die Entenfrau benutzte ihren Schnabel, als sei er ein Küchenmesser. Paul bekam eine Tracht Prügel, wie sie vollkommener nicht sein konnte.

Satchmo näherte sich erneut heldenhaft. Er wollte Paul helfen, wogegen der Erpel entschieden etwas hatte.

Mit Schaudern bemerkte ich die eigentliche Strategie der Wildenten. Hauptsache, die Kater waren im Schlamm und im Wasser. Und jetzt waren sie alle drei dort und wurden genüsslich und erbarmungslos verwalkt.

Als die Schlacht endlich vorbei war und meine drei Kater das rettende Ufer erreicht hatten, besaß die Entenmutter auch noch die Frechheit, ans Ufer zu watscheln, sich auf einen Umrandungsstein zu stellen und sich landfein zu putzen. Und der Erpel musste nicht einmal aufpassen, meine Katzen standen für irgendwelche Aktivitäten einfach nicht mehr zur Verfügung, sie hatten sich verzogen. Wahrscheinlich hockten sie irgendwo im hohen Gras und pfiffen sich eins oder murmelten: »Also, richtige Lust auf eine Prügelei hatte ich sowieso nicht!«

Katzen sind eben auch nur Menschen.

Ich marschierte ins Haus, holte mir ein paar Kissen für die Liege und richtete mich unter dem Eifelhimmel ein. Es war jetzt acht Uhr, ich wollte den Tag gemütlich ausklingen lassen, vielleicht ein wenig über Jakob Driesch nachdenken, über Annette von Hülsdonk, über Windräder, über Menschen, die vom Wind lebten, und über die, die dagegen waren, dass andere vom Wind lebten. Wieso war dieser Ökobauer namens Tenhoven verschwunden? Und wohin? Und wo war das Auto des Bundestagsabgeordneten? Rodenstock hatte Recht: Es war nicht wichtig, wie Driesch in die Rur geraten war, wir mussten herausfinden, wo er die neun Stunden verbracht hatte, bis ihn jemand tötete.

Ich entschied mich für Kischkewitz, ich musste mit meinen Überlegungen irgendwie weiterkommen, und Rodenstock mochte ich nicht sprechen. Also rief ich Kischkewitz an: »Ich störe ungern, aber ich muss stören, wenn ich mitdenken will. Was ist mit Drieschs Auto?«

»Wir haben es«, antwortete er mit einem kleinen Triumph in der Stimme. »Wir haben es gefunden. Abgeschlossen, unversehrt, kein Kratzer dran.«

»Und wo, bitte?«

»In Heidgen. Sagt dir das was?«

»Hilf mir.«

»Du kommst von Schleiden, fährst durch Höfen. Dieses Bundesgolddorf 1987, das mit den haushohen Buchenhecken. Du bist auf der B 258. Unmittelbar hinter Höfen teilt sich die Straße. Nach links geht es weiter auf die Umgehungsstraße, die rund um Monschau führt. Die B 258 biegt aber nach rechts ab und geht steil ins Tal. Landet unten am Aukloster. Mitgekommen?«

»Mitgekommen.«

»An der Stelle, wo die Umgehungsstraße beginnt und später zur B 399 wird, geht es in eine Siedlung. Kleine Neubauten. Das ist Heidgen. Die Hauptstraße dieser Siedlung heißt ebenfalls Heidgen, führt dann auf das Sträßchen Am Grindel. Und das liegt praktisch im Himmel von Monschau, also steil über der Stadt. Wenn du dort parkst, hast du drei Möglichkeiten, in die Stadt zu laufen. Über den Unteren Mühlenberg, den Oberen Mühlenberg und das Sträßchen Auf den Planken. Wenn Driesch in die Stadt hineinwollte, ohne gesehen zu werden, dann war das eine gute Parkplatzwahl.«

»Irgendwelche Spuren am Fahrzeug?«

»Die erste Untersuchung hat absolut nichts ergeben.«

»Wie geht es denn deiner Seele?«

Er zögerte. »Ehrlich gestanden, beschissen. Wir haben jede Menge mögliche Spuren, jede Menge Hinweise aus der Bevölkerung. Aber absolut nichts, was uns eine echte Spur beschert. Ich weiß immer noch nicht, was einer der bekanntesten Männer dieser Region neun Stunden lang getan hat. Wir haben nun Fotos von dem Wagen gemacht und reichen sie herum wie saures Bier.«

»Kannst du mir eins faxen?«

»Kommt sofort. Was hältst denn du von der Windenergiegeschichte?«

»Ziemlich viel«, antwortete ich. »Da steckt verdammt viel Geld drin. Europäische Gelder, Gelder des Landes, Gelder der Bundes, weiß der Himmel, viel, viel Geld. Und es gibt immer Zoff. Es gibt schon Zoff, wenn sie einen Wald abholzen müssen. Und diesmal ist es gleich ein Riesenwald und ausgerechnet in der stillen Heimat deutscher Wanderer. Verlass dich drauf, da gibt es Motive wie Sand am Meer.«

Er wurde aggressiv. »Verdammt noch mal, dann nenn mir ein einziges Motiv. Nenn es mir!«

»Also gut. Nimm mal an, ich besitze ein Stück Wald. Sagen wir zwanzigtausend Quadratmeter. Das hat normalerweise einen Wert von vierzigtausend bis einhunderttausend Mark, je nach Lage. Jetzt ist es plötzlich zweihunderttausend Mark wert, weil jemand darauf einen Windkraftpark anlegen will. Meinetwegen liegt mein Grundstück in der geplanten Mitte der Windkraftanlage. Mit anderen Worten: Wenn ich nicht verkaufe, können die das Ding nicht durchziehen. Verstanden?«

»Verstanden. Und weiter?«

»Jemand kommt zu mir und sagt: Ich möchte deinen

Wald kaufen. Ich gebe zu verstehen, dass der bereits einem anderen versprochen ist. Macht nichts, sagt der Käufer. Ich zahle das Doppelte, egal, was der andere Käufer zu zahlen bereit ist. Ich beginne zu schwanken, weil ich in diesem Fall nicht zweihunderttausend Mark bekommen kann, sondern vierhunderttausend Mark. Da sagt der Käufer: Hunderttausend von den vierhunderttausend können schwarz und cash über den Tisch gehen. Nun schwanke ich ernsthaft. Beim nächsten Treffen sagt der Käufer: Ich gehe auf eine halbe Million. Davon die Hälfte cash und ohne Quittung. Aber es muss sofort laufen, nicht in vier Wochen. Kannst du dir vorstellen, was dieser Käufer will?«

»Einfluss gewinnen auf die Anlage, politischen Einfluss.«

»Möglich. Er kann aber genauso gut der Vertreter eines bisher nicht involvierten Herstellers von Windrädern sein. Drittens: Vielleicht will er etwas nicht. Nämlich die Windenergieanlage. Er kann sie verhindern. Das hätte wiederum zur Folge, dass die Strombezieher dieser Region beim alten Stromhersteller bleiben müssen. Und noch etwas ist denkbar: Leute, die nach außen hin die Anlage begeistert begrüßen, kaufen sich heimlich ein und verhindern sie – gegen zehn oder zwanzig Prozent der Kaufsumme des gesamten Geländes – schwarz natürlich.«

»Jetzt fängt der Journalist aber an zu spinnen.«

»Es geht noch weiter«, beharrte ich. »Nehmen wir an, Driesch war pleite und die kleine Annette von Hülsdonk auch. Sie lassen sich mit einem der großen Stromerzeuger ein und sagen: Für eine Million killen wir das gesamte Windanlageprojekt. Das wäre für sie nicht schwer. Hier ein bisschen Unfrieden säen, dort ein bisschen Unfrieden. Schließlich sind sechzehn Waldbesitzer leicht gegeneinander aufzubringen, da spielen uralte Familienfehden eine Rolle.«

»Das kannst du von Driesch nicht ernsthaft glauben«, meinte er empört.

»Ich glaube es nicht, ich spiele es doch nur durch, Kischkewitz. Mir fällt noch eine Variante ein: Nehmen wir an, der Hersteller der Windräder will auf Nummer Sicher gehen. Er plant den Windpark zweimal. Einmal im schönen Deutschland und ein zweites Mal zum Beispiel im schönen Belgien, also ein paar tausend Meter weiter. Er wartet, wer ihm die besseren Bedingungen und die besseren Subventionsgelder besorgt. Oder denken wir an Wilma Bruns mit ihrem chronischen Geldmangel. Sie könnte für den Rest ihres Lebens in Saus und Braus auf Hawaii leben, wenn sie einen Windradhersteller favorisiert oder in die Pfanne haut – je nachdem, was besser bezahlt wird. Du musst dich von den tatsächlichen Menschen befreien, sieh es als Denkspiel, Kischkewitz. Motive wie Sand am Meer, weil unheimlich viel Geld im Spiel ist.«

»Ja«, sagte er etwas unglücklich, widersprach aber nicht mehr. »Das wird ja ein chaotisches Puzzle. Weißt du eigentlich irgendetwas über das private Leben dieser Annette von Hülsdonk?«

»Nicht das Geringste. Was habt ihr denn bis jetzt ausgegraben?«

»Wir sind noch dabei«, antwortete er vorsichtig. »Scheint kein Kind von Traurigkeit gewesen zu sein.«

»Das hoffe ich doch«, sagte ich knapp. »Ich komme morgen mal nach Monschau. Was machen meine Kollegen von den Medien?«

»Die saugen sich die wildesten Storys aus den Fingern und haben nicht die geringste Mühe, diese auch noch zu verkaufen.«

»Da gibt es doch in Roetgen diesen Rechtsanwalt, diesen ...«

»Doktor Ludger Bensen. Unangenehmer Typ. So viel Arroganz auf einmal lässt mich am Abendland zweifeln. Es ist aber nicht sichtbar, dass er irgendwie drinhängt. Wir haben ein Riesenfeuer unter seinem Arsch entzündet, aber leider ist da nichts. Er hätte allerdings gepasst wie die Faust aufs Auge.«

»Er hat einmal das Gerücht in die Welt gesetzt, Jakob Driesch habe eine Geliebte.«

»Das weiß ich längst, Baumeister. Aber er behauptet, er hätte das nur mal aufs Blaue angetippt, weil er so sauer auf Driesch war. Driesch war Bensens Karrierestopp. Na ja, dafür hat er jetzt freie Fahrt und wir bekommen einen Christlichen in Berlin, der sich dauernd selbst feiert. Noch was, mein Lieber?«

»Danke, mir reicht das erst einmal. Und viel Glück für dich.«

»Das werde ich brauchen«, ahnte er düster. »Und falls du etwas herausfindest, was wichtig ist, erinnere dich an mich.«

»Ich werde mit dir teilen«, sicherte ich ihm zu.

»Das weiß ich«, sagte er einfach.

Plötzlich viel mir doch noch etwas ein: »Wo ist denn diese Windanlage eigentlich projektiert worden? Ich wollte Wilma Bruns danach fragen, habe es aber vergessen.«

»In Hollerath an der B 265«, erklärte Kischkewitz. »Kurz vor dem Weißen Stein, kurz vor dem Losheimer Graben. Und ich kann die Gegner verstehen. Da habe ich früher Wanderungen mit meiner Frau gemacht, dort habe ich sie gefragt, ob sie mich heiraten will, und vermutlich haben wir da meine älteste Tochter gezeugt. Du siehst, ich bin ein echter Eifler, ich war wirklich im Heu.« Er lachte.

»Moment mal, in der Gegend ist doch auch der Tenhoven zu Hause, der verschwundene Ökobauer.«

»Richtig. Aber das eine muss mit dem anderen nichts zu tun haben. Na ja, ich muss weitermachen.«

»Mach es gut«, sagte ich.

Wer konnte etwas von Annette von Hülsdonk wissen? Wer wohnte in der Nähe, zu wem hatte ich einen guten Draht? Jürgen Hermann Buch, Journalist, die gleiche Altersklasse wie Annette ... Okay, also der.

Er war nicht in seinem Haus in Stadtkyll, seine Frau sagte etwas belegt: »Er ist wieder mal nicht da.« Dann wurde sie zuversichtlicher. »Ich nehme aber an, dass er in der nächsten halben Stunde kommt. Er wird dich anrufen.«

Er rief nach sechzig Sekunden an und erklärte lapidar: »Ich war zu Hause, aber meine Frau hatte mich noch nicht auf der Anwesenheitsliste. Was kann ich für dich tun?«

»Annette von Hülsdonk.«

Er atmete scharf ein. »Mit der habe ich den ganzen Tag verbracht. Die Redaktion in Trier hat beschlossen, dass wir morgen eine ganze Doppelseite ausschließlich über Driesch und von Hülsdonk machen. Ich habe Fotos von ihr gesehen. Mein lieber Mann!«

»Ich sah das Original. Aber ich weiß nichts von ihr, gar nichts. Was hat sie so getrieben, als sie noch lebte?«

»Gute Frage. Was trieb sie so?« Er schnaufte tief. »Ich würde mal sagen, sie war kein Kind von Traurigkeit. Eine ausgesprochen lustige Person.«

»Das hörte ich heute schon einmal, aber das reicht mir nicht.«

»Das kann ich verstehen. Für wen willst du das? Für Hamburg, für München?«

»Nee, nee, das weiß ich noch nicht. Kann sein, dass ich mal ein Buch mache, kann sein, dass ich für Hamburg was mache. Auf keinen Fall etwas Schnelles. Also, keine Sorge. «

»Ich habe keine Sorge«, erwiderte er. »Ich dachte nur, ich kann mich darauf einstellen. Kannst du das Gespräch mitschneiden?«

»Kann ich.«

»Dann los. Ich richte mich hier nach meinen Notizen. Also, sie war siebenundzwanzig, als sie heute Morgen starb. Sie war so eine Art bunter Vogel. Das hat jetzt bei mir keine moralischen Qualitäten, sondern ist eher eine sympathische Beschreibung, wenn du verstehst, was ich meine.«

»Wo wurde sie geboren?«

»Hier in Hellenthal. Ihre Mutter ist vor sechs Jahren gestorben. Krebs. Das war eine tragische Sache. Annette brach ihre Ausbildung ab und kam nach Hause zu ihrem Vater zurück. Daran erkennt man, was für ein Mensch sie war. Sie war ein echtes Eifelkind. Sie war mit den hiesigen Gleichaltrigen immer verbunden, war keine Einzelgängerin und ziemlich wild. Ich glaube, die hat ihren Eltern manches graue Haar verpasst.« Er lachte leise. »Ich kann mich an die Zeit erinnern, als wir alle so sechzehn bis achtzehn waren, kurz vor dem Abi. Es gab, glaube ich, keinen im Dreieck Blankenheim, Schleiden, Prüm, der nicht davon träumte, mit dem Mädchen ins Heu zu gehen. Mich eingeschlossen. Und wahrscheinlich hatten die Aachener Gymnasiasten den gleichen Wunschtraum.« Er wurde in der Erinnerung fröhlich. »Die hat die ganze Nordeifel aufgemischt und wir entwickelten eine Art Sport. Der Sport hieß: ›Gehen wir bei Manni ein Bier trinken‹. Als ich das heute Morgen hörte, war ich also persönlich betroffen. Scheiße!« Er machte eine Pause.

»Ich will dich nicht quälen, aber war sie hübsch?«

»Ja, war sie. Sehr sogar. Sie war so eine Mischung aus Romy Schneider und Audrey Hepburn, wenn du weißt, was ich meine. Eine Seite romantisches, edles Mädchen, die andere Seite eine vom Lande, deftig, richtig schön. Ich glaube, das, was uns vor allem anmachte, war ihre Figur. Irgendwie war sie ein Traum. Und sie konnte so herrlich lachen.«

»Was war das jetzt mit dem Biertrinken?«

»Ach so, ja. Also, ihr Vater heißt Manfred von Hülsdonk. Und der hat eine richtig schöne alte Kneipe. Unten am Kreisverkehr in Hellenthal. Etwas weiter zurück liegt im Übrigen sein Hotel. Jedenfalls half Annette manchmal in der Kneipe aus. Deswegen gingen wir bei Manni ein Bier trinken. Oft war es dann so, dass ich mein ganzes Monatstaschengeld an zwei Abenden in Mannis Kneipe ließ und Annette noch nicht einmal gesehen hatte, weil sie gar nicht auftauchte.« Er lachte. »Das Schwierigste war, überhaupt nach Hellenthal zu kommen. Damals war es noch nicht normal, ein Moped zu haben. Wir sind per Anhalter angereist, manchmal mit einem Kumpel, der schon den Führerschein hatte, manchmal aber auch zu Fuß über Neuhaus und Udenbreth. Ich sage dir, die hat die Eifeler Jugend wirklich in Bewegung gebracht.«

»Und wer hat sie letztlich gekriegt?«

»Das ist ja das Verrückte: Keiner!«

»Das gibt's doch gar nicht!«

»Doch, das gibt es. Niemand hatte sie. Außer dem irren Bastian. Aber der zählt ja nicht.«

»Wer ist das nun schon wieder?«

»Bastian heißt eigentlich Sebastian, ist der Sohn eines Installateurs. Ist als Vierzehnjähriger in einem Neubau zwei Stockwerke tief gefallen. Irgendwas in seinem Kopf ist seitdem kaputt. Er hat einen Schaden, nicht schlimm, aber deutlich. Und ausgerechnet er wurde Annettes wirklicher Freund. Ich weiß natürlich nicht, ob sie miteinander geschlafen haben – fast würde ich annehmen: nein. Aber er wurde über die Jahre ihr Vertrauter. Was immer sie ihm sagte, er tat es; was immer sie wollte, er besorgte es; was immer sie plante, er richtete es ein, dass alles klappte. Er hat einen Sprachfehler und eine leichte Lähmung auf der linken Seite, aber sonst ist er körperlich topfit. Er hat das Aussehen eines Engels und er kann niemandem ein

Haar krümmen, sagen die Leute. Doch ich befürchte, wenn er erfährt, dass seine Annette tot ist, wird er ausrasten.«

»Sag mal, das alles hast du in deiner Zeitung verarbeitet?« Ich war verblüfft. Das war die Erzählung eines Freundes, nicht der Bericht eines Journalisten.

»Nichts von dem«, murmelte er. »Ich habe dem *Trierischen Volksfreund* einen sanften Essay hingelegt, etwas zum Nachdenken. Was sollte ich auch sonst tun? Ich weiß eben zu viel, ich war dabei.«

»Kannst du dir einen Grund vorstellen, warum sie jemand erschossen hat?«

»Ja und nein«, sagte er tonlos. Dann wiederholte er es langsam, fast genüsslich. »Ja und nein.«

Wir schwiegen eine Weile, bis ich fragte: »Sie hat doch das Leben geliebt, oder?«

»Hat sie«, bestätigte er.

»Dann ist es unvorstellbar, dass sie sich auf niemanden einließ, dass sie keinen Freund hatte.«

»So war sie eben. Und ich hab ja auch nicht behauptet, dass sie sich auf niemanden einließ. Sie meinte mal zu mir, in der Eifel würde zu viel geredet, zu viele Gerüchte. Und ihre Ausbildung hat sie ja im Ausland gemacht und dort hatte sie Freunde und manchmal auch einen Mann fürs Bett. Ein komisches Mädchen, vielleicht, oder ein seltenes Mädchen. In der Eifel fange ich nichts an, sagte sie immer. Und ich habe selbst die Sache in Wales erlebt. Das war herb.« Er überlegte. »Du wirst eh nachfragen, also erzähle ich es dir gleich. Wir sind vom Verein aus nach Großbritannien gefahren. Gemütliche Tour über vierzehn Tage. Die Küsten abgetingelt. Ich weiß nicht mehr, wie das Städtchen hieß, aber es gab dort ein edles Hotel. Und da arbeitete unsere Annette im Empfang. Ich habe sie nicht wieder erkannt, jedenfalls nicht auf den ersten Blick. Offenes, langes Haar, ein Ausschnitt, dass dir die Augen übergingen, ein Rock, der nicht mal für den Arsch reichte. Ein ganz anderer Mensch. Und sie genoss es, angestarrt zu werden. Eindeutig hatte sie was mit mindestens zwei Kellnern. Komisch, es hat mich irgendwie enttäuscht. Sie wirkte billig, nicht mehr so ... so souverän, wenn du verstehst, was ich meine. Wenn sie uns in der Lobby etwas servierte, beugte sie sich so weit vor, dass man ihren Slip würdigen konnte. Irgendwie, na ja, das war nicht mehr unsere Annette.«

»Und was sagte Bastian zu dieser Annette?«

»Ich denke, er hat sie nie so erlebt. Und als sie nach dem Tod der Mutter zurückkehrte, war sie wieder die alte Annette. Zurückhaltend, seriös und so weiter. Und sie verfolgte ihren alten Plan.«

»Was war das?«

»Ein Hotel. Sie wollte immer ein eigenes Hotel haben. Sie sagte: Ich will ein Hotel, in dem sich Verliebte verkriechen können. Keine Namen, nur Zimmernummern und endlos Luxus. Ihr Vater wollte ihr dabei helfen. Das weiß ich sicher.«

»Du kannst dir ja und nein vorstellen, dass jemand sie erschießt. Kannst du das näher erklären?«

»Tja, in ihrem Privatleben sehe ich wirklich keinen Grund. Aber bei den Windrädern fallen mir gleich mehrere ein. Es gibt Leute, die sind auf hundertachtzig, wenn sie nur das Wort Windkraft hören. Und nun kommt Annette daher, plant eine Rodung und mindestens vierzig Windräder. Und sie zieht die Waldbesitzer auf ihre Seite. Das muss Hass erzeugen.«

»Du meinst also, dass jemand, der Natur pur will und alles, was nicht dazugehört, hasst, sie erschossen haben könnte?«

»Richtig, das nehme ich an.«

»Wie viele Leute kämen da denn in Frage?«

»Mindestens ein Dutzend. Und das sind nur die, die mir sofort einfallen. Es gibt nun mal Leute, die sich als

Naturschützer ausgeben und dabei so fanatisch sind, dass sie ... na ja, dass sie über Leichen gehen.«

»Noch was anderes: Kanntest du Jakob Driesch? – Blöde Frage. Wie gut kanntest du Driesch?«

»Wir waren Freunde. Schon lange. Ich habe mich immer geweigert, über ihn zu schreiben. Jetzt muss ich eine Doppelseite über seinen und Annettes Tod machen. Ganz schöne Sauerei, elitäre Sauerei.« Er schwieg eine Weile. »Da ist etwas ... Das wird sowieso rauskommen, aber das wird Driesch schwer belasten. Ich will, dass du das weißt.«

»Das ist ja sehr nett«, entgegnete ich unsicher. »Aber behalt es doch für dich, wenn es so brisant ist.«

Er schwieg wieder, ich hörte, dass er sich eine Zigarette anzündete und mehrere Male heftig und wild »Scheiße!« sagte. »Bist du noch da, Siggi?«

»Natürlich. Also, was ist los?«

»Jakob war vor acht Monaten auf Mallorca. Allein. Er hat dort eine Finca gekauft, so ein mallorquinisches Bauernhaus mit ein paar tausend Quadratmeter Grund drum herum. Er hat bar gezahlt, Siggi. Eine Million Mark in bar.«

»Und? Woher kam das Geld? War das irgendwie illegal?«

»Ich kenne ihn, er war nicht käuflich. Ich habe das nur durch einen saublöden Zufall mitbekommen.«

»Erzähl!«

»Ich war in seiner Sprechstunde. Rein beruflich. Ich wollte wissen, welche öffentlichen Projekte von der EU gefördert werden und wie man an die Gelder kommt. Darin war er Spezialist. Er hatte unten in Schleiden in der kleinen Fußgängerzone ein Büro im ersten Stock. Ich war also da und er hatte Zeit für mich. Wir redeten miteinander, da schellte es. Der Postbote brachte ein dickes Kuvert, eingeschrieben. Aus Spanien, von einem Notar auf Mallorca. Driesch sollte irgendwelche

Dokumente unterschreiben und sagte zu dem Postboten: Du kannst warten, das tüten wir gleich wieder ein. Ich hockte da und wartete, während er die Dokumente abzeichnete. Er tütete sie wieder ein, adressierte den Umschlag, klebte Briefmarken drauf. Dann wollte er das Ding zukleben, dabei rutschte ihm der ganze Papierkram aus dem Kuvert. Ich bückte mich und hob das Zeug auf. Die Geschichte war eindeutig, denn es gab zu jeder Seite eine deutsche Übersetzung. Kauf eines Hauses in Sowieso auf Mallorca/Spanien. Vielleicht wollte Driesch das Haus ja Anna schenken, wahrscheinlich war das eine stinknormale Sache. Doch da gab es ein Blatt mit vier Zeilen, auf Spanisch und auf Deutsch. Wir bestätigen, hieß es da, den Betrag von DM 1.000.000,- erhalten zu haben. Unterschrift Dr. Sowieso. Driesch war blass geworden und bat: Schweig bitte darüber. Das ist für ganz schlimme Zeiten. Und er wiederholte die Bitte, als wir später unten im Café saßen und einen Kaffee tranken. Das war etwas komisch, denn er hätte wissen müssen, dass ich nie über so etwas rede. Zu niemandem. Und wahrscheinlich hat das ja auch nichts zu bedeuten.«

»Aber du hast ein mieses Gefühl dabei, stimmt's?«

»Ja, das habe ich. Todsicher wird jemand aus unserer Branche auf die Idee kommen, zu behaupten, Driesch habe sich bestechen lassen. Glaubst du das nicht auch?«

»Darauf kannst du dich verlassen. Warum hat er so einen Blödsinn gemacht?«

»Ich vermute, weil der Verkäufer Bargeld haben wollte. Und weil Driesch so den Preis drücken konnte. Aber das ist wahr: Wieso baut er plötzlich so einen riskanten Scheiß? Er hätte doch wissen müssen, dass er sich damit verdächtig macht.«

»Weiß sonst noch jemand davon?«

»Nein, glaube ich nicht. Aber die Sonderkommission

wird es natürlich entdecken, und geheim halten können sie es nicht. Mein Gott, wenn ich an seine Frau denke, wird mir ganz schlecht.«

»Wie sind überhaupt die finanziellen Verhältnisse der Familie?«

Er antwortete, ohne zu zögern. »Solide.«

»Ich hoffe, wir können die Mallorca-Story zu seinen Gunsten recherchieren. Kann ich mich melden, falls ich noch Fragen habe?«

»Natürlich«, versicherte er. »Jederzeit.«

»Und ich muss dich darauf aufmerksam machen, dass ich die Sache mit der Million weitergeben muss. Erstens an meinen Freund Rodenstock, der ehemaliger Kripomann ist und jetzt für den Bundesnachrichtendienst die Untersuchung beobachtet. Und zweitens an Kischkewitz, den du ja kennst. Ich garantiere, dass die mit diesem Wissen vorsichtig umgehen werden. Doch je eher die davon wissen, desto schneller bekommen wir Klarheit. Einverstanden?«

»Einverstanden«, antwortete er und legte auf.

Ich erlebte das nicht zum ersten Mal, dass Journalisten ganz persönlich in ein Kaleidoskop aus Gefühlen verstrickt waren, die sie beim Schreiben einer Geschichte störten. Die meisten versuchten es trotzdem und scheiterten – auch mir selbst war das passiert. Buch hatte einen guten Weg gefunden, er hatte um Hilfe gebeten und sein Wissen einfach weitergegeben.

Ich legte eine CD auf, die in der letzten Zeit mein Favorit war: ›The streets of New Orleans‹. Das war einfach fröhliche Musik, wenngleich ich Fröhlichkeit nicht suchte. Ich stopfte mir die Spitfire von Lorenzo und schmauchte vor mich hin.

Der Abend war gekommen, das Licht ein wenig dunstig, die Hitze des Tages wich allmählich. Ich schlurfte im Haus herum, gab den Katzen etwas zu fressen, hockte mich wieder an den Teich und entdeckte sieben oder acht winzige Goldfische im Flachwasser, nicht einmal einen halben Zentimeter lang. Eine große blaue Königslibelle zog ihre schnellen Kreise, setzte sich auf den alten Baumstumpf im Wasser, bohrte scheinbar den Hinterleib in eine Holzfalte und bildete einen prächtig schillernden Bogen. Zwei Mauersegler stürzten vom Kirchturm her auf die Wasserfläche hinab, glitten darüber hinweg, nahmen einen Schnabel voll Wasser auf und verschwanden wieder. Die beiden fetten Koikarpfen knabberten an der Englischen Minze herum, die in voller, malvenfarbener Blüte stand. Dann jagten sich die Fische um einen Busch wilden Reis, verschwanden in der Tiefe, um irgendwo aufzutauchen und die Jagd von vorn zu beginnen. Und die Goldbrasse dackelte gemächlich hinterher wie ein Gouvernante.

In der Luft lag ein Hauch von Herbst, ein Hauch jener Jahreszeit, die in der Eifel am schönsten ist, weil alle Farben dieser Welt auftauchen, leuchten und dann vergehen, wenn die Natur sich schlafen legt. Wahrscheinlich würde am nächsten Morgen Tau auf dem Gras liegen und in den scharf eingeschnittenen Tälern würde Nebel wie ein Tuch das Land bedecken. O Herr, der Sommer war sehr groß. Hätte irgendjemand gesagt, in dieser Nacht würde etwas Entscheidendes geschehen, hätte ich mit Sicherheit gegrinst und keinen Gedanken daran verschwendet. Nein, ich war nicht im Geringsten vorbereitet, die Ankunft einer Katastrophe erschien mir gänzlich unmöglich.

Gegen 23 Uhr war es dunkel und ich wollte ins Haus zurückgehen, um noch einige Passagen einer Reportage zu korrigieren. Doch das Handy fiepste, und ehe ich das Gespräch angenommen hatte, war ich mir sicher, dass es Emma war.

»Hör mal, ihr müsst miteinander reden. Rodenstock hat es nicht so gemeint, er misstraut dir nicht, im Gegenteil. Und du weißt das. Jetzt hockt er hier und es geht ihm beschissen.«

»Ich kann nichts dafür. Es war wie eine Ohrfeige für mich, es ist noch immer so. Er hat zwei Tage recherchiert, ohne ein Wort zu sagen, er hat anderen versprochen, mich nicht einzubinden. Verdammte Hacke, Emma, warum hat er den Arschlöchern beim Bundesnachrichtendienst nicht deutlich gemacht, dass ich nicht einfach drauflos veröffentliche? Warum akzeptiert er, dass der BND aus mir einen Unsicherheitsfaktor macht?«

»Er wollte die Leute schnell loswerden. Das war alles.«

»Das war nicht alles, das stimmt so nicht. Er hat recherchiert.«

»Du bist eifersüchtig, Baumeister.«

»Das bin ich nicht. Und du solltest nicht als Kuppelmutter fungieren, das passt nicht zu dir.«

»Ihr seid wie Kinder.«

»Das ist ja sehr hilfreich!«, höhnte ich. »Erst schaltet er mich weg wie ein Relais, und dann muss ich mir anhören, er habe das alles nicht so gemeint. Scheiße, verbiege doch nicht die Wahrheit.«

»Du machst dir etwas nicht bewusst, Baumeister. Du solltest mir zuhören. Und unterbrich mich nicht, ich erzähle das nicht zweimal. Rodenstock hat mal gesagt, dass er es furchtbar findet, ganz langsam im Morast des Altseins zu versacken. Und die Dinge, die wir mit dir treiben, sind sein Leben, ein sehr lebendiges Leben. Wir sind doch in deinem Haus mehr zu Hause als hier an der Mosel. Wir sind doch so was wie eine Familie ...«

»Und in der Familie, die ich meine, verlässt man sich aufeinander!«, brüllte ich. »Ach, verdammt, entschuldige, ich hab dich unterbrochen. Mach schon weiter.«

»Rodenstock hat immer davon geträumt, dass sich irgendwer noch einmal sich an sein Gehirn erinnert. Jetzt stirbt dieser Driesch und was geschieht? Jemand erinnert sich an Rodenstocks Gehirn. Genauer gesagt, der Chef des BND erinnert sich daran. Du kannst dir nicht vorstellen, wie aufgeregt Rodenstock war. Da ruft der BND-Chef an und sagt: Ich brauche dich! Weißt du, was passiert ist? Er hat mich mitten aus einer Vorlesung herausholen lassen, in der FBI-Akademie. Rodenstock sagte: Es ist passiert, Liebling, sie brauchen mich. Das war viel mehr wert als Orden und Ehrenzeichen, das war absolut die Krönung seines Lebens. Und als sie verlangten, lassen Sie den Baumeister aus dem Spiel, hat er jawoll gesagt, weil ihm in diesen Sekunden alles scheißegal war. Du, ich, alles war ihm scheißegal. Jemand hatte sich an ihn erinnert, jemand hatte gesagt: Ich brauche dich! Was verlangst du von Rodenstock, Baumeister? Ständige menschliche Perfektion auf höchstem moralischen und ethischen Standard? Bist du verrückt? Bist du der liebe Gott? Nun hockt er da in diesem schäbigen kleinen Garten und möchte es dir erklären, aber er findet die Worte nicht.«

»Und wie soll das jetzt, bitte schön, weitergehen?« Ich war immer noch zutiefst sauer.

»Redet miteinander, räumt das aus. Und geht an die Arbeit. Kischkewitz braucht euch doch auch, er kann jeden gebrauchen.«

Ich überlegte eine Weile. »Sag Rodenstock, wir sehen uns morgen früh. Entweder hier oder bei euch. Und sag ihm noch etwas: Jakob Driesch ist vor ein paar Monaten nach Mallorca geflogen und hat ein spanisches Bauernhaus gekauft. Für eine Million Mark, die er bar auf den Tisch gelegt hat.«

»Das ist nicht wahr!«

»Doch, das ist es. Und Rodenstock soll das auch an Kischkewitz weitergeben.«

»Bist du dir im Klaren darüber, dass das ein Motiv sein kann?«, fragte sie etwas schrill.

»Das habe sogar ich verstanden«, erwiderte ich arrogant. »Wenn ihm jemand eine Million zusteckte, zum Beispiel damit seine Windräder platziert werden, dann musste dieser Jemand Driesch töten, als er erfuhr, dass Driesch mit den Geldkoffern nach Mallorca geflogen ist. So einfach kann das sein.«

»Bleib mal dran, ich hole Rodenstock.«

»Nein, bitte nicht. Ich kann das jetzt nicht, ich brauche eine Pause.«

»Gut, ich erzähle ihm alles. Und ich sage ihm, dass du verstehst, was da bei ihm abgelaufen ist.«

»Du bist ein Gauner!«, schimpfte ich und unterbrach die Verbindung.

Endlich ging ich ins Haus, schaltete den Computer ein, stopfte ein paar Pfeifen, bereitete mir einen Tee und begann mit der Arbeit. Später rekonstruierten wir mit Hilfe des Computers, dass es exakt um 1.23 Uhr begann. Wie beschreibt man eine Katastrophe?

Ich versuchte gerade, einen Satz in zwei Sätze zu teilen, um den Gedanken verständlicher zu machen, als ich plötzlich im Dunkeln saß. Der Computer knackte, der Rechner gab einen Seufzer von sich. Heute erinnere ich mich, dass ein oder zwei Minuten vorher alle drei Katzen, die hinter mir im Zimmer auf dem Teppich gelegen hatten, blitzschnell verschwunden waren.

Ich saß also im Dunkeln und stand auf. Von irgendwoher kam ein Lichtschimmer. Ich tastete mich vorsichtig aus dem Raum durch die offene Tür in das Treppenhaus. Der Lichtschimmer kam von unten. Ich ging die Treppe hinunter. Merkwürdigerweise brannte in der Küche noch Licht.

Dann hörte ich ein leises Knallen, das immer heftiger wurde. Und ich roch den Rauch. Automatisch dachte ich: Da brennt etwas auf dem Dachboden, nahm einen Plastikeimer und ließ ihn voll Wasser laufen. Mit dem Eimer in der Hand lief ich die Treppe wieder hoch. Ich öffnete die Tür zum Dachboden und versuchte, das Licht einzuschalten. Es funktionierte nicht.

Etwa zwei Meter vor mir brannte auf dem Fußboden ein kleines, lustig flackerndes Feuer. Ich goss das Wasser darauf. Eine Wolke stinkenden Qualms erwischte mich und ich bekam keine Luft mehr. Taumelnd bewegte ich mich zurück in die Richtung, in der ich die Tür vermutete. Ich ertastete den neu eingebauten Schaltkasten des Hauses, dann den Türrahmen. Und als ich mich herumdrehte, sah ich, dass hoch über mir der Firstbalken brannte – lichterloh.

Intuitiv rannte ich hinunter, so schnell das in der Dunkelheit möglich war. Nun war auch in der Küche das Licht aus. Ich weiß nicht mehr genau, ob ich erst nach links zu Andrea und Günther Froom rannte oder nach rechts zu Maria und Rudi Latten. Ich weiß nur, ich klopfte an beide Fenster und Türen und schrie: »Ich brauche die Feuerwehr!«

Noch eines ist mir deutlich in Erinnerung geblieben: Ich nahm das alles nicht sonderlich ernst. Das würde irgendwie in den Griff zu kriegen sein. Katastrophen treffen bekanntlich immer nur andere Menschen, niemals einen selbst.

Ich lief wieder zurück ins Haus. Mein Verhalten folgte keinen Überlegungen. Weder wollte ich den Computer herausholen, was angesichts der gespeicherten Texte wirklich vernünftig gewesen wäre, noch wollte ich irgendwelche wichtigen Unterlagen und Papiere retten. Tage später habe ich mit meinen Freunden diskutiert, was man in so einem Fall wirklich in Sicherheit bringen muss. Sie wussten es genauso wenig wie ich. »Man schafft die Kinder raus. Der Rest ist scheißegal«, sagte Günther kurz angebunden.

Da erschienen junge Männer in Feuerwehruniformen im Flur und auf der Treppe. Jemand sagte: »Auf den Dachboden kommen wir nicht mehr.« Ein anderer legte mir eine Hand auf die Schulter und fragte: »Was muss raus? Schnell!« Ich konnte nicht antworten. Dann war ein älterer Mann an meiner Seite, der ganz gemütlich wie bei einem Kaffeeklatsch sagte: »Also, Jung, nun musst du hier aber mal raus und uns machen lassen.« Männer kamen an mir vorbei, die etwas trugen. Computerteile, einen Arm voll Aktenordner, Bücher. Als würde ich aus einer Ohnmacht erwachen, nahm ich nun neben dem Knallen des Feuers auch das Rauschen des Wassers wahr, das durch die schweren Rohre der Feuerwehren gepumpt wurde. »Wir haben höchstens noch fünf Minuten«, rief jemand. »Dann ist zappenduster.«

Ich ging auf den Hof und stellte mich zu den anderen Zuschauern. Es war immer noch so, als ginge mich das Ganze nichts an. Ich dachte hilflos: Das kriege ich in den Griff.

Wir starrten auf das Dach und beobachteten, wie die Glut sich wie eine Blase hochblähte, wie zwischen den Dachpfannen grellrote Flammen sichtbar wurden. Einer meiner Nachbarn sagte: »Das schafft keine Feuerwehr!«

Von den folgenden vier Stunden, in denen wohl an die fünfzig Feuerwehrmänner mit Kran und schwerem Gerät ein scheinbares Durcheinander schufen, blieben nur bestimmte Sekunden haften. Wortfetzen, ein Fluch, der Ruf nach Wasser, Befehle, die ich nicht verstand. Ich hatte das Gefühl, auf einer Insel zu stehen und zu niemandem zu gehören. Langsam kroch Entsetzen in meine Seele, machte sich breit wie eine Kältewelle.

»Andreas Haus können wir retten!«, hörte ich jemanden zuversichtlich sagen. »Baumeisters Haus ist im Eimer.«

Dann bemerkte ich Udo Froom. Es war sein Vaterhaus, das da verbrannte, das Haus seines Lebens. Seine Frau Doro hielt seine Hand.

Der Arzt Detlef Horch, der als Notarzt des Deutschen Roten Kreuzes mit einem Krankenwagen hergekommen war, sprach mich an: »Komisch. Heute Mittag wollte ich dich noch besuchen, um ein Schwätzchen zu halten. Und jetzt das.« Dabei legte er den Arm um meine Schulter. Daran kann ich mich sehr gut erinnern. Das half.

Mehr als hundert Zuschauer hatten sich eingefunden. Das ganze Dorf stand da. Ein Mann nippte gemütlich an einem Glas mit Wodka, und eine Frau jubelte: »Das ist ja viel schöner als fernsehen.«

Eine alte Frau, deren Namen ich nicht kannte und die sich einen schweren Mantel um die Schultern gehängt hatte, machte ebenfalls einen belustigten Eindruck. »Da schläfst du drüber und dann baust du es wieder auf. Ist ja nichts passiert.«

Irgendwann begann ich zu frieren und wollte ins Haus gehen, um mir einen Pullover zu holen. Da fiel mir ein: Pullover habe ich keine mehr.

Langsam kam der Tag, der Schimmer im Osten war kitschig rosa. Ich hatte keine Pfeife und keinen Tabak eingesteckt, ich pumpte mir eine Zigarette von einem Feuerwehrmann, der gerade eine Pause machte.

»Das Haus ist hinüber«, erklärte er ruhig. »Die Decken müssen raus, du musst das ganze Ding entkernen. Du musst dir eine Wohnung suchen. Das dauert bestimmt ein Jahr, bis das wieder steht. Sei froh, dass du nicht geschlafen hast. Da wärst du kaum rausgekommen.«

»Ja«, nickte ich.

Ein junger Feuerwehrmann trat zu uns: »Siggi, da vorne sind die Bullen. Die wollen mit dir reden.«

Sie saßen in grellgelben Schutzanzügen im hinteren

Bereich eines Löschfahrzeuges. Der Mann, der mich verhörte, war jung. Er sah mich an und sprach zu mir, als wäre ich ein verwirrter Insasse eines Altenheims. »Erzählen Sie mir doch mal, wie das war.«

»Ich habe es nicht angezündet«, murmelte ich.

Es dauerte eine halbe Stunde, ich wusste nicht viel zu erzählen. Der Polizist schrieb eifrig mit und entließ mich dann. »Wir kommen wieder auf Sie zu.«

Es war mir von Herzen scheißegal.

Ich schaute auf die Szenerie, als sei sie mir fremd, nicht ein Teil von mir. Die Löschfahrzeuge, der Kran, die erschöpften Feuerwehrleute, das immer noch brennende Haus, die kreisenden Blaulichter, die vielen Zuschauer. Ich dachte flüchtig, dass ich jetzt gern Blues hören würde, am besten eine Klarinette im Sound des Mr. Ackerbilk. Es war die Zeit, zu der meine Katzen auf die Jagd gingen. Katzen? Wo waren die Katzen?

Ich drückte mich an ein paar Feuerwehrmännern vorbei in meinen Garten. Hinter dem Haus beobachtete ich Männer, die Schläuche, auf Andreas Dach gerichtet, hielten, andere kühlten die Flüssiggastanks. Ich stellte mir vor, wie es gewesen wäre, wenn die beiden Tanks der Nachbarn hochgegangen wären. Tote, Verletzte, zerstörte Häuserzeilen – eine schlimme Vorstellung.

Mein Teich lag unberührt im Morgenlicht wie eine Insel, der Menschen nichts anhaben können. Eine rote Teichrose war aufgegangen, die erste, seit es den Teich gab. Die Fische zogen ungerührt ihre Bahnen. Zwischen meinem zerstörten Haus und diesem Idyll lagen nicht mehr als fünfzehn Meter.

Die Katzen hatten sich für einen sicheren Beobachtungsposten entschieden. Sie hockten nebeneinander unter der Buschbirke und blickten über das Wasser hinweg auf das Haus. Sie wirkten nicht sonderlich angespannt, blinzelten und warteten wahrscheinlich darauf, dass alle diese blöden fremden Leute endlich verschwanden, damit sie durch den Keller ins Haus schleichen konnten, um zu ihren Fressnäpfen zu gelangen.

»Macht euch keine Sorgen«, sagte ich. »Ich bin ja noch da.«

Da kamen sie und rieben sich maunzend an meinen Beinen, um schnell wieder unter der Birke zu verschwinden.

Ein Teil der Zuschauer hatte sich verzogen, die ersten Löschzüge rückten nun ab, der Tag war gekommen. Vom Dachstuhl waren nur noch verkohlte Reste übrig geblieben, die Stockwerke darunter hatten tropische Regengüsse verheert.

Andrea sagte milde: »Du haust dich jetzt erst mal auf unser Sofa und vergisst diesen Mist für ein paar Stunden.«

Ich antwortete: »Mir kam eben die Idee, das Wohnzimmer um das Doppelte zu vergrößern und das Schlafzimmer oben einzurichten.«

»Aha!«, nickte sie und lachte.

Ich betrat mein Haus. Es stank entsetzlich, von den Decken regnete es noch immer, alles stand im Wasser. In meinem Arbeitszimmer im ersten Stock schwammen etwa hundertdreißig Pfeifen im Löschwasser, meine Sammlung von John le Carré war ein Sumpf, die Sammlung aller Maigrets konnte ich ebenfalls abschreiben. Endlich heulte ich ein wenig und suchte nach einem Papiertaschentuch, fand keines.

Plötzlich realisierte ich, dass das ganze Haus schon wieder voller Leute war, die pausenlos irgendetwas herausschleppten und dabei unverschämt gute Laune hatten. Eine Frau bemerkte spitz: »Nee, nee, wie kann man nur so viel Bücher haben.«

Emma bahnte sich ihren Weg die Treppe hinauf.

Tränen liefen über ihr Gesicht und atemlos sagte sie: »Es ist so, als wäre dies mein Haus.«

»Na ja, irgendwie war es das ja auch«, antwortete ich und nahm sie in den Arm.

Rodenstock stolperte hinter ihr her. »Scheiße ist das!«, polterte er. »Wie ist denn das passiert?«

»Sie reden von Überhitzung am Firstbalken und von Kurzschluss. Die Götter sind gegen mich, das ist nicht mein Jahr.«

Rodenstock sah mich an. »Dann bauen wir es eben wieder auf. Aufbauen macht Spaß.«

»Ihr seid ekelhaft positiv«, stellte ich fest. »Wie habt ihr überhaupt davon erfahren?«

»Kischkewitz rief uns an. Er hat die laufenden Polizeimeldungen gelesen und uns alarmiert. Willst du bei uns wohnen?« Er schaute sich um. »Das hier dauert, das weißt du.«

»Ich gehöre in die Eifel, nicht an die Mosel. Irgendeine Lösung werde ich finden.«

Andrea schrie: »Dein Handy bimmelt.«

»Wo ist denn das?«

»Na hier, ich habe es in der Küche gefunden, als die noch nicht abgesoffen war.«

Alwin Ixfeld, ein Kollege aus Deudesfeld, war am anderen Ende. »Hör mal«, begann er vorsichtig, »zufällig steht die Wohnung über uns leer. Du könntest sie haben, sie würde erst mal reichen.«

Deudesfeld? Warum nicht Deudesfeld?

»Miete sie. Wurscht, was sie kostet, miete sie einfach.«

Es befanden sich immer noch Feuerwehrleute und Zuschauer hier. Eine Hilfstruppe lud meine Bücher in Gustavs Hänger. Auf einmal ertönte ein merkwürdiges Quietschen.

Maria Latten kam die Straße hoch und schob einen Teewagen vor sich her, bepackt mit Broten, Kaffee und

Wasser. Leicht keuchend sagte sie: »Iss erst mal was. Dann sieht die Welt schon wieder etwas besser aus.«
Ich lachte, bis mir die Tränen kamen.

Drittes Kapitel

Irgendwann schlief ich auf Andreas Sofa ein und irgendwann wurde ich wieder wach. Es war Nacht, das Haus war unheimlich ruhig. Ich rekonstruierte, dass es die Nacht von Donnerstag auf Freitag sein musste, und verspürte eine enorme Unrast. Ich zog mich an, tastete mich durch den Flur, umrundete das Haus, um auf meinen Hof zu gelangen. Die Haustür stand offen.

Sofort waren meine Katzen bei mir. Ich beruhigte sie, streichelte ihre Rücken und sprach mit ihnen. Der Dreck war unbeschreiblich, das Wasser stand noch immer zehn bis fünfzehn Zentimeter hoch in jedem Raum. Ich versuchte in das Bad hineinzukommen. Das erwies sich als schwierig, denn die Farmacell-Platten an der Decke hatten dem Wasserdruck nicht standhalten können und waren heruntergebrochen. Ich pinkelte und wollte die Spülung betätigen. Das ging natürlich nicht, jemand hatte den Haupthahn abgestellt.

In meinem Arbeitszimmer begann ich die Pfeifen einzusammeln. Das dauerte eine gute halbe Stunde. Und erst jetzt schaute ich auf die Uhr. Es war sechs Uhr und draußen zog Nebel auf. Ich fand Tabakdosen, in denen der Tabak trocken geblieben war. Ich nahm die langstielige Jeantet und putzte sie an der Hose ab. Dann stopfte ich sie und zündete sie an. Es war ein Genuss. Adieu Jakob Driesch, adieu Annette von Hülsdonk. Keine Zeit mehr für eure Leichen und euer Leben. Ich bin abgebrannt und muss mich kümmern.

Ich ging hinunter in die Küche, suchte eine große Schale und packte sie voll mit Katzenfutter.

»Ihr dürft in meinem Zimmer fressen!«, versprach ich. Und sie begleiteten mich und machten sich dann über ihren Fraß her. Sie schnurrten.

»Wir bauen diese Hütte wieder auf!«, erklärte ich ihnen. »Und es wird schöner, als es je war. Ich errichte euch das Katzenparadies.«

Ich hatte nicht viel Zeit, mich von dem Haus zu verabschieden, das einmal meines gewesen war. Die Versicherungen meldeten sich und damit traten Sachverständige in mein Leben, die mich vierundzwanzig Stunden lang misstrauisch beäugten, sich aber durchaus als vernunftbegabte Wesen erwiesen und in Grenzen bereit waren, mit entgegenzukommen. Ganz nebenbei besichtigte ich die Wohnung über der von Ute und Alwin in Deudesfeld, befand sie für gut und bezog sie, soweit ich mit dem Rest meiner Existenz umziehen konnte. Der Inventarversicherer versicherte mir, ich dürfte mir durchaus ein Bett, ein Sofa und Ähnliches kaufen – wenn es denn nicht gerade antike Stückchen aus der Zeit Ludwigs XIV. sein würden, wäre seine Gesellschaft diesbezüglich durchaus menschlich. Rund siebentausend Bücher waren dahin, und als ich sie in den Container beförderte, tränten mir die Augen.

Am Samstag wollte ich dann so richtig loslegen, meine neue Wohnung ausmessen, Regale anbringen, provisorische Lampen aufhängen, über einen neuen Computer nachdenken und dergleichen Kleinigkeiten mehr. Aber Rodenstock hatte entschieden etwas gegen derartige Formen von Egoismus.

Morgens um neun Uhr warf er mich aus meinem frisch gekauften Pfuhl und seine Stimme hatte etwas von den Glocken des Jüngsten Gerichts. »Ich denke, wir haben zumindest einen Mörder – den von Annette von Hülsdonk. Und jetzt schwing dich in deine Karre und komm hierher. Du musst durch Hellenthal durch

Richtung Wildpark. Auf der rechten Seite geht von einem Parkplatz aus ein Waldweg hoch. Du erreichst ein Plateau. Da steht ein kleines Haus. Und da sind wir.«

»Wer wir?«

»Na ja, Kischkewitz und ich und ein paar seiner Leute.«

»Und was soll ich da?«

»Hörst du schlecht? Annette von Hülsdonks Mörder hat sich dort verschanzt. Der Junge hat einen Haufen Waffen – weiß der Himmel woher. Also, komm schon.«

»Lass mich raten. Es ist dieser Freund von ihr, Bastian oder Sebastian.«

»Woher weißt du das?«

»Ein Kollege erzählte von ihm. Ich komme.«

Ich sagte also meiner frisch bezogenen Wohnung ade und fand die Aussicht, das Chaos wenigstens vorübergehend zu vergessen, sehr angenehm. Doch ich geriet in Schwierigkeiten, weil Deudesfeld eben nicht Brück ist und weil ich nicht genau wusste, wie ich von dort schnellstmöglich nach Hellenthal kam. Ich entschied mich für Schutz, Niederstadtfeld, Oberstadtfeld, Neroth und Pelm. Dann über die Kasselburg Richtung Jünkerath.

Was mich jetzt doch erheblich störte, war die Tatsache, dass ich stank. Man soll nach einem Brand zumindest versuchen, unter eine Dusche zu kommen. Ich trug seit mindestens drei Tagen und Nächten dieselbe Kleidung. Was macht man in Zeiten akuter Jeansnot und geradezu hochpeinlichem Mangel an frischen Unterhosen?

Ich fuhr schnell, auf den Straßen war es leer. Sicherheitshalber hatte ich sämtliche Scheinwerfer hochgeschaltet und wirkte wahrscheinlich wie ein wahnsinnig gewordener Weihnachtsbaum.

Als ich aus dem Wald hinaus auf die Hochfläche gelangte, sah ich rechts hinter den ersten Bäumen die Autos stehen. Ich schaltete die Scheinwerfer aus und fuhr dorthin.

Kischkewitz und Rodenstock saßen auf zwei alten Baumstümpfen und schienen sich gemütlich zu unterhalten.

»Er hat keine Chance«, erklärte Kischkewitz und wies hinaus auf die Wiesenfläche, die sehr groß war. Inmitten dieser Fläche stand ein kleines Haus. Eigentlich war es kein Haus, es hatte wohl mal als Scheune gedient und jemand hatte Fensteröffnungen hineingebrochen und sich das Gemäuer eingerichtet. Es gab keinerlei Deckung auf dem Weg dorthin, nur die Wiese, und die war gemäht.

»Und was ist hinter dem Haus?«, fragte ich.

»Wiese«, sagte Rodenstock einfach. »Da liegen Leute von uns auf dem Bauch. Rechts und links auch. Ein Beamter hat schon einen satten Streifschuss abbekommen. Der Junge hat teuflisch gute Augen und er schießt sehr präzise.«

»Was hat er für Waffen?«

»Das wissen wir nicht genau. Mit Sicherheit ein Gewehr, wahrscheinlich eine Schrotbüchse und zwei oder drei Revolver und – möglicherweise – sogar eine Maschinenpistole.«

»Woher wisst ihr das alles?«

»Von dem Bauern, dem die Scheune ursprünglich gehörte. Er hat sie dem Vater des Jungen verkauft. Und der hat seinem Sohn erlaubt, sich das Häuschen auszubauen. Der Bauer hat den Jungen mehrere Male dabei beobachtet, wie er mit verschiedenen Waffen Schießübungen veranstaltet hat.«

»Und warum sollte er Annette umgebracht haben?«

Eine Weile herrschte Schweigen.

Dann riskierte Rodenstock eine Überlegung, eine

gute Überlegung. »Ich denke, Annette und er waren fast ein Leben lang eng befreundet und sie haben sich oft in diesem Haus getroffen, Kerzen angezündet, Wein getrunken. Das erzählt der Bauer und es gibt daran keinen Zweifel. Ob die Beziehung derart war, dass sie miteinander geschlafen haben, das wissen wir natürlich nicht; der Bauer glaubt es. Ich denke, Bastian hat in der letzten Zeit erleben müssen, dass ihm diese Frau entglitt. Sein Vater hat uns heute Morgen erklärt, dass Bastian nicht damit fertig wurde, dass Annette sich zunehmend mit Dingen beschäftigte, von denen er keine Ahnung hatte und die er nicht verstand. Also Windkraftanlagen, die Gründung eines eigenen Hotels. Und Bastian gönnte Annette keinem. Es gibt Zeugen dafür, dass Annette ihm gesagt hat, sie habe in Zukunft nicht mehr so viel Zeit für ihn. Da ist wohl seine Welt zusammengebrochen. Also hat er sie erschossen. Er hat sie bestraft, verstehst du?«

»Das ist eine Möglichkeit. Aber was ist mit Driesch?«

»Ich habe darüber nachgedacht«, meinte Kischkewitz. »Und ich komme zu dem Schluss, dass Bastian sehr wohl auch hier der Täter gewesen sein kann. Die Begründung geht in die gleiche Richtung wie Rodenstocks Überlegung. Bastian muss erleben, dass Driesch und Annette an diesem Windrad-Projekt arbeiten. Er ist davon ausgeschlossen, er darf nicht mitmachen. Driesch ist also ein Feind. Bastian beginnt Driesch zu hassen. Und er jagt ihn, bis er ihn erschießen kann.«

»Aber wie soll dieser Junge nach Monschau gekommen sein?«, fragte ich und schloss sofort an: »Wie alt ist er überhaupt?«

»Er ist achtundzwanzig«, gab Kischkewitz Auskunft. »Er hat einen Führerschein und besitzt einen kleinen Opel und ein Motorrad.«

»Wie bist du denn mit deinen Leuten hierher gekommen? Hat dich jemand geholt?«

Kischkewitz schüttelte den Kopf. »Ich wollte ihn wegen Annette verhören. Zu Hause war er nicht, sein Vater sagte, er sei wahrscheinlich hier. Hätte er gewartet, bis er uns in Kimme und Korn hatte, wären zwei von uns schon tot gewesen, ehe wir überhaupt geschnallt hätten, was hier läuft. Er hat einen Warnschuss abgegeben. Als wir nicht sofort reagierten, hat er einen meiner Männer am Oberschenkel getroffen.«

»Warum holt ihr nicht den Vater?«, fragte ich.

»Unmöglich«, sagte Rodenstock langsam. »Ganz unmöglich. Der Mann würde wahrscheinlich durchdrehen und auf das Haus zulaufen. Und sein Sohn würde möglicherweise schießen. Sicher sogar, denn er glaubt, dass sein Leben jetzt sinnlos ist. Annette, seine Annette ist tot.«

»Und wenn er sich selbst tötet?«

Kischkewitz ließ ein Stöhnen hören. »Genau das macht uns Sorgen. Er wird versuchen, ein paar von uns zu erwischen, um sich dann selbst zu richten.«

»Das befürchte ich auch«, nickte Rodenstock. »Selbst wenn wir gleichzeitig von allen vier Seiten kommen, wird Bastian Unheil anrichten, genug Unheil für zwei oder drei von uns.«

»Ganz allein gegen die Welt«, murmelte ich.

Kischkewitz hielt ein Walkie-Talkie vor den Mund und sagte: »Ganz ruhig, Leute. Und wenn jemand eine Idee hat, dann her damit.«

Niemand antwortete.

»Hat der Vater die Waffen erwähnt?«

»Nein. Wir haben nur wenige Minuten mit ihm gesprochen. Wir wussten da ja noch nicht, dass sich der Junge verbarrikadiert.« Kischkewitz zündete sich einen langen, dünnen Zigarillo an und erzählte weiter: »Bastian war zwei Jahre in psychiatrischer Behandlung, damals nach dem schweren Unfall. Er musste über die Behinderung hinwegkommen, wieder sprechen lernen, mit den Lähmungserscheinungen fertig werden. Er wurde im Laufe der Jahre zum Einzelgänger, manchmal ist er aggressiv, er benimmt sich wie ein Angstbeißer. Nur Annette kam an ihn heran.«

Aus dem Walkie-Talkie tönte plötzlich plärrend die Stimme einer Frau. Sie sagte: »Die einfachste Möglichkeit ist die Bundeswehr.«

»Wie bitte?«, fragte ein Mann – ebenfalls über Funk – verblüfft.

Die Frau lachte trocken. »Wir setzen uns in einen Panzer und walzen die Hütte platt.« Pause. »Nein, nein, so brutal meine ich das nicht. Aber wir könnten dann am Haus in jeden toten Winkel kommen. Und ich denke, wir sollten anfangen, mit ihm zu reden, sonst schaukelt sich sein Erregungszustand immer weiter hoch. Wir sind jetzt fast zweieinhalb Stunden hier.«

»Gar nicht dumm«, sagte Kischkewitz. »Aber meiner Erfahrung nach würde ein solcher Einsatz viel zu lange dauern, weil niemand die Entscheidung treffen will, uns zu helfen. Die Bundeswehr ist schließlich auch ein Opfer der Bürokratie. Das können wir uns abschminken.«

»Wer immer die Frau ist, sie hat Recht. Ihr müsst mit ihm reden«, sagte ich.

Die Frau lachte wieder und Kischkewitz stellte sie vor: »Vera Kaufmann, Mitglied der Sonderkommission, abgestellt vom LKA Mainz, 31 Jahre alt, ledig. Ein wendiges Mädchen.«

»Wir müssen reden«, nickte nun auch Rodenstock. »Wir müssen versuchen, ihn zu retten.«

»Gibt es einen Gleichaltrigen im Dorf, der einen guten Kontakt zu ihm hat?«, fragte ich.

»Wissen wir nicht«, antwortete Kischkewitz. »Selbst wenn es einen gibt, können wir es nicht riskieren, den über diese endlos freie Fläche zum Haus laufen zu lassen.«

»Was ist mit einem Hubschrauber, Chef?«, fragte jemand. »Der kann senkrecht von oben kommen.«

»Ein Wahnsinnsaufwand.« Kischkewitz war nervös. »Dann schiebt Bastian ein paar Dachpfannen beiseite und feuert in den Tank. Nein, Leute, unmöglich.«

»Wir haben nicht mehr viel Zeit«, überlegte Rodenstock. »Wenn das Dorf erfährt, was hier gespielt wird, bekommen wir Zuschauer. Dann schaukelt sich die Situation hoch und kann sehr schnell außer Kontrolle geraten.«

»Ich gehe zu ihm«, sagte ich.

Kischkewitz wurde augenblicklich wütend. »Das hat uns gerade noch gefehlt. Hier ist alles voller Kriminalisten und du als Außenstehender willst freiwillig in seine Schusslinie laufen. Geht nicht, Baumeister, wirklich nicht.«

»Ich gehe«, murmelte Rodenstock.

»Ist ja witzig«, polterte Kischkewitz. »Ausgerechnet der Rentner! Rodenstock, das geht nicht.«

»Das ist ja irre!«, rief die Frau begeistert. »Und was, wenn ich sage: Ich versuche es?«

Nun musste Kischkewitz lachen. »Dann haben wir eine Inflation. Aber das Problem ist doch: Wie kommen wir über diese verdammten zweihundert Meter Wiese, ohne erschossen zu werden?«

»Wie Siegfried mit der Tarnkappe«, erwiderte die Frau trocken. »Oder war das jemand anders?«

»Wie sind denn die Lichtverhältnisse auf den anderen drei Seiten?«, fragte ich.

»Gleich gut, gleich schlecht«, gab Kischkewitz zur Antwort.

»Und wo befindet sich der längste Anmarschweg?«

»Auf der anderen Seite. Mindestens dreihundert Meter freie Fläche.«

»Dann gehe ich von dort aus«, sagte ich. »Und fluch jetzt nicht rum, ich gehe. Ich bin sowieso abgebrannt.«

»Ich gehe mit«, entschied Rodenstock. »So ein bisschen abgebrannt bin ich schließlich auch.« Er sah Kischkewitz an. »Du kannst ja sagen, wir hätten es ohne deine Einwilligung getan. Und du kannst sagen, wir wären losgegangen, ohne dir vorher Bescheid zu geben.«

»Ihr seid meschugge!«, seufzte Kischkewitz.

»Das ist unser Vorteil«, grinste ich. »Ihr habt Glück, dass Emma nicht hier ist. Die würde glatt mit dem Fahrrad da rüberfahren. Ich habe noch einen Vorschlag. Wir sollten uns sehen lassen. Auf allen vier Seiten. Ganz offen auf der Wiese stehen und warten. Und keine Waffen zeigen. Er muss wissen, dass wir nicht feindselig sind.«

»Das ist gut«, sagte die Frau mit hoher Stimme. »Chef, das könnte gehen.«

»Diese Sonderkommission steht im Licht der Öffentlichkeit«, sagte Kischkewitz müde. »Wenn die *BILD* berichtet, dass ein Journalist und ein Polizeirentner das Ding für uns übernommen haben, bin ich fällig. Ich werde nach Labrador versetzt und darf Parksündern am Polarkreis Verwarnungen an die Scheibe kleben. Rodenstock, du bist unfair.«

Rodenstock lächelte matt. »Dann wollen wir mal.« Er nickte mir zu, stand von seinem Baumstamm auf und ging parallel zum Wiesenrand in den Wald hinein. Ich folgte ihm.

»Habt ihr euch schon über die eine Million Mark in bar erkundigt?«, fragte ich, als ich ihn eingeholt hatte.

»Haben wir. Drieschs Banken wissen nichts davon. Und seine Frau Anna weiß nichts davon. Keiner scheint den Hauch einer Ahnung zu haben, woher er das Geld hatte.«

»Aber der Vorgang an sich ist verifiziert? Ich meine, es ist nicht nur ein Gerücht, oder?«

»Nein, ist es nicht. Driesch ist tatsächlich nach Mallorca geflogen und hat dort eine Million Bares für den Kauf eines Hauses hingeblättert. Was glaubst du, wird er schießen?«

»Ich weiß es nicht. Vielleicht sollten wir vorsichtshalber ein Heftpflaster mitnehmen.«

Der Tannenwald endete an einem alten Weg und ging dann in Mischwald über. Die Sonnenflecken auf dem Boden waren grell und ließen die Farne leuchten. Ein Eichelhäherpaar stob schimpfend davon. Das kleine Haus mit dem jungen Mann darin lag jetzt links von uns.

»Es kommt darauf an, was er aus unserer Körperhaltung liest«, murmelte der kluge Rodenstock. »Ich finde es gut, dass Emma nicht hier ist. Sie wollte ausschlafen. Sie hätte uns in Grund und Boden geredet und wäre allein losgegangen.«

»Richtig«, nickte ich. »Ich wollte dir noch sagen, dass ich dich jetzt verstehe.«

Er sah mich von der Seite an. »Das ist gut. Ich gebe zu, ich war vernagelt und ein bisschen dämlich. Es tut mir Leid.«

»Erledigt«, sagte ich.

Links von uns hockte ein Mann hinter einer Buschbirke. Er hatte einen Revolver in der rechten Hand und hob die linke, um uns zu grüßen.

»Wir haben immer noch keine Ahnung, was Jakob Driesch neun Stunden lang getrieben hat.« Rodenstock wandte sich jetzt nach links, kam aus dem Wald heraus und ging in die Wiese hinein.

Von diesem Punkt aus war das kleine Haus sicher mehr als dreihundert Meter entfernt. Wir konnten nur das Dach sehen, weil wir uns in einer Geländefalte befanden.

»Des Rätsels Lösung wird einfach sein«, sagte ich. »Rätsel sind meistens einfach, wenn sie gelöst sind.« Es war eine dieser dümmlichen Bemerkungen, die man nur macht, wenn man in heller Aufregung irgendetwas plappert, ohne über den Inhalt nachzudenken.

»Was sagen deine Versicherungen?«, fragte Rodenstock, als ob es im Moment nichts Wichtigeres gäbe.

»Die Kripo hat den Bau freigegeben, die Versicherungen haben signalisiert, dass sie zahlen werden. Aha, die Dame namens Vera.«

Die Frau saß im Gras hinter einem krüppeligen Weißdorn, der die Höhe von einem Meter noch nicht erreicht hatte. Sie hatte die Waffe neben sich liegen und daneben eine Schachtel Marlboro mit einem Feuerzeug und ein Päckchen Kaugummi.

»Hallo«, sagte sie. »Nehmen Sie Platz. Kann ich Ihnen etwas anbieten? Tee? Kaffee? Ein paar belegte Brote vielleicht?«

»Kaviar mit gehackten harten Eiern«, sagte ich. »Und bitte einen Chablis dazu und altbackenes Weißbrot.«

»Kommt sofort«, lächelte sie.

Sie war schlank, vielleicht 170 Zentimeter groß, hatte die dunkelbraunen Haare zu einem Dutt geformt. Ihr Gesicht war schmal mit hohen Jochbögen. Sie trug eine Brille mit großen Gläsern und wirkte sachlich. Ihre Kleidung bestand aus einem T-Shirt in Weiß mit irgendeinem nicht erkennbaren Aufdruck, einer leichten Jeansjacke, hellblauen Jeans über weißen Turnschuhen – sehr zweckmäßig das Ganze, sehr angepasst. Ihre Stimme war angenehm dunkel, kein Hauch von Makeup, ein großes, sympathisches Mädchen.

»Ich denke, ich gehe mit«, erklärte sie. »Einer von uns muss mit. Das wäre Punkt Nummer eins. Punkt Nummer zwei ist, dass wir vielleicht in einem seitlichen Abstand von etwa zwei Metern gehen. Wenn er schießt, muss er die Waffe bewegen, um zu einem zweiten Schuss zu kommen. Einverstanden?«

Rodenstock nickte und kauerte sich hin. »Es ist besser, wenn wir gleich Abstand voneinander halten. Das macht die Sache für Bastian schwieriger, wenn er schießen will.«

Sie zog ein Walkie-Talkie aus der Brusttasche ihrer Jeansjacke. Sie sagte: »Chef, wir haben beschlossen, ich gehe mit.«

»Das ist ja sehr demokratisch«, schimpfte Kischkewitz. »Sind wir schon so weit gekommen, dass Untergebene einfach selbst entscheiden, ob sie Selbstmord begehen wollen?« Er lachte unterdrückt. »Okay, geh mit ihnen, Mädchen. Und Nerven behalten.«

»Danke«, meinte sie. »Soll ich die Waffe mitnehmen?«

»Nein«, sagte Rodenstock. »Keine Waffen. Er muss sehen, dass wir keine haben. Jacken ausziehen.«

Wir standen auf. Vera ging in der Mitte, Rodenstock links, ich rechts von ihr. Wir hatten etwa dreihundert Meter vor uns und kamen von Westen. Die Sonne schien unangenehm grell von rechts, aber als vertrauensbildende Maßnahme war das sicher gut. Falls Bastian ein Fernglas hatte – und er besaß todsicher eines –, konnte er uns blinzeln sehen und jeden Knopf an unseren Hemden erkennen.

»Wenn er schießt, wird er es ab etwa einhundert Meter Distanz tun«, sagte Rodenstock seltsam heiter. »Wenigstens würde ich es so machen. Er wird nicht das Risiko eines Fehlschusses eingehen. Also, gute Nacht allerseits.«

Ich wurde etwas langsamer, nahm meinen Tabaksbeutel aus der Tasche und aus der anderen eine Pfeife von Vauen, die Barontini entworfen hatte. Ich stopfte sie und zündete sie gründlich an.

»Das ist eine gute Idee«, sagte Vera links von mir. Ich konnte den Schweiß auf ihrem Gesicht sehen und ihre Handbewegungen waren fahrig, als sie eine Zigarettenschachtel aus der Tasche zog und sich eine anzündete.

»Ich habe leider keine Zigarre bei mir«, brummte Rodenstock. »Ausgerechnet heute wollte ich mal gesund leben.«

»Es ist nie zu spät«, murmelte ich. »Wer fängt denn an?«

»Lass mich das machen«, antwortete Rodenstock. »Ich bin der Typ gütiger Großvater. Wenn ich stehen bleibe, bleibt ihr auch stehen. Und nicht verkrampfen, bloß nicht verkrampfen. Wir sind jetzt etwa auf zweihundert Meter, wir gehen weiter bis auf die Hälfte der Distanz. Wir brauchen eine Distanz, aus der er einen sicheren Schuss landen kann. Das macht ihn selbstsicher, das gibt ihm mehr Macht.«

»Gute Idee«, wiederholte Vera. »Nur hoffe ich sehr, dass Bastian das auch honoriert. Ich habe eine Scheißangst um mein junges, blühendes Leben. Und meinen Eltern konnte ich auch nicht auf Wiedersehen im Jenseits zujubeln. Was zum Teufel suche ich bloß in dieser blöden Kommission?«

»Das wahre Leben, die menschliche Würde und eine nahezu phantastische Kameradschaft«, schlug ich vor.

Rodenstock lachte und gleichzeitig verringerte er die Geschwindigkeit. Wir passten uns an, wir schlenderten nur noch und schwätzten miteinander, als würden wir uns auf einem gemütlichen Spaziergang befinden.

»Daran denken«, murmelte Vera, »zur Seite fallen lassen, nicht nach vorn.«

»Da spricht die Fachfrau«, bemerkte ich. »Rodenstock, lass dich zur Seite fallen, wenn ich erschossen werde. Und richte Emma liebe Grüße aus und sag ihr, ich sei relativ mutig in meinen Untergang geschritten. Oder heißt das gewandelt?«

»Ich besaufe mich, wenn ich das hier überlebe«, murmelte Vera.

»Ich schließe mich an«, nickte Rodenstock. »Ich bemerke gerade, dass er von hier aus gesehen am linken Fenster steht. Er hat ein Fernglas vor den Augen, manchmal blitzt das auf. Seht ihr es?«

»Ja«, bestätigte Vera.

»Aufpassen jetzt, wir sollten stehen bleiben.« Rodenstock hielt inne. Vera sog nervös an ihrer Zigarette und sah zu mir herüber.

»Bastian!«, sagte Rodenstock laut. »Mein Name ist Rodenstock und ich könnte dein Großvater sein. Wir wollen dich bitten, mit uns zu reden. Kannst du mich verstehen?«

Keine Antwort, Totenstille.

»Wir sind nicht bewaffnet, Bastian. Die junge Frau rechts von mir ist Vera, eine Kriminalbeamtin. Der Mann neben ihr heißt Baumeister und ist ein Journalist. Tust du uns den Gefallen und redest du mit uns?«

Keine Antwort.

»Wir haben keine Tricks drauf, wir wollen wirklich nur reden und dann wieder gehen. Niemand wird dir deine Entscheidung abnehmen, niemand wird dich zu irgendetwas zwingen. Kannst du mich verstehen, Bastian?«

Hoffentlich erwähnt er Annette nicht, dachte ich. Der Pfeifenkopf war unerträglich heiß geworden, weil ich wie ein Baby zu heftig daran nuckelte. Ich beobachtete aus den Augenwinkeln, dass sich Vera neben mir erneut eine Zigarette anzündete. Und ich registrierte, dass sie sich zu ganz langsamen Bewegungen zwang. Es wirkte absurd und komisch.

»Du kannst mit uns dreien reden. Oder mit einem von uns.«

Um Gottes willen, Rodenstock, erwähne die Tote nicht!

»Willst du mit Vera reden, Bastian?«

Keine Antwort.

Es war so still, dass wir den sanften Wind in den weit entfernten Bäumen hören konnten.

Rodenstock spielte dem Mann nichts vor, Rodenstock wurde sauer. »Ich habe angenommen, dass du wenigstens höflich genug bist, zu antworten. Du machst hier einen Narren aus mir und das habe ich nicht verdient. Ich warte, Bastian. Aber ich warte nicht mehr lange.«

»Und was passiert, wenn du lange genug gewartet hast?« Die Stimme klang voll und nicht im Geringsten unsicher.

»Dann drehen wir uns um und gehen wieder.«

»Und dann?«

»Dann ... na ja, dann wird ein Panzer der Bundeswehr kommen. Ein Räumpanzer, du weißt sicher, was das ist. Er räumt dich und dein Haus weg und es wird so sein, als hätte es das nie gegeben.«

»Nicht schlecht, die Idee. Ich kann das Haus aber auch selbst abfackeln, ich brauche es sowieso nicht mehr.«

»Warum denn das?«, fragte Rodenstock verwundert.

»Ich dachte, der hat einen Sprachfehler«, murmelte ich.

»Nur noch, wenn er erregt ist«, flüsterte Vera. »Und im Augenblick ist er die Ruhe selbst.«

»Warum willst du das Haus abfackeln? Und warum brauchst du es nicht mehr?«

Wieder herrschte eine Weile Schweigen.

»Das ist eine andere Geschichte«, antwortete er endlich. »Ihr könnt euch das Maul fusselig reden, ich komme hier nicht raus. Und jeder, der reinkommt, ist tot.« Das kam sehr sachlich daher und niemand zweifelte an seinen Worten.

»Das ist doch Scheiße!«, brüllte ich wütend. »Du bist ein Affenarsch und hast keine Ahnung, wie sehr deine

Eltern zittern. Sie sorgen sich um dich, sie haben sich um dich gesorgt, seit du lebst. Und du Arschloch glaubst, du bist der Mittelpunkt der Welt.«

»Glaube ich nicht«, sagte er ruhig. »Ich bin ziemlich unwichtig, ich bin sogar vollkommen unwichtig, nach mir kräht kein Hahn.«

»Er will sich umbringen«, hauchte Vera. »O Gott, das können wir nicht zulassen.«

Rodenstock sah zu mir herüber. »Heiz ihm ein, mach ihn fertig, verschweige nichts. Es hat ohnehin kaum noch Sinn.« Er sprach so lässig, als sei diese Krise gar nicht vorhanden.

»Also, hör zu«, begann ich. »Da ist eine Menge zu klären. Und ich will, verdammt noch mal, dass du uns wenigstens nicht am ausgestreckten Arm verhungern lässt. Ja, ich kann mir vorstellen, dass du dich als den absoluten Helden siehst, den keiner versteht, mit dem keiner richtig redet und der mutterseelenallein gegen die Welt vorgehen muss. Du bist wirklich ein mieses Arschloch. Wahrscheinlich hast du sogar vor, dich selbst umzubringen. Und wahrscheinlich kommst du dir dabei auch wie ein Held vor. Du machst mich wütend.«

Er sagte nichts.

Ich sah durch die Fensterscheibe, dass er sich bewegte. Es machte den Eindruck, als schwanke sein Oberkörper hin und her. Aber das konnte eine Täuschung sein, eine Spiegelung.

»Und jetzt Annette!«, flüsterte Vera scharf.

Ich überlegte einen Augenblick. Annette war nicht mehr aus dem Spiel zu halten. Die Frage war nur: Sollte ich die Wahrheit sagen oder brachte ich besser einen Bluff?

Ich hatte keine Zeit, ich entschloss mich zu dem Bluff. Es gibt eine Form von Unterstellung, auf die nahezu jeder hereinfällt. Man tut ihm damit einen

Gefallen, man liefert ihm Verständnis und gleichzeitig eine Entschuldigung für jeden Fehltritt.

»Reden wir von Annette, reden wir von deiner Heiligen. Ich will dich verstehen lernen, kapierst du das? Ich weiß, dass du in einem Blackout gehandelt hast. Ich weiß, dass es ein übermächtiger Zwang war. Aber spiel doch jetzt nicht den Coolen. Und mach uns vor allem nicht vor, dass das alles geplant war. Nichts war geplant, gar nichts.«

Ich machte eine Pause, dehnte sie bis zur Unerträglichkeit.

»Ich weiß auch, dass sie dich in der letzten Zeit schäbig behandelt hat. Würdest du bitte so höflich sein und mir wenigstens über Annette Auskunft geben? Dann verschwinde ich wieder, ich will nur die Wahrheit. Und du kannst tun und lassen, was du willst. Ich werde dich nicht einmal daran zu hindern versuchen, dich selbst umzulegen.«

Keine Reaktion.

Ich wollte gerade mit der Beschimpfung fortfahren und suchte nach Formulierungen, da sagte er: »Du kannst reinkommen. Aber allein und nur fünf Minuten. Und dann gehst du wieder.«

»Dann gehe ich wieder«, nickte ich.

»Viel Glück«, sagte Vera leise. »Das ist schon mal die halbe Miete.«

»Geh liebevoll mit ihm um«, gab mir Rodenstock mit auf den Weg.

Ich ging los und je näher ich dem Haus kam, umso mehr Furcht erfüllte mich. Bastian hatte nicht den geringsten Grund, mich zu schonen. Wahrscheinlich würde er mir all das sagen, was er sich seit vielen einsamen Stunden vorbetete. Dann würde er schießen.

Er machte die Tür einen Spalt weit auf. »Komm rein.«

Es roch nach irgendetwas, das ich kannte. Nach Vanille. Räucherstäbchen, das war es. Hinter mir wurde die Tür geschlossen.

»Du kannst dich da an den Tisch setzen«, befahl er.

Es gab zwei Stühle, einer stand unmittelbar rechts neben mir. Ich setzte mich. Der Tisch war alt, braunes Holz, eng gemasert, Eiche. Darauf eine Vase mit wilden Wiesenblumen, frisch gepflückt. Rechts neben der Vase ein Aschenbecher, bis zum Rand voll mit Zigarettenkippen. Nahe der Tischmitte ein Holz, das ein brennendes Räucherstäbchen hielt. Der Rauch kräuselte sich gegen die Decke. Rechts, etwa zwei Meter entfernt, ein Bett, französische Maße, ein Anderthalbbett, wie man in der Eifel sagt. Daneben ein kleines Tischchen mit vielen angebrannten Kerzen. Vor den Fenstern jeweils ein breites Brett. Bücher standen darauf, Dosen für irgendwelchen Krimskrams. Unter dem Fenster gegenüber lag eine doppelläufige Schrotflinte. Rechts vor dem Fenster stand eine Winchester – ob es eine 44er war, konnte ich nicht entscheiden, ich verstehe nicht genug davon. Links vor dem Fenster lag eine schwere automatische Waffe. Es musste eine Maschinenpistole sein. Das Fenster hinter mir konnte ich nicht sehen, ich wollte mich nicht herumdrehen.

»Warum hast du so viele Waffen? Wirst du bedroht?«

»Ich habe sie mal gesammelt. Da war ich jünger. Du weißt ja, wie das ist, wenn man jünger ist.« Seine Stimme klang angenehm.

»Ja, das weiß ich. War Annette oft hier? Es ist hübsch. Darf ich rauchen?«

»Ja klar, kein Problem. Was wollen die Bullen eigentlich?«

»Na ja, zuerst mal wollen sie mit dir sprechen. Rein informativ. Du kennst das ja. Das ist wie im Krimi. Du bist wichtig für sie, du hast Annette gut gekannt.«

»Ich bin der Einzige, der sie gut kannte.« Das klang stolz. »Ich bin überhaupt der Einzige, mit dem sie gelebt hat. Das war hier.« Er stand noch immer irgendwo hinter mir und rührte sich nicht.

»Wie lange ging das zwischen ihr und dir?«

»Jahre, viele Jahre. Seit ich denken kann. Kurz nach dem Unfall fing es an. Als ich aus der Reha kam und wieder zu Hause war.«

»Was war sie denn so für ein Mensch?«

»Sie war mein Mädchen.« Das kam schnell. »Sie hat immer gesagt, das Haus hier wäre der einzige Platz auf der Welt, an dem sie träumen kann. Dein Tabak riecht gut. Wie heißt der?«

»Der hat keinen Namen, ich mische ihn selbst.«

»Ich habe auch mal versucht, Pfeife zu rauchen. Das brannte so auf der Zunge, da habe ich es wieder gelassen.«

»Die meisten machen den Fehler, die Pfeife heißzurauchen. Dann brennt es auf der Zunge. Was habt ihr denn für Träume geträumt?«

»Bist du wirklich ein Journalist? Oder verarschst du mich?«

»Ich bin wirklich Journalist.«

»Warum hilfst du der Polizei?«

»Ich helfe ihr kaum, ich darf sie nur begleiten und dann drüber schreiben. Was waren das für Träume?«

»Was man so träumt. Piratenleben.«

»Piratenleben?«

»Na ja, was man als Junge so träumt. Später waren es andere Träume, d... d... d... da waren wir älter.« Irgendetwas regte ihn auf, er begann zu stottern. »S... s... sie hat mir gezeigt ... wie eine Frau aussieht und so.«

»Du meinst, du hast sie nackt sehen dürfen?«

»Das meine ich.«

»War es eine Liebesgeschichte?«

»Ja, das war es.«

»Hat sie dich geküsst?«

»Ja, geküsst und alles.«

»Was heißt alles?«

»Alles eben. Streicheln und so.«

»Miteinander schlafen?«

»O nein, nein. Das wollten wir erst tun, wenn wir verheiratet sind. Später. Nur streicheln war.«

»Sag mal, Bastian, ich meine, du bist ein netter Kerl. Kannst du dich nicht hier an den Tisch setzen?«

»Und wenn sie kommen?«

»Sie kommen nicht. Ich verspreche es dir. Keine Tricks.« War er zurückgeblieben? Irgendwie debil? Ich fühlte mich hilflos.

Er kam langsam um den Tisch herum. Er hatte eine schwere Waffe in der Hand, blauschimmernd, langläufig.

»Was ist denn das für ein Ding?«

»Ein Neun-Millimeter-Colt. Ziemlich selten. Magst du Waffen?«

»Nein«, antwortete ich. »Waffen töten, ich mag sie nicht.«

Er setzte sich, legte den Colt auf den Tisch. Er nahm eine Zigarettenschachtel aus der Brusttasche seines Hemdes. Es waren Lucky Strike. Er zündete sich eine an. Er hatte ein strenges, längliches Gesicht mit einer schweren Narbe auf der linken Stirnseite. Seine Augen waren erstaunlich hell und wirkten unter den dunkelbraunen Haaren wie Leuchtpunkte. Buch hatte von einem Engelsgesicht gesprochen. Das stimmte.

»Ich mag Waffen eigentlich auch nicht. Aber ich muss mich verteidigen.«

»Wieso denn das?«

»Das weißt du doch. Du weißt doch, weshalb.«

»Kannst du mir erzählen, wie das ablief? Oder warte, lass mich erst was anderes wissen: Warum hast du Driesch erschossen?« Friss es und erstick daran! Nein! Antworte!

»W... w... w... wieso? Was ... Ich meine, was fragst

du? Ich? Den Driesch?« Er war erschrocken, verwirrt, er begriff meine Frage nicht.

Ich fühlte so etwas wie Erleichterung. »Siehst du, ich wusste doch, dass du nichts damit zu tun hast. Was hast du denn gedacht, als du gehört hast, dass Driesch erschossen worden ist?«

»Gedacht? Na ja, ich hab die Zeitung mit hierher genommen und immer wieder gelesen. In der Rur erschossen, in Monschau. Das kenne ich, da bin ich oft zum Eisessen. Im Sommer. Da war ich auch mit Annette. Mit ihrem VW-Cabrio. Schöne alte Stadt.«

»Das stimmt, Bastian. Aber was hast du gedacht, als du das von Driesch gelesen hast?«

»Na ja, ich hab gedacht: Endlich hat ihn Gottvater bestraft.«

Religiöser Wahn? Wie sieht das aus? Lieber alter Mann, steh mir bei, ich kenne meine nächste Frage nicht. »Weshalb soll Gottvater denn den Driesch bestraft haben?«

»Driesch machte doch diese Windrad-Dinge. Und er nahm Annette einfach mit. Hat mich nicht gefragt.«

»Was hat Annette denn darüber gesagt?«

»Sie hat gesagt, Driesch will, dass sie das tut. Deshalb tat sie es. Driesch ist der Hexer gewesen, Gottvater hat ihn bestraft.«

»So ist das«, sagte ich lahm. Ich war mit meinem Latein am Ende. Er war liebenswert, aber er war verrückt. Er war ein Mörder und hatte wahrscheinlich keine Ahnung von dem, was er getan hatte. Einfach irre, nicht von dieser Welt. »Hat Gottvater dir gesagt, du sollst es tun?«

»O nein. Hat er nicht. Aber ich ... ich. Ich weiß es nicht.«

»Was weißt du nicht?« Ich musste die Spannung herausnehmen. Wie nimmt man die Spannung heraus? »Pumpst du mir eine Zigarette?«

»Klar doch. Nimm dir eine.«

Ich nahm mir eine und zündete sie an. »An was kannst du dich erinnern?« Ich versuchte, mich zu entkrampfen, locker zu sitzen, ihn ganz freundlich und lange anzuschauen.

»Ich weiß nichts mehr.« Er hielt plötzlich die Hände vor sein Gesicht und betrachtete, wie sie zitterten. »Schreibst du über mich?«

»Das weiß ich nicht. Soll ich?«

Er lächelte. »Würde ich ganz witzig finden. Jetzt, wo ich bald auch in der Zeitung stehe.«

»Warum wirst du in der Zeitung stehen?« Diesmal lasse ich dich nicht entkommen.

»Na ja, weil das mit Annette passiert ist.«

»Was ist denn da passiert?«, fragte ich freundlich. »Ich weiß wirklich nicht genau, was du jetzt meinst. Willst du nicht endlich alles erzählen?«

»Ja, ja«, sagte er eifrig. »Also, Driesch war tot. In Monschau. Und ich habe gesehen, dass Annette deswegen geweint hat. Und ich habe ihr gesagt, Driesch ist bestraft worden dafür, dass er dich weggerissen hat von mir. Sie hat mich angeschrien, ich hätte keine Ahnung. Sie hat geschrien, ich sei doch verrückt. Nur verrückt. Warst du das vielleicht?, hat sie geschrien. Lauter solche Sachen. Wir hatten hier doch alles, ein Haus und so.« Er neigte den Kopf über den Tisch.

Ablenken, lenk ihn ab, Baumeister. »Du hast so schön vom Streicheln erzählt. Hat sie dich gestreichelt und du sie? War das so?«

War das eine Ablenkung? Es war eine, er strahlte mich plötzlich an. »Ja, so war das. Viele Male. Ich habe alles aufgeschrieben, ich habe ein Tagebuch. Viele Seiten, sehr viele Seiten. Ich habe sie auch fotografiert. Willst du mal sehen?«

»O ja, sehr gerne.«

Er stand auf, er hatte vollkommen vergessen, dass

draußen Kischkewitz mit seinen Leuten lauerte. Es war ihm gleichgültig, er hatte einen Zuhörer, endlich hörte jemand zu. Er kramte hinter dem Bett herum. Vor mir auf dem Tisch lag die blauschimmernde Waffe. Ich griff nicht danach, ich wollte nicht zu denen gehören, die ihn belogen.

Er kam mit einem grünen Leinenbuch zurück. »Mein Album!«, erklärte er stolz. Er legte es vor mich hin. »Du darfst gucken. Du darfst das.«

Ich blätterte das Buch auf.

Auf der ersten Seite hatte er ihr Porträt in ein mit rotem Filzstift gezogenes Herz geklebt. Sie war eine hübsche Frau gewesen, eine mit einem entwaffnenden Lachen. Die nächsten Seiten zeigten Annette auf einer Decke auf der Wiese, Annette auf der Bank vor dem Haus, Annette im Bikini, Annette an diesem Tisch.

»Guck mal«, sagte er und blätterte ein paar Seiten weiter. »Streichelbilder.«

Sie nackt auf dem Bett, er nackt auf dem Bett, nicht obszön, aber eindeutig. Dann eine Nahaufnahme ihrer Scham, ihrer Brüste, ihres Mundes.

»Sie hat gesagt: Fotografier mich. Ich mag das. Das hat sie gesagt.«

»Und sie hat auch gesagt, sie wollte dich heiraten?«

»Hat sie immer gesagt. Damals.«

»Und seit wann wollte sie das nicht mehr?«

»Seit Sommer vorigen Jahres. Sie sagte: Ich kann nicht mehr mit dir gehen. Ich habe gefragt, wieso. Aber sie hat nur gesagt, ich kann nicht mehr. Dann kam diese Windrad-Geschichte und sie war oft weg.«

»Kannst du dich erinnern? Daran, wie sie aus dem Wald geritten kam?«

»Klar. Oben an der Jugendherberge. Da war ich, ich wollte mit ihr reden. Ich sagte, du musst mit mir reden. Sie wollte nicht, sie schrie: Hau ab!« Er beugte wieder den Kopf nach vorn, er weinte still.

»Bastian, erinnere dich ... Wann bist du wach geworden? Hinter dem Weidenbusch? Oder später?«

»Ich weiß nicht. Sie schrie irgendwas. Ja, sie schrie: Hau ab! Du mit deinem blöden Gewehr! Solche Sachen.« Er verkrampfte sich, seine Hände schlossen sich zu Fäusten, wurden ganz weiß. »Ich bin im Wald, ich renne um das Dorf hier hoch. Ich warte.«

»Auf was wartest du?«

»Dass sie kommen.«

»Wer soll kommen?«

»Na ja, die Bullen oder ... Ich weiß nicht.« Er hatte jetzt das Gesicht eines Träumers, ganz weich und in sich versunken. Er war nicht von dieser Welt. Er stand auf: »Sie musste weg, sie musste wieder mal weg. Geh aus dem Weg, sagte sie. Ich sagte: Ich bin der Bastian. Aber sie hörte nicht.« Er machte ein paar Schritte zum gegenseitigen Fenster hin. Da lag das Gewehr, das ich für eine Winchester hielt. Er nahm es und stellte es mit dem Kolben auf den Fußboden. Dann bückte er sich zu dem Lauf hinunter.

Ich zielte nicht, ich schoss einfach. Es klang mörderisch laut und schmetterte seinen Kopf gegen die Fensterscheibe. Ein Klirren, dann war es schrecklich still. Bastian drehte sich um und sah mich an. Kein Vorwuf, kein Erstaunen, nur so etwas wie Endgültigkeit. Er fasste sich an den Hintern und stöhnte. Dann kam seine rechte Hand mit dem Gewehr wieder hoch. Die Hand war blutig. Er fiel nach vorn auf sein Gesicht.

Hinter mir knallte die Tür auf, Vera stand da und hielt die Waffe beidhändig.

»Okay«, sagte ich matt. »Ich habe ihn in den Arsch geschossen, sonst nichts.«

Sie war mit zwei Sprüngen an mir vorbei und stand über Bastian. »Hat er es getan?«

»Ja, er hat es getan, er hat davon erzählt. Mein Gott, ich muss kotzen.«

»Hat er dich etwa erwischt?«

»Nein, nein, ich muss einfach immer kotzen, wenn ich jemanden in den Hintern schieße.« Ich ging hinaus an die frische Luft. Mein Magen beruhigte sich wieder.

Rodenstock strich an mir vorbei. »Lebt er?«

»Na sicher«, antwortete Vera. »Der kommt gleich wieder. Aber wir brauchen einen Notarzt.«

»Hubschrauber ist besser«, sagte Rodenstock.

»Richtig. Christoph 10 heißt die Biene.« Vera wirkte sachlich, nichts sonst.

»War seine Aussage eindeutig?«, wollte Rodenstock wissen.

»Eindeutig«, erwiderte ich. »Die Schrotflinte da hinten, das ist die Tatwaffe. Irgendwo vor dem linken Fenster.«

»Wie geht es dir?«

»Beschissen«, sagte ich. »Ist das eine 44er-Winchester, vor dem anderen Fenster?«

»Nein. Eine Standardausführung, derselbe Hersteller, aber nicht das berühmte Modell. Hat er was über Driesch gesagt?«

»Ja. Er sagte, das habe Gottvater erledigt. Driesch, sagte er, war ein Hexer.«

»Meine Güte«, hauchte Vera. Sie kniete neben Bastian und fühlte seinen Puls an der Halsschlagader. »Er kommt gleich zu sich.«

Mir war das alles von Herzen egal, ich wollte nach Hause, duschen, schlafen, lesen. Irgendetwas tun, was möglichst weit weg von dem hier war. Ich hockte mich auf die Bank vor dem Haus. Da war jetzt Schatten, der kühlte etwas.

Kischkewitz kam heran und sagte: »Danke.«

»Hm«, erwiderte ich. Ich stopfte mir die Bravo von Dr. Boston und schmauchte vor mich hin. Es schmeckte nicht, ich ließ es sein.

Dann ertönte ein unverkennbares Motorengeräusch.

Emma nahte. Und wie immer gab sie doppelt so viel Gas, wie sie eigentlich brauchte. Sie stieg aus und lief zu mir, dabei schrie sie: »Wieso macht ihr eine solche Schweinerei, ohne mir vorher Bescheid zu geben?«

»Worüber regst du dich auf?«

»Na ja, mein Mann ist schließlich nicht mehr der Jüngste. Und ich will den noch eine Weile haben.«

Vera erschien in der Tür mit großen verwirrten Augen.

Hinter ihr tauchte Rodenstock auf. »Woher weißt du denn schon wieder, dass wir hier sind?«

»Schließlich habe ich Spitzel!«, schimpfte sie wütend. »Immer, wenn ich euch allein lasse, macht ihr irgendwelchen Unsinn.«

»Kannste mal sehen!«, kommentierte Rodenstock trocken. Dann musste er schallend lachen. Er lachte, bis auch Emma zu lachen begann. Ich war neidisch auf die beiden.

Es entstand der übliche Wirbel. Alle rannten mit ungeheuer ernsten und wichtigen Gesichtern herum, maßen irgendetwas aus, blätterten in Bastians Fotoalbum, untersuchten die Waffen, nahmen Fingerabdrücke, telefonierten unentwegt. Es gab nur einen ruhenden Punkt in der Szene: Baumeister und Bastian auf der Bank vor Bastians Haus. Er trug Handschellen und alles, was um ihn herum geschah, interessierte ihn nicht. Friedlich und versunken in sich selbst, hockte er im Schatten und jedes Mal, wenn er eine Zigarette wollte, zündete ich ihm eine an und steckte sie zwischen seine Lippen. Er trug nur Unterhosen und saß auf der linken Arschbacke, die rechte hatte ich ihm lädiert. »Das ist unbequem«, sagte er. »Das tut weh.«

Und ich wiederholte zum x-ten Mal: »Es tut mir Leid.«

Endlich schwebte der Hubschrauber des ADAC ein, Bastians Abtransport ging mit der gewohnten Routine vonstatten, alle Anwesenden bekamen einen Haufen Staub ins Gesicht.

»Das war's«, bemerkte Kischkewitz. »Was macht dein Brandschaden?«

»Interessiert mich nicht.«

»Du bist ziemlich fertig, nicht wahr?«

»Es könnte besser gehen.«

»Vera fährt dich nach Hause und legt dich ins Bett.«

Emma sah mich mit schmalen Augen an. »Du wirst widerstehen!«, mahnte sie.

»Na sicher doch, Mama«, nickte ich.

Minuten später explodierte Vera neben mir in meinem Auto: »Die Zicke ist doch die Höhe. Was bildet die sich eigentlich ein? Dass ich dich heimbringe und – husch – mit dir ins Körbchen will? Ist die denn bescheuert? Wer ist das überhaupt?«

»Das ist die stellvertretende Polizeipräsidentin der holländischen Stadt s'Hertogenbosch.«

Sie trat kräftig auf die Bremse. Weil sie die Bremsen eines Rallyefahrzeugs nicht gewohnt war, ging das ein wenig schief. Der Wagen stand mit der Schnauze über einem Straßengraben.

»Sag, dass das nicht wahr ist.«

»Es ist wahr.«

»Großer Gott! Ich liefere dich ab, wo ich dich abliefern muss. Und dann nehme ich ein Pferd und ziehe in die Wälder.«

»Sie ist Rodenstocks Ehefrau und meine Freundin. Und sie hat einen Scherz machen wollen, nichts sonst.«

»Liefern wir an Holland aus?«, fragte Vera, wartete nicht auf die Antwort, startete und gab Gas. Dann schlug sie begeistert auf das Lenkrad, brüllte »Jippieeehh!« und raste durch die Eifel, als hätte sie ihr Leben lang nichts anderes gemacht. »Die Karre ist gut«, seufzte sie zufrieden. »Ein Kapitalistenfahrzeug. Nicht schlecht.«

»Lass es bitte leben«, murmelte ich demütig. Sie gefiel mir, sie war gut drauf.

Misstrauen schlich sich ein, als wir auf den Hof in Deudesfeld rollten. Es standen unanständig viele Autos da.

»Was ist denn hier los?«, wollte Vera wissen.

»Ich weiß nicht, ich wohne hier erst seit vorgestern.«

»Aha, seit vorgestern.« Sie glaubte mir kein Wort.

»Mein Haus ist abgebrannt und irgendwo musste ich ja unterkommen. Unten wohnen Freunde, oben wohne ich.«

»Dein Haus ist abgebrannt, hä?«

»Ja, verdammt noch mal.«

»Und wieso herrscht hier ein Betrieb wie im Kölner Eros-Center?«

»Was weiß ich, vielleicht ein Sommerfest oder so was. Hier, nimm das Handy, ruf Kischkewitz an, frag ihn, ob ich Mist erzähle.«

Einen Teil der Autos kannte ich.

Vera rief tatsächlich an, sie hatte sich immer noch nicht entschließen können auszusteigen. »Chef, ich glaube, ich werde hier verarscht. Er behauptet, sein Haus sei abgebrannt und er wohne hier seit vorgestern. – Ach so, ach ja. Na denn.« Sie gab mir mein Handy zurück. »Aber, ein komischer Vogel bist du schon, oder?«

Wir stiegen aus und konnten mein Dachgeschoss nicht betreten, weil die Treppe vollkommen besetzt war. Rudi, Rainer, Werner, Petra, Maria, Andrea, Günther und viele Leute mehr strahlten uns an.

»Wir haben dir das gebracht, was noch zu verwenden war«, erklärte Rudi. »Du musst ja irgendwie klarkommen, haben wir gedacht. Aber wir sind schon wieder weg.«

Er sah Vera angelegentlich an, grinste und verschwand dann.

Es war wie ein Spuk. Ehe wir uns gefasst hatten, waren alle wieder vom Hof.

»War das eine Abordnung der nächstgelegenen psychiatrischen Klinik?«, fragte sie.

»Das waren meine Nachbarn«, sagte ich gerührt. »Sie haben mir geholfen, sie helfen mir immer.« Es hätte nicht viel gefehlt und ich hätte vor Rührung zu heulen begonnen.

»Das ist ein Irrenhaus!«, bestimmte Vera. »Ich haue gleich wieder ab, ich war gar nicht hier.« Sie stolperte die letzten Stufen hoch und betrat mein neues Reich.

Irgendetwas schien nicht in Ordnung zu sein. Sie rief mehrere Male »Huch«, dann gab es einen lauten Krach und sie brüllte: »Scheiße!«

Ich fragte sicherheitshalber nicht nach. Der Flur stand voller Dinge: Kisten, Kästen, Koffer, Regale, kleine Schränke, große Schränke, Aktenschränke, Sofas, Liegen und ähnliche nützliche Sachen. Irgendwo schräg links von mir musste das sein, was ich dunkel als mögliches Wohnzimmer in Erinnerung hatte. Aber es war schwierig, die Tür zu erreichen. Mittendrin lag Vera auf dem Rücken, und auf ihrem Bauch ein Bügelbrett. Ihre Füße steckten in einer alten Eichentruhe, dort, wo normalerweise eine Schublade steckte.

»Das tut mir Leid«, murmelte ich betreten.

Sie sah furchtbar aus, ziemlich mitgenommen. Die Tränen liefen ihr über das Gesicht. Bis ich begriff, dass es Lachtränen waren, dauerte es einige Sekunden. »So ist das Leben«, japste sie.

»Willst du einen Wein oder einen Schnaps?«

»Einen Schnaps«, sagte sie. »Kann man hier auch irgendwo sitzen?«

»Ich denke, wir versuchen mal diese Richtung.«

Wir fanden eine Möglichkeit, uns gemütlich gegenüberzusetzen, indem wir die Beine hochnahmen und den Schneidersitz übten.

Ich holte die Schnapsflasche und für mich ein Wasser.

»Wieso trinkst du nicht? Das entspannt.«

»Ich trinke nie.«

»Du trinkst nie?« Sie glaubte mir schon wieder nicht.

»Willst du wieder telefonieren? Dieses Mal vielleicht mit Rodenstock?«

»Nein, nein, schon in Ordnung.« Sie begann erneut vor Lachen zu prusten, krümmte sich nach vorn und nach hinten, hielt sich den Bauch und die Augen geschlossen. Dann warf sie das Wasserglas mit dem Schnaps um, aber das machte schon gar nichts mehr, die Couch war sowieso hinüber und immer noch feucht vom Löschwasser. Das entdeckten wir aber erst, als die Feuchtigkeit durch unsere Jeans drang und die Hosen schon an den Hintern klebten, was erneut ein Grund war, fünf Minuten albern zu lachen.

Vera wurde unvermittelt ernst und fragte: »Wie hast du das mit diesem Bastian gemacht? Hast du eine besondere Methode?«

»Nein. Ich habe ihn nur ernst genommen.«

»Was bist du nur für ein seltener Journalist, dass du vorübergehend für die Bullen arbeitest? Wie kommst du damit zurecht?«

»Gut. Es gibt Bullen, die ich mag. Rodenstock oder Kischkewitz zum Beispiel. So kann ich besser über Polizeiarbeit schreiben, ich kann sie verstehen lernen. Und du? Bist du begeistert dabei?«

»Nicht bei allen Dingen, aber bei sehr vielen. Demonstrationen mag ich nicht und Fußball-Hooligans auch nicht. Mit Krakeelern kann ich nicht. Gute Polizeiarbeit liebe ich. Deshalb war ich scharf auf diese Sonderkommission. Der Fall Driesch hat etwas. Hast du einen Favoriten? Was glaubst du: Wer war es?«

»Keine Ahnung«, sagte ich. »Es kann gefährlich sein, seiner Phantasie freien Lauf zu lassen. Wir werden erleben, was dabei herauskommt. Hast du einen Favoriten?«

»Ich denke an Bestechung wegen der Windpark-Objekte. Das passt. Lebst du allein?«

»Ja.«

»Macht das Spaß?«

»Meistens ja. Manchmal nicht. Eigentlich bin ich nicht dazu geboren, allein zu leben. Irgendwann wird sich das wieder verändern. Und du?«

»Ich lebe allein. Ich habe eine üble Kiste hinter mir. War nicht schön. Ich glaube, ich sollte jetzt Kischkewitz anrufen. Er wollte mir einen Wagen schicken. Hast du morgen Programm?«

»Ja. Ich will Anna besuchen, die Frau von Jakob Driesch.«

»Die haben wir schon viele Male vor und zurück gehört.«

»Ja ihr, aber ich nicht. Ich muss die Leute selbst hören. Nachrichten aus zweiter Hand taugen nichts.«

»Darf ich mitfahren? Ich meine, deine Art zu fragen würde mich interessieren ...«

»Darfst du, wenn du magst. Du kannst ja jetzt mein Auto mitnehmen und holst mich morgen früh hier ab. Passt das?«

»Das passt«, nickte sie. »Dann kannst du endlich ins Bett. Du siehst fertig aus.«

»Das Ganze hat mich mitgenommen«, gab ich zu. »Ich werde erst mal duschen, falls in der Dusche nicht auch ein Schrank oder so was steht. Und dann haue ich mich hin. Die Autoschlüssel liegen auf einem Regal im Flur.«

Sie stand auf und sagte: »Mach's gut. Das war sehr beeindruckend.«

»Bis morgen«, nickte ich.

Ich hörte, wie sie durch die Möbel stieg und dann die Treppe hinunterging. Die Haustür klackte zu.

Ich kämpfte mich zu dem winzigen Badezimmer durch und fand es in Ordnung und möbelfrei. Ich zog die alten, verdreckten Sachen aus und ließ mir lange heißes Wasser über den Körper laufen.

Plötzlich stand sie vor mir, nackt, wie sie auf die Welt gekommen war.

»Das ist unverschämt«, meinte sie mit blassem Gesicht. »Aber ich dachte, wir können ja auch zusammen duschen. Und falls du ohnmächtig wirst, kann ich helfen.«

»Das finde ich hervorragend«, sagte ich. »Ich werde nämlich laufend ohnmächtig beim Duschen.«

Sie grinste und bat: »Rutsch mal ein Stück.«

Ich weiß nicht, wie ich das höflich, reserviert und mit Anstand ausdrücken soll. Man könnte, glaube ich, sagen: Wir hatten hervorragenden Sex in meinem neuen Anderthalbbett.

Viertes Kapitel

Wenn zwei Singles aufeinander prallen, gibt es jene bedeutsamen Sekunden, in denen sich entscheidet, ob man mehr oder weniger wortlos auseinander geht oder aber gemeinsam gut gelaunt überlegt, wo man denn in einer chaotischen Situation ein Frühstück auftreiben kann. Es sind die Sekunden, in denen man aufwacht.

Vera hatte die Sportstätte bereits verlassen und stand als schmaler Schattenriss vor dem Fenster zum Garten. Sie rauchte.

»Guten Morgen. Was überlegst du?«

»Ich dachte über Bastian nach und wie sein Leben wohl weitergehen wird. Ja, und über Jakob Driesch. Wie er in den Fluss gekommen ist, wo er neun Stunden lang steckte. Was er in Monschau suchte. Die ganze Kommission denkt über diese Frage nach, pausenlos seit fast einer Woche.« Dann drehte sie sich herum. »Hast du gut geschlafen?«

Sie wirkte heiter und gelassen. Die Frage, ob sie irgendetwas bereuen würde, stellte ich nicht, aber sie fragte: »War ich zu aufdringlich?«

»Um Gottes willen, nein. Es war schön.«

»Aber du hättest nicht gefragt, oder?«

»Nein, hätte ich nicht. Ich bin ziemlich erschöpft. Mein zerstörtes Haus, diese Wohnung hier, die Fragwürdigkeit der nächsten Wochen, dieser Fall Driesch, Annette, Bastian. Nein, ich hätte dich nicht gefragt, aber ich bin dankbar, dass du es getan hast. Hast du heute Dienst?«

»Ja und nein. Wir haben uns geeinigt, dass wir immer im Dienst sind, bis der Fall geklärt ist. Nimmst du mich nun noch mit zu Anna Driesch?«

»Natürlich. Aber woher bekommen wir ein Frühstück? Wir könnten uns in Daun im Dorint eines kaufen. Sonntag ohne Kaffee geht nicht. Wie oft habt ihr Anna vernommen?«

»Jeden Tag. Und sie ist sehr kooperativ.« Vera zündete sich die nächste Zigarette an und ließ die Kippe aus dem Fenster segeln. »Doch sie hat keinen blassen Schimmer, wo ihr Mann gewesen sein kann. Und dann die Sache mit dem Plastikgeld.«

»Plastikgeld? Was ist damit?«

»Kennst du den Tatort? Wenn du auf der Fußgängerbrücke stehst, also auf der evangelischen Brücke, wie die Monschauer sagen, dann lag Driesch rechts im Fluss. Auf einer gemauerten Fläche eines Abwasserkanals. Zwanzig Meter weiter lag sein Geldbeutel an einem Grasrand. Kannst du dir das vorstellen?«

»Jeden Zentimeter.«

»Da gibt es eine Kleinigkeit, die die Kommission der Öffentlichkeit verschwiegen hat. Geh mal im Geist auf die Fahrbahnbrücke nebenan und betrachte die Rur flussaufwärts ... Gut. Da ist rechter Hand ein weit über den Fluss ragendes Haus, eine Kneipe. Ziemlich beliebt. Der Restaurantbereich befindet sich fast senkrecht über dem Wasser. Die Entfernung zur Brücke beträgt etwa hundert Meter. Und unterhalb dieses Restaurants lagen zwei Plastikgeldkarten mit Jakob Drieschs Namen. Eine von der Volksbank in Imgenbroich, eine weitere von der Kreissparkasse Düren. Sie lagen beide ordentlich nebeneinander auf einem Flecken Kies. Gleich daneben ist ein Wasserloch, in dem Forellen stehen. Kischkewitz will, dass wir diesen Fund verschweigen, er meint, das sei möglicherweise ein Schlüssel zu dem Fall. Wir kriegen es aber nicht auf die Reihe, Baumeister. Es ist wie eine Obsession, ich möchte zuweilen mein Gehirn abschalten. Aber das geht nicht. Kischkewitz hat einen bösen Verdacht: Wenn der Täter den Tatort bis zur Unkenntlichkeit verzerren wollte, dann hat er mit den Plastikkarten das genau Richtige getan. Wir sind vollkommen ratlos. Wenn Driesch die Karten verloren hat, dann muss er dort durch den Fluss gelaufen sein. Aber woher und wohin? Hat der Täter sie dort drapiert, steht die Kommission im Regen.«

Vera begann zu lächeln. »Ich sollte aufhören, nachzudenken. Mich macht die Geschichte vollkommen verrückt. Was ist jetzt mit Frühstück? Ich würde für mein Leben gern Erdbeermarmelade auf Toast essen. Wir machen uns fein und auf den Weg. Es ist Sonntag, Baumeister.«

»Wann werdet ihr seine Leiche freigeben?«

»Bestenfalls in einer Woche. Da stehen noch chemische Untersuchungen an und bestimmte Muskelschnitte.«

»Haben die Geheimdienste eigentlich etwas beisteuern können?«

»Nein. Im Gegenteil. Sie haben uns verrückt gemacht. Driesch war ein Mann, an dem Geheimdienste bisher absolut nicht interessiert waren. Jetzt ist er tot und plötzlich wollen alle mitreden und sezieren sein Leben.« Sie warf die zweite Kippe in den Garten. »Es war schön, Baumeister. Du warst so schön albern.«

»Ich hoffe zu Gott, dass Andrea an mich gedacht und Jeans und Unterhosen und Strümpfe und all das Zeug gerettet hat. Geh schon mal ins Bad.«

Ich begab mich auf die Suche. In einem Raum, der bis zur Decke mit Möbeln, Bücherkisten und Regalen voll gestopft war, lag auf einer Tischplatte ein Zettel: *Falls du was zum Anziehen brauchst: In der Küche zwei Kisten. Schönes Wochenende. Andrea. PS: Du kannst zum Frühstück kommen!*

Als wir das Haus verließen, war es neun Uhr. Die Sonne schien, es würde wieder heiß werden. Ich fuhr, während Vera mit Kischkewitz telefonierte, mit jemandem, den sie mit Onkel Schu anredete, und dann mit einer Freundin, die sie darüber informierte, dass sie in der Eifel geschlafen habe und jetzt zu einem Frühstück unterwegs sei. Dass sie gute Laune habe und sich dafür entschuldigen wolle, dass sie in den vergangenen Tagen so mies drauf gewesen sei. »Jetzt geht das alles besser«, schloss sie. »Und noch was, meine Liebe. Die Welt besteht nicht nur aus Drieschs. Und die Eifel ist traumhaft, sage ich dir.«

Als ich den Wagen in Brück auf den Hof rollen ließ, wurde sie blass. »Das ist ja furchtbar. Du hättest ja sterben können.«

»Geh lieber nicht rein. Da kommen dauernd Deckenteile runter. Und es ist alles voller Schlamm. Morgen kommen die Container, morgen wird aufgeräumt.«

»Baust du es wieder auf?« Sie griff nach meiner Hand.

»Ich muss es aufbauen, meine Katzen haben das beschlossen. Genauso wie meine Nachbarn und meine Goldfische.«

»Du bist verrückt.«

»Ja, Gott sei Dank.«

Wir frühstückten auf Andreas Terrasse und es gab Erdbeermarmelade und Toast. Dann rief ich Anna an. »Hast du Zeit für mich?«

»Wenn du mich schonend behandelst.«

»Ich komme nicht wegen eines Interviews.«

»Dann komm her.«

Wir fuhren über Hillesheim in das Ahrtal hinunter und dann Richtung Blankenheim. Auf der Fernstraße war die Hölle los, weil am Nürburgring irgendetwas stattfand und Motorradhorden wie wild gewordene Cowboys durch das Land rasten. Dazu waren eine erstaunliche Menge von Trikes unterwegs, die knatternd und röhrend die Bäume krank machten. Wir kamen nur langsam vorwärts und vor uns fuhren in endloser Kolonne Holländer und Belgier, die die Eifel genießen wollten und sich einfach nicht zur Seite scheuchen ließen.

»Kommt das öfter vor? Ich meine, dass jemand bei dir schläft, einfach so.«

»Nein, das kommt nicht oft vor. Ehrlich gestanden bist du meine Premiere, ich bin kontaktscheu und schüchtern.«

»Baumeister, du lügst wie ein Heiratsschwindler.« Sie lachte.

»Wenn du meinst.«

In Krekel bildete sich ein kurzer Stau, weil ein Motorradfahrer samt Braut in heller Lebensfreude in einen bäuerlichen Mistwagen hineingefahren war und jetzt mit blutiger Nase am Straßenrand saß und darüber nachdachte, wieso er den Mist nicht gesehen hatte.

»Am Sonntag Mist fahren?«, fragte Vera erstaunt.

»Na ja, der Sonntag ist eine menschliche Einrichtung.«

In Schleiden mussten wir an der Hauptkreuzung links abbiegen und nach einem Kilometer ging es rechts den Hang hinauf. Das Haus lag in greller Sonne und schimmerte weiß.

Anna stand im Flur. Sie trug ein bodenlanges schwarzes Kleid, hatte die Haare zu einem Schwanz zusammengebunden und wirkte ganz ruhig.

»Ach, Vera ist dabei. Wollt ihr was essen?«

»Wir haben schon«, sagte ich.

»Dann kommt rein. Ich habe mir den Kamin angemacht, ich friere dauernd.«

In dem großen Wohnzimmer herrschte eine höllische Temperatur.

»Tee? Kaffee? Was anderes?«

»Wasser vielleicht«, sagte Vera. »Ich bin auch still, ich höre nur zu.«

»Wo sind die Kinder?«, fragte ich.

»Bei meinen Eltern in Schöneseiffen. Ich wollte sie von den Füßen haben, sie müssen das hier nicht alles mitkriegen. Aber wahrscheinlich kriegen sie sowieso alles mit. Wie geht es dir?«

»Ich bin abgebrannt.«

»Ich hörte davon.« Sie kramte irgendwo hinter uns herum und kam dann mit einer Wasserflasche und Gläsern an den Tisch. »Zahlen die Versicherungen wenigstens?«

»Es sieht so aus.«

»Und dann? Bleibst du in der Eifel?«

»Aber ja, ich will hier beerdigt werden. Darf ich mir eine Pfeife ins Gesicht stecken?«

»Mach nur.« Sie setzte sich in einen Sessel und starrte in das knisternde Feuer. »Ich weiß nicht, ob ich hier bleibe. Man sagt immer: Hier gehöre ich hin. Aber was ist, wenn du entdeckst, dass du zu ihm gehört hast und gar nicht hierhin? Ich habe mich über ihn definiert. Und nun habe ich nicht die geringste Vorstellung davon, was wir machen sollen.«

»Aber du hast doch die Arbeit mit den Jugendlichen«, warf ich ein. Anna hatte in vier oder fünf Gemeinden Jugendhäuser gegründet, still und zurückhaltend, aber sehr wirkungsvoll.

»Die Arbeit kann ich auch andernorts erledigen. Das ist kein Grund. Es ist auch nicht das Geld, er hat gut für uns gesorgt. Aber wahrscheinlich werde ich eines Morgens im Allgäu oder am Bodensee aufwachen und mich fragen: Was soll ich hier? Und dann werde ich ganz schnell in die Eifel zurückwollen. Außerdem sind meine Eltern hier. Und Jakobs Mutter.« Sie lächelte in das Feuer. Sie hatte das gesagt, um sich selbst darüber klar zu werden, was sie machen wollte.

Anna drehte sich zu Vera. »Würden Sie mir eine Zigarette spendieren?«

»Selbstverständlich.«

»Ich rauche normalerweise nicht, aber in den letzten Tagen habe ich den Eindruck, dass das hilft. Ich weiß nicht wie, aber meine Hände haben etwas zu tun. Sicher ist das dumm.« Sie ließ sich Feuer geben und paffte wie ein Schulmädchen hinter den Stachelbeersträuchern. Dann fragte sie unvermittelt: »Sind Sie hier, um meine Aussagen noch mal zu überprüfen?«

Vera wurde augenblicklich nervös. »Nein. Ich habe nur gestern erlebt, wie Baumeister mit einem Mörder umgegangen ist. Und das hat mich neugierig gemacht. Ich habe ihn gefragt, ob ich hierher mitkommen darf. Die Arbeit von Journalisten sieht so ganz anders aus, ich meine ... Also, wenn es Ihnen nicht recht ist, gehe ich und warte draußen.«

»Wieso ein Mörder? Was hast du getan, Baumeister?«

»Nichts Besonderes. Ich habe mich mit demjenigen unterhalten, der Annette von Hülsdonk erschossen hat. Das hängt übrigens mit ziemlicher Sicherheit überhaupt nicht mit Jakobs Tod zusammen.«

Anna nickte und wandte sich an Vera: »Sie können selbstverständlich hier bleiben. Ich werde nur zunehmend nervös, wenn ich jemanden von der Kripo sehe oder diese Typen von den Geheimdiensten. Tut mir Leid.« Dann drehte sie ihren Kopf. »Was willst du wissen, Baumeister?«

»Wenn ich ehrlich bin, weiß ich das nicht. Ich habe gehört, dass sich Jakob am Sonntagabend gegen 19 Uhr von dir verabschiedet und gesagt hat, er werde bald wieder zurück sein.«

»So war das«, bestätigte sie. »Aber er sagte nicht, wohin er wollte, und nicht, wen er treffen wollte. Und das war schon komisch, normalerweise erzählte er mir das immer. Ich habe in seinem Timer nachgeschaut. Da steht kein Termin verzeichnet. Du kannst den Timer sehen ... Nein halt, kannst du nicht. Den hat die Kripo.«

»Was passierte dann?«

»Nichts. Bis morgens, Montagmorgen, die Polizei kam und mir mitteilte, was passiert war.«

»Du warst hier mit den Kindern im Haus?«

»Nein. Ich bin zu Marlies runter. Du kennst sie. Eine gute Freundin. Wir haben geschwätzt. Bis Mitternacht ungefähr. Dann bin ich heim und habe mich ins Bett gelegt.«

»War dein Mann in den letzten Wochen irgendwie verändert? War etwas an seinem Verhalten nicht wie üblich?«

Sie schüttelte den Kopf. »Nein, keine Veränderung. Er war abgearbeitet und erschöpft. Deswegen war er stiller, nicht mehr so hektisch. Aber eine drastische Veränderung gab es nicht.«

»Ich muss das fragen, Anna, weil ich es verstehen will. Wie war eure Ehe in den letzten Monaten?«

»Normal. Oder interessierst du dich für unseren Geschlechtsverkehr?« Da war ein Hauch Verachtung in ihrer Stimme.

»Blödsinn. Ich frage nach möglichen Unruhezuständen. Nach möglicher Entfremdung, nach Gefühlen wie Bitterkeit, Fremdsein, Entfernung, Isolation.«

»Nein. Mein Leben war reich. Ich weiß jetzt erst, wie reich es war. Nichts dergleichen.«

»Aber schlägt nun nicht auch Panik über dir zusammen, wenn die Kripo kommt und erzählt, er habe auf Mallorca mit einer Million Mark in bar eine spanische Finca bezahlt?«

»Panik, Entsetzen, Unverständnis. Genau das.« Verzweifelt wedelte Anna mit den Händen. »Ich kann mir das Ganze nur so erklären, dass er das Haus gekauft hat, um es uns anschließend zu schenken. Schließlich war er ein verrückter Typ. Er hat mir mal einen Volvo geschenkt. Der stand mit einer riesigen lila Schleife eines Morgens vor der Tür. Und frage mich nicht nach dem Geld. Ich habe nicht den Hauch einer Ahnung, woher er es hatte. Die Polizei denkt natürlich an Bestechung und Ähnliches. Aber eine Million? Allein der Gedanke ist hirnrissig. Ich habe versucht, Jakobs Reise nach Mallorca zu rekonstruieren, weil er uns schließlich nichts davon erzählt hat. Er ist von Berlin aus geflogen. Die Fraktion hatte eine stinknormale Arbeitswoche. Und er hat zwei Tage dazu benutzt, auf die Insel zu fliegen. Es waren zwei Tage, an denen er keine Sitzung hatte. Nichts Ungewöhnliches. Und warum soll der Mann nicht nach Mallorca fliegen, wenn er uns ein spanisches Haus schenken will? Aber das Geld? Ich weiß es nicht, ich verstehe es nicht. Ist es denn nicht möglich, dass andere sich an dem Kauf beteiligt haben und ihm das Bargeld gaben?«

Ich nickte. »Natürlich. Nur müssten wir diese anderen erst einmal finden. Und wir müssten die Bank finden, die eine Million ausgezahlt hat. Wie waren seine Verbindungen zu den Herstellern dieser Windkrafträder?«

»Na, gut, selbstverständlich. Die laufen uns doch schon seit Jahren die Bude ein. Er hat Freunde darunter. Doch die sind alle befragt worden, keiner von denen hat Jakob eine Million gegeben. Jedenfalls gibt es keiner zu. Und er hätte das Geld auch gar nicht genommen. Ich kenne ihn, das hätte er nie getan.«

Jetzt begann es um ihren Mund zu zucken. Tränen liefen über ihr Gesicht. »Mein Gott, Baumeister. Ich kann diese Fragen nicht beantworten, ich habe keine Antworten, verstehst du?« Sie schniefte in ein Papiertaschentuch, richtete sich dann auf und sagte angriffslustig: »Nachts liege ich wach im Bett und denke über ihn nach. Na klar, dann frage ich mich, ob er vielleicht in Schwierigkeiten war und ich das nicht mitbekommen habe. Ich rede jetzt von finanziellen Schwierigkeiten. Kann aber nicht sein, denn ich war seine Buchhalterin, ich hätte das wissen müssen. Dann sage ich mir: Kann ja vielleicht doch illegales Geld gewesen sein. Ich habe also in heller Panik alle Leute angerufen, denen er zu Geld verholfen hat. Unternehmer in Sachen Windräder und andere Unternehmer hier aus der Region. Niemand weiß was und jeder von denen sagt: Du flippst aus, das kann ich verstehen, aber so was hat er nicht gemacht! Doch der Gedanke lässt mich nicht los. Ich habe gedacht: Vielleicht hat er Versicherungen zu Geld gemacht, kapitalisiert. Im Laufe eines Lebens ist da eine Menge zusammengekommen. Ich habe stundenlang mit allen möglichen Versicherungen telefoniert. Nichts, keine Spur. Sicherheitshalber habe ich auch alle Banken angerufen. Noch mal nichts, noch mal keine Spur.«

Das Feuer knisterte, die Flammen spiegelten sich auf den schönen antiken Möbelstücken, die Anna ihr Leben lang gesammelt und selbst restauriert hatte.

»Ich sitze hier und lege Bänder auf. Da spielt Jakob Klavier drauf. Ich höre ihm zu und ich weiß, er ist gegangen.«

Vera hockte verloren da und hielt die Hände vor ihr Gesicht.

Anna sagte: »Geben Sie mir noch eine Zigarette?«

Ich gab ihr Feuer. Ich war mit meinem Latein zu Ende. »Tja, dann wollen wir mal wieder.«

Doch Anna redete weiter: »Da ist noch etwas, was ich nicht verstehe. Normalerweise hatte er sein Handy bei sich. Und er rief immer an, wenn es später wurde, als er vorher angenommen hatte. Oder ich habe ihn angerufen und gefragt: Wann kommst du? Aber an dem Sonntag rief er nicht an, und als ich nachts um eins versuchte, ihn über Handy zu erreichen, war es nicht eingeschaltet. Und das ist wirklich so gut wie nie vorgekommen.«

Wir sprachen nicht mehr, Vera und ich gaben Anna die Hand und gingen hinaus in die Sonne.

Im Wagen meinte Vera: »Sie ist eine starke Frau, die wird das packen. Kannst du mich zur Kommission fahren?«

»Selbstverständlich. Vielleicht hat Driesch ja während der fehlenden neun Stunden jemanden getroffen, der mit der Planung der Windradanlage zu tun hat ...«

»Das haben wir überprüft, das fällt aus. Wir haben mit Höchstgeschwindigkeit alle möglichen Partner in allen möglichen Projekten und Gremien befragt. Nichts, absolut nichts. Es ist so, als hätten die neun Stunden niemals existiert.« Sie zündete sich eine Zigarette an. »Ich wollte dir noch sagen, Siggi, dass das keine Folgen haben wird.«

»Was, bitte?«

»Na ja, das von heute Nacht.«

»Was denn für mögliche Folgen?«

»Dass ich eine Wiederholung will und dir auf die Nerven gehe.«

»Und wenn ich dir auf die Nerven gehen will?«

Sie schwieg eine Weile. »Dann würde mich das freuen. Ehrlich. Was treibst du heute noch?«

»Ich weiß es noch nicht. Ich rufe gleich mal Rodenstock an. Wahrscheinlich bleibe ich in Monschau und gehe spazieren.«

»Was heißt das?«

»Wenn Driesch sein Auto oben auf dem Berg geparkt hat, dann ist er in der Altstadt zu Fuß unterwegs gewesen. Ich will in ihn reinkriechen. Das bedeutet, dass ich die Monschauer fragen werde. Und zwar jeden, der mir begegnet.«

Wir zockelten über die B 258 nach Schöneseiffen hoch. Immer noch waren sehr viele Touristen unterwegs. Es ging schon auf 16 Uhr zu. Ich versuchte Rodenstock zu erreichen und erwischte ihn auch.

»Ich bin unterwegs nach Monschau, ich will mir den Tatort und andere Dinge ansehen.«

»Ich bin schon da«, sagte er. »Mit Emma, also sind wir komplett. Komm einfach auf die evangelische Brücke. Hast du dich ausschlafen können?«

»Ja, habe ich. Bis gleich.«

Ich parkte auf dem Parkdeck vor dem Aukloster, der Betrieb war wie immer am Wochenende enorm.

Vera verabschiedete sich: »Also, bis demnächst.«

»Es war schön«, sagte ich.

»Das ist gut.« Sie verschwand hinter der schönen hölzernen Tür. Wahrscheinlich würde sie bis tief in die Nacht hinein Berichte diktieren, Protokolle nachlesen, Hinweise vergleichen, telefonieren und zwischendurch eine kalt gewordene Pizza essen und entschieden zu viel Kaffee trinken.

Ich drängelte mich zwischen den Sonntagsbesuchern über den Markt, dann durch die enge Rurstraße auf die evangelische Brücke zu.

Rodenstock und Emma lehnten an dem gusseisernen Geländer der Brücke und schauten flussabwärts. Sie waren durch nichts von den übrigen Touristen zu unterscheiden – ein älteres Paar eben, das etwas aus dem sonnigen Sonntag machen wollte.

»Sind euch erhellende Ideen gekommen?« Jetzt bemerkte ich es auch. Die Polizei hatte den Tatort abgesperrt, im Grunde nichts als ein Flussbett. Die rotweißen Plastikbänder flatterten im Wind. Auf der gemauerten Fläche um einen der Kanalisationsdeckel war mit weißer Kreide der Umriss eines Körpers aufgemalt. »Warum, um Gottes willen, haben die das nicht schon längst wieder weggemacht?«

»Du weißt doch, wie das ist«, sagte Rodenstock behaglich. »Für das Aufräumen fühlt sich niemand zuständig.« Dann räusperte er sich. »Siehst du diese Grasfläche dort am rechten Ufer, wo der Einfluss des Mühlrades ist? Da lag die Geldbörse.« Er drehte sich herum und deutete flussaufwärts. »Und dreihundert Meter weiter oberhalb auf dem linken Uferstreifen haben wir die beiden Plastikkarten gefunden.«

»Ja, und?«

»Wir wollten überprüfen, ob es tatsächlich nicht möglich ist, an diesem Abschnitt der Rur in das Wasser zu gelangen beziehungsweise den Fluss wieder zu verlassen. Und beides ist praktisch nicht möglich.« Rodenstock seufzte.

»Habt ihr mal ausgerechnet, um wie viel Uhr er in Monschau sein konnte, wenn er um neunzehn Uhr von zu Hause wegfuhr?«

»Ja, klar, das haben wir. Er muss so um 19.40 Uhr hier gewesen sein. Also dort oben über der Stadt, wo er den Wagen geparkt hat. Wenn er es gemütlich angehen ließ, war er um 20 Uhr hier unten, vielleicht ein paar Minuten früher – aber das spielt keine Rolle. Und es war Sonntagabend und todsicher herrschte noch reger Betrieb, denn ein Teil der Touristen stammt aus der unmittelbaren Umgebung. Die Leute essen hier oft noch zu Abend. Dass niemand ihn gesehen haben will, können wir nicht fassen. Hast du eine Idee?« Emma sah mich an und lächelte.

»Nein. Er kann sich ja nicht in Luft aufgelöst haben. Vielleicht war er irgendwo privat zu Gast?«

»Unwahrscheinlich«, erklärte Rodenstock. »Wir haben eine ganze Polizeieinheit von Tür zu Tür geschickt. Mit Jakob Drieschs Foto. Niemand hat ihn gesehen, niemand.«

»Dann müsst ihr die Befragung wiederholen«, sagte ich. »Er ist um vier Uhr morgens erschossen worden. Was war um vier Uhr in der Nacht von Sonntag auf Montag hier los? Da muss doch jemand auf der Straße gewesen sein. Wer treibt sich denn normalerweise nachts auf Straßen rum?«

»Ein Priester«, sagte Emma nachdenklich. »Jemand, der einem Kranken helfen will. Ein Arzt. Der Priester ist kein Scherz. Er kommt, wenn jemand stirbt. Vielleicht sind Bäcker unterwegs, die fangen doch sehr früh an. Vielleicht schon Leute, die es sehr weit bis zum Arbeitsplatz haben, nach Aachen, Köln oder Düren, Belgien oder Euskirchen. Im Übrigen teile ich Rodenstocks Ansicht nicht so ganz. Sieh dich mal um. Die Straßenbrücke hat einen Stützbogen, rechter Hand, in dem das Wasser steht, weil wir Sommerwasser haben, also Niedrigwasser. Da ist ein Vorsprung, eine grasige Böschung, da ist ein Busch. Und dort hätte Driesch aus dem Fluss rausgekonnt.«

»Verdammt, Liebling, das ist aber sehr theoretisch«, widersprach Rodenstock. »Und Tatsache ist, er lief weiter im Fluss entlang, unter dieser Brücke durch, dann schoss jemand auf ihn und er kam noch dreißig Meter weit bis auf die gemauerte Fläche dort.«

»Du bist ein schrecklicher Rechthaber, und du hast Recht«, maulte sie.

»Ein anderes Problem«, wandte ich ein. »Gibt es eigentlich eine 44er-Winchester mit einem Schalldämpfer?«

»Vielleicht von einer Spezialfirma«, sagte Rodenstock, »nicht direkt vom Hersteller. Das haben wir geprüft. Du denkst an den Lärmpegel, nicht wahr?«

»Genau. Sechs Schüsse in dieser Häuserschlucht. Das muss einen höllischen Lärm gemacht haben. Da sind Leute aufgeweckt worden. Warum melden die sich nicht?«

»Gute Frage«, nickte Emma. »Ich vermute, sie melden sich nicht, weil sie nicht in diese hochpolitische Sache verwickelt werden wollen. Sie halten sich raus. Bei so Sachen hält sich jeder gern raus.«

»Von zehn Leuten sicherlich acht«, überlegte Rodenstock. »Aber wo sind die restlichen zwei? Warum sollte eine alte Dame, die sowieso nicht schlafen kann, Angst davor haben, sich in dieser Sache zu melden? Nein, nein, ich glaube nicht an die unbedingte Ängstlichkeit aller Zeugen. Entweder haben wir bisher etwas übersehen, oder aber da kommt noch etwas auf uns zu, von dem wir heute noch keine Ahnung haben.«

»Ich spendiere euch ein Eis«, schlug ich vor. »Vielleicht kommt uns dann eine rettende Idee.«

Wir marschierten ins Café Kaulard, stiegen die enge Stiege hinauf und fanden einen freien Tisch am Fenster. Eine rettende Idee kam uns allerdings nicht, im Gegenteil, unsere Hirne kamen uns wie vernagelt vor, und Rodenstock bemerkte süffisant: »Vielleicht ist dies der Fall des Jahres, der niemals aufgeklärt wird.«

»Nicht aufgeklärte Fälle dieser Art sind nicht vorstellbar«, widersprach seine Gefährtin.

»Wenn dem Täter alle möglichen Zufälle in die Hand spielen, klären wir es zu unseren Lebzeiten nicht mehr«, sagte Rodenstock weise. »Unter Menschen kommt das häufiger vor, als wir uns zugestehen.«

Natürlich konnte Emma sich nicht zurückhalten und fragte scheinheilig: »Wie schläft es sich in deiner neuen Wohnung?«

»Da musst du die Dame fragen, die heute Nacht bei mir war. Allerdings habe ich ihren Namen vergessen«, grinste ich.

Rodenstock lachte und legte seine Hand auf Emmas Schulter. »Lass ihn. Er wird dich unterrichten, wenn er das will.«

»Da sorgt man sich und wird mit Schweigen bestraft«, seufzte sie. »Wir fahren übrigens noch nach s'Hertogenbosch. Heute Abend ist da ein Konzert, zu dem wir eingeladen sind.«

»Der internationale Jetset«, murmelte ich. »Ich werde Regale aufstellen, Bretter eindübeln und derartige Dinge treiben. Vielleicht installiere ich noch diese oder jene Lampe und packe diese oder jene Bücherkiste aus. Ich bin ein Teil der arbeitenden Bevölkerung.«

Als sie gefahren waren, rannte ich fast zum Parkdeck am Aukloster, denn mir war eine Idee gekommen, wie ich möglicherweise zur weiteren Aufklärung beitragen konnte. Mein Ziel hieß Albert Tenhoven, Ökobauer am Weißen Stein, der aus bisher unerfindlichen Gründen seit Montag, dem Tag des Mordes an Jakob Driesch, verschwunden war.

Deshalb fuhr ich zurück auf die B 258 bis Schöneseiffen, dann nach rechts auf Hellenthal zu, am Wildpark vorbei. Ab Hollerath über eine der schönsten Straßen der Eifel, immer eng an der Grenze zu Belgien entlang, bis zum 690 Meter hohen Weißen Stein, oberhalb Udenbreth, Neuhaus und Schmidtheim. Eine Traumgegend, von der ich oft gedacht hatte, sie würde mir als Standort eines Holzhauses gut gefallen. In den letzten Jahren war sie als Wintersportplatz ein wenig verkommen, da die Eifel zu wenige echte Winter verzeichnete, zu sehr unter der Klimaerwärmung zu leiden hatte.

Es gab genügend Wanderer, die Parkplätze waren gut besucht, und ich hatte keine Mühe, einen Eingeborenen aufzutreiben, der mit einem Obststand einen der Parkplätze beherrschte und auf meine Frage, wo Tenhoven zu finden sei, antwortete: »Da nimmst du die Straße nach Neuhaus runter. Und gleich nach der ersten Linkskurve siehst du rechts den Hof am Hang liegen. Aber vorsichtig, der Sauhund hat höllisch scharfe Köter.«

»Menschenfresser?«

»Na ja, reicht ja, wenn sie dich anknabbern«, erwiderte er grinsend. Er hatte ein Gesicht so rot wie eine japanische Sonne, und hinter einem Berg rotbäckiger Äpfel stand eine Flasche ohne Etikett mit kristallklarer Flüssigkeit.

»Selbst gebrannt?«, fragte ich.

»Aber sicher!«, strahlte er. »Satte achtundvierzig Prozent. Und so seidig sanft, dass dir die Tränen kommen.«

»Verkaufst du mir eine Pulle?«

»Mach ich, aber nur, wenn du die Schnauze hältst!«

Das versprach ich, dachte an Rodenstock, der gerne die Edelbrände der Eifel genoss, und packte die Flasche in den Kofferraum.

Nach wenigen Minuten schon sah ich rechter Hand den Hof am Hang liegen. Ich nahm die schmale asphaltierte Piste hinauf und rollte vor das Wohnhaus. Es war der Hof eines Freaks, man sah es an jeder Kleinigkeit. Alles in allem ein mordsmäßig unordentlicher Eindruck, wild wucherndes Unkraut, mindestens vier Traktoren, bei denen unklar war, ob sie zur Reparatur standen oder fahrfähig waren. Eine Menge rostender Eggen und Pflüge, eine Heerschar neugieriger Katzen, vier tobende Hunde in einem Zwinger und mittendrin ein riesiger Küchentisch, mindestens vier Meter lang, an dem ein bunt gekleidetes Volk saß, sich prächtig zu amüsieren schien und den Eindruck erweckte, als sei es gerade als fahrender Haufen aus dem Mittelalter in die Neuzeit gefallen. Die Haustür war offen, auf der Schwelle dröhnte aus einem Ghettoblaster ein John-Lennon-Song in die Eifel.

Ich stieg aus und schrie: »Hallo!«

Niemand reagierte, niemand konnte reagieren, sie waren fröhlich trunken. Ich überlegte, wer wohl die Hausherrin sein könnte. Am Tisch saßen einige sehr hübsche Frauen, die offensichtlich eine Menge Kleidung mit dem Ziel angelegt hatten, möglichst zerlumpt und unordentlich zu erscheinen. Ich nahm die mit langen, rötlichen Haaren, stämmiger Figur und Händen wie Schaufeln. Sie erschien mir angesichts des fleischeslustigen Albert Tenhoven eine geeignete Kandidatin.

Ich tippte sie vorsichtig an die Schulter. »Sind Sie die Frau von Tenhoven?«

Sie drehte sich herum und lachte mich an. »Das habe ich schon mal gehört.«

»Kann ich einen Moment mit Ihnen sprechen?«

»Aber ja doch. Wenn Sie einen Schnaps mittrinken.«

»Keine Erpressung, bitte«, grinste ich. »Wohin können wir denn mal gehen?«

»In die Küche«, entschied sie. Sie kletterte von der langen Bank und sagte: »Ich bin gleich wieder da, Kinners.«

Dann ging sie vor mir her in das Haus und stieg dabei über den brüllenden Ghettoblaster hinweg. Die Küche sah aus wie der ganze Hof, ausgesprochen unordentlich und ausgesprochen liebevoll eingerichtet.

»Was willste denn?«, fragte sie und setzte sich auf einen Stuhl. »Wir können uns duzen.«

»Ich suche deinen Mann, den Albert Tenhoven. Ich bin Journalist und möchte mit ihm sprechen.«

»Kommt dir wahrscheinlich komisch vor, aber mein Mann ist weg. Eine Woche schon. Ist was besorgen, kommt aber bald wieder.« Sie war eine schöne Frau und sie war klug, wie ihre Augen besagten.

»Kann man ihn nicht telefonisch erreichen? Per Handy vielleicht?«

»Kann man nicht, er ist nicht für diese modernen Sachen. Da musst du schon wiederkommen, wenn er wieder da ist. Willst du wirklich keinen Schnaps?« Sie war gar nicht betrunken, sie war einfach gut gelaunt.

»Ich trinke keinen Alkohol. Hast du denn eine Ahnung, wie lange er noch wegbleibt?«

»Nicht die geringste. Tenhoven kommt, Tenhoven geht, so ist der Kerl nun mal. Aber sei mal ehrlich, du bist Journalist, du willst was zu Jakob Drieschs Tod hören, nicht wahr?«

»Richtig. Die beiden kannten sich und mochten sich nicht. Deshalb will ich mit deinem Mann reden.«

»Er würde dir sicher was sagen, aber er ist eben nicht hier. Vielleicht weiß ich ja was.« Sie lächelte.

»Na schön. Dein Mann hat Waffen hier. Unter anderem eine 44er-Winchester. Das weiß ich. Braucht man hier denn Waffen?«

Sie kicherte. »Nein, normalerweise nicht, aber Albert ist eben ein verrückter Kerl. Er benutzt die Dinger ja nie, aber er meint: Falls mal jemand was von uns will, habe ich was für ihn. So einfach ist das. Und nebenan in Belgien kommst du ja ziemlich einfach an die Dinger, wenn du weißt, wen du fragen musst.«

»Und Albert weiß, wen er fragen muss, nehme ich mal an. Glaubst du, er kann derjenige gewesen sein, der auf Driesch schoss?«

Sie wirkte erstaunt. »Das kann nicht dein Ernst sein. Albert ist ein wilder Lümmel, aber er kann der Fliege an der Wand nichts tun, er ist ein Sensibelchen. Wie kommst du denn auf diese Idee?«

»Das frage ich jeden, der mir über den Weg läuft«, lachte ich. »Keine Beleidigung, nur eine solide Frage. Und schließlich hat er Driesch nicht gemocht, oder?«

»Ja, das stimmt schon. Aber nur wegen der Scheißwindkraftanlagen. Gerade jetzt wegen der Planung in Hollerath. Hundert von diesen Dingern, das musst du dir mal reintun. Da bin ich ganz auf Alberts Seite, da hat er Recht. Was zu viel ist, ist zu viel. Dabei geht so viel Wald den Bach runter und so viele seltene Tier- und Pflanzenarten. Und dann auch noch das Quellgebiet von drei viel Wasser führenden Bächen. Da wird Natur zerstört, das kann doch kein Mensch verantworten.« Sie war jetzt sehr erregt. »Stell dir mal vor, irgendjemand würde so ein Ding in deinen Garten setzen, dann kannst du dir auch vorstellen, wie das ist, wenn du Hunderte von Morgen Wald kaputtmachst. Dagegen ist Albert und dagegen ist jeder, der da draußen am Tisch sitzt. Du kannst sie fragen.« Sie machte eine Pause, zog ein Päckchen Tabak aus einer Tasche und drehte sich eine Zigarette nur mit der rechten Hand. Es sah aus wie Zauberei. Sie bemerkte meinen Blick und lachte wieder. »Das habe ich in Afrika gelernt. Da war ich für den Deutschen Entwicklungshilfe-Dienst tätig. Die Leute sind immer baff, wenn sie das sehen.«

»Ist es möglich, dass dein Albert Sachen weiß, die andere nicht wissen?«

»Was meinst du damit?« Sie war auf der Hut.

»Albert steckt mitten in der Szene, er geht in die Kneipen, hört hier was und da was. Und vielleicht hat er was gehört, was hilfreich sein könnte. Das meine ich.«

Bedächtig nickte sie. »Da könnte was dran sein. Aber da müsstest du mit Albert persönlich reden. Ich selbst weiß jedenfalls nix, das musst du mir glauben. Für welches Käseblatt bist du denn unterwegs?«

»Unter anderem für eins aus Hamburg. Ich möchte es etwas gründlicher machen als andere. Schließlich war Driesch Bundestagsabgeordneter und ein Mann mit viel Einfluss. Ich sprach heute übrigens mit seiner Frau. Die ist total am Boden.«

»Anna, ja Anna.« Die Frau von Albert wurde still und nachdenklich. »Die kenne ich gut.« Sie trommelte mit den Fingern der rechten Hand auf die Tischplatte. »Ich hol mir mal einen Schnaps, den brauche ich jetzt dringend.« Sie stand auf und murmelte: »Arme Anna.« Sie verschwand im Vorraum.

Nach einer Weile kam sie zurück, sie trug ein Wasserglas halb voll mit Schnaps und stellte es mit einem satten Knall auf die Platte.

»Woher kennst du Anna?«

»Wir kennen uns schon fast so lange, wie ich mit den Kindern hier bin. Erst kam sie her, um Eier, Milch und Honig zu kaufen. Wir sind ins Schwätzen geraten, wie Frauen das so tun. Ein Wort gibt das andere. Wir sind ja nicht so blöd wie ihr Mannsleute, die ihr euch anschweigt bis zum Umfallen. Na ja, dann bekamen wir Schwierigkeiten mit Eileen. Eileen ist die Älteste, jetzt ist sie siebzehn, damals war sie fünfzehn. Sie zog rum, schlief mal hier, mal da. Albert hat sich aufgeregt und hat vermutet ... na ja, er vermutete, sie schläft mit Jungens. Was ja auch stimmte. Aber nicht mit Jungen, Plural, sondern mit einem Jungen. Und mit dem zusammen ist sie durch die Gegend gezogen. Du lieber Gott, hat die uns Kummerfalten gemacht. Sie ist so eine Hübsche, musst du wissen, so wild und romantisch. Richtig neidisch war ich manchmal, obwohl Albert das nicht merken durfte. Und sie ist frech. Da geht sie doch hin und klaut aus dem Tante-Emma-Laden nicht weit von hier Fressalien und Rauchzeug und Wein und Bier und solche Sachen. Das konnte so nicht weitergehen und ich hab mich auf den Trecker gesetzt und bin nach Schleiden zu Anna gefahren. Anna, habe ich gesagt, ich brauche deine Hilfe. Das muss man sagen: Anna hilft, wenn sie kann. Und sie konnte. Irgendwie hat sie meine Tochter an der richtigen Stelle zu fassen bekommen. Die bewohnt jetzt ein kleines Apartment, der Junge darf sie da besuchen. Anna sagte: Du kannst Liebe nicht verbieten. Wenn du Liebe verbietest, bist du grausam.«

Ich stopfte mir die Rubino von Da Vinci.

»Sag mal, willst du einen Kaffee? Da ist noch einer.«

»Ja«, sagte ich dankbar.

Sie kramte irgendwo hinter mir herum.

»Kannst du dir jemanden vorstellen, der hingegangen ist und Jakob Driesch in den Rücken geschossen hat?«

»Nein!«, sagte sie hart. »Er kann ja andere Ansichten über Natur und Naturbewahrung haben, er kann meinetwegen Windkraft verteidigen und einrichten und planen, aber ihn totschießen? Nein. Sogar mein Albert sagt, Driesch war immer ein ehrlicher Mann. Ich dachte, vielleicht hat den ja jemand in die Rur gekippt? Ich meine, erst erschossen und dann reingeschmissen? Aber das geht nicht, sagt Albert, das Wasser ist zu seicht und hat viel zu wenig Strömung. Ist ja schon eine geheimnisvolle Geschichte, nicht wahr?«

Ich nickte. »Und deshalb dachte ich, dass Albert vielleicht etwas mehr weiß oder gehört hat oder ahnt. Ist er mit dem Auto unterwegs?«

»Ja, mit unserm Rover Freelander. Stimmt, du hast Recht, wird Zeit, dass er mal wieder reinschaut. Außerdem muss er das Gatter für die Ziegen höher machen. Die Saubande springt einfach drüber und ist schneller als unsereins. Vielleicht kannst du deine Telefonnummer hier lassen? Dann kann er dich ja anrufen, wenn er wieder hier ist.«

Ich schrieb meine Handynummer auf einen Zettel und legte ihn vor sie hin. Der Abend kam, man konnte die ersten Dunstschleier im Tal sehen, die laute Gesellschaft am Tisch im Hof war leiser geworden.

»Gut, er soll sich melden, wenn er mal Zeit hat. Mach's gut und danke für den Kaffee.« Ich ging hinaus, setzte mich in meinen Wagen und verließ den Hof. Ich fuhr talwärts bis Neuhaus, dann weiter nach Schmidtheim. Ich fand eine Kneipe, in der es ein gutes Wiener Schnitzel gab und wo ich draußen sitzen konnte.

Driesch, gib mir eine Antwort auf die Frage, wo du dich neun Stunden herumgetrieben hast. In diesem Land ist dein Gesicht bekannt. Wieso hat dich niemand gesehen? Jeder hier kennt dein Auto – wieso hat niemand das gesehen? Und – zum fünfhundertsten Mal – aus welchem Grund bist du in die Rur gestiegen?

Mein Handy regte sich, jemand hatte vor, mir den Abend zu verderben.

Ich meldete mich mit: »Ich bin verplant. Hier ist das städtische Krematorium, Ofen sechs. Heizer Baumeister.«

»Du bist total verrückt.« Vera lachte. »Wo steckst du?«

»In der Nordeifel«, sagte ich vorsichtig. »Nördlich von Prüm und südlich von Schleiden. Such dir was aus.«

»Du hast Angst vor dem Chaos in deiner neuen Bleibe, wetten?«

»Nein, habe ich eigentlich nicht. Ich trage das Chaos in mir, also liebe ich das Chaos. Und wie geht es dir?«

»Ich bin im Hotel und müde. Aber ich schiebe Nachtdienst, ich habe es Kischkewitz versprochen. Ich bin nur hier, um neue Klamotten anzuziehen. Es war für ihn die einzige Chance, mal seine Familie in Wittlich zu besuchen. Was Neues?«

»Nicht das Geringste. Und bei euch?«

»Ja, da ist etwas. Versprichst du, das vorläufig nicht zu benutzen?«

»Natürlich. Ich schreibe erst, wenn Land in Sicht ist. Daran ändert sich nichts. Also, was ist?«

»Wir haben einen Zeugen beziehungsweise eine Zeugin. Aber ihre Angaben sind vollkommen verrückt. Wahrscheinlich ist sie etwas altersverwirrt und schmeißt Sachen durcheinander.«

»Kannst du das für den zweiten Bildungsweg näher erläutern?«

»Kann ich.« Sie grinste offensichtlich, denn sie atmete schneller. »Denk mal an die Brücke für Fahrzeuge neben der Fußgängerbrücke. Linker Hand das Eckhaus ist eine Bank. Geradeaus liegt ein Uhren- und Schmuckgeschäft. Die Straße nach links läuft parallel zur Rur und heißt Stadtstraße. Dieser Bereich entspricht in der Rur dem Abschnitt, wo die Plastik-Geldkarten gefunden wurden, Driesch selbst und seine Geldbörse. Da gibt es viele Kneipen und es war unglaublich, dass sich niemand meldete, der in der Nacht was Ungewöhnliches bemerkt hatte. Daher bin ich losgezogen und habe die Häuser abgeklappert. Klingel für Klingel. Und im dritten Haus stehe ich dann unterm Dach juchhe vor einer alten Dame, die ganz freundlich und schüchtern erklärt: Natürlich, junge Frau, habe ich den Krach gehört, also das Knallen. Aber das ist doch nicht wichtig! Ich kann dir sagen, ich hätte die alte Dame fast umgebracht.«

»Was ist denn nun dabei herausgekommen?«

»Eine komische Sache. Als Driesch im Fluss starb, war es vier Uhr. Nun behauptet die alte Frau aber, es sei erst halb vier gewesen, als sie die ersten Schüsse hörte. Und zwar habe es nicht auf der Flussseite geknallt, sondern auf der Straßenseite. Ich habe natürlich nachgehakt, aber sie beharrt drauf: Straßenseite, halb vier in der Früh. Sie sagt, sie wird immer um diese Zeit wach. Und: Sie hat ihr Schlafzimmer nicht nach hinten raus, sondern zur Straße hin. Und noch etwas: Sie hat sich einen großen Spiegel an der Dachraufe anbringen lassen. So kann sie sehen, wer unten bei ihr schellt. Nun behauptet sie: Um halb vier rannte erst eine Person durch den Spiegel und dann eine zweite. Und es knallte, es knallte unüberhörbar. Ich habe mir den Spiegel angesehen. Neben dem Blickfeld steht eine Straßenlaterne. Die Frau könnte die Wahrheit erzählen, wenngleich das unsere ganzen bisherigen Überlegungen über den Haufen wirft. Die Frau besteht darauf, dass beide Personen von rechts nach links liefen also stromaufwärts und damit stadtauswärts. Ob es Männer oder Frauen waren, konnte die Dame allerdings nicht erkennen. Aber es waren zwei. Und dann, sagte sie, folgte noch eine dritte Person, ebenfalls von rechts nach links. Ungefähr zwei, drei Minuten später. Ich habe wieder gefragt: Sind Sie ganz sicher? Sie war regelrecht empört. Ich habe doch drauf geachtet!, sagte sie. Ich habe ihr eigentlich kein Wort geglaubt. Doch dann bin ich runter und habe die Straße abgesucht. Uraltes Kopfsteinpflaster, anno Tobak. Und was fand ich dort? Eine Patronenhülse. Und die stammt zweifelsfrei aus einer 44er-Winchester, zweifelsfrei aus der Tatwaffe. Und ich habe noch drei weitere gefunden, also insgesamt vier. Alle stammen sie aus der Tatwaffe.«

»Und welche Rückschlüsse zieht ihr daraus?«

»Wir müssen total umdenken. Kischkewitz hat mich gelobt und gemeint: Das bedeutet, dass der Täter zwei Magazine verschoss. Und das ist ein Haufen Zeug. Jetzt sind die Kollegen gerade dabei, sich jeden Anwohner in der Straße noch mal vorzuknöpfen. Das alles ist jetzt noch unverständlicher. Wieso landete Driesch plötzlich in der Rur, wenn er noch eine halbe Stunde vorher die Straße entlang rannte? Das verlangsamte doch seine Flucht. Selbst wenn er in Panik gewesen ist, das hätte er erkennen müssen. Wieso also die Rur? Es ist zum Verrücktwerden, Siggi. Aber sag nicht, dass du das von mir hast.«

»Was sagen denn eure Analytiker? Passt das in irgendeine von euch erdachte Szene?«

»Nein. Wenn wir für den Vorgang einen weiteren Zeugen finden, was sehr wahrscheinlich ist, müssen wir umdenken. Bisher gingen wir davon aus, dass nur zwei Personen an dem Vorgang beteiligt waren, der Mörder und das Opfer. Jetzt haben wir plötzlich drei. Wer war die dritte Person? Wenn du uns das Rätsel löst, Siggi, kriegst du das Bundesverdienstkreuz.«

»Weiß Rodenstock schon davon?«

»Natürlich. Was wirst du jetzt tun?«

»Nach Hause fahren und schlafen«, log ich fröhlich. »Dem Junggesellen bleibt immer nur das einsame Bett.«

»Ha, ha«, raunzte sie und beendete das Gespräch.

Ich bestellte noch ein Eis. Wenn man auf rutschige Pfade gehen will, sollte man das gut genährt tun. Dann machte ich mich auf den Weg. Ich fuhr wieder zurück über Neuhaus den Berg hinauf. Den Wagen parkte ich oberhalb des Hofes von Albert Tenhoven, nahm die Maglite und schlich am Waldrand entlang. Der Hof hatte drei große Bogenlampen, die ihn gut sichtbar hielten. Im Abstand von etwa vier- bis fünfhundert Metern umfasste hufeisenförmig Wald das Gebäude, dann folgten Wiesen bis unmittelbar an das Haus heran. Die Frage war: Wann kam Albert Tenhoven ins Haus? Jeden Abend? Jeden Abend ganz spät? Oder einfach dann, wenn die Luft rein schien? Ich hatte nicht die geringste Vorstellung, was ihn trieb, den Hof zu meiden, aber vielleicht würde er es mir sagen.

Ich folgte dem Waldrand, benutzte nur selten die Stablampe und blieb für Leute auf dem Hof unsichtbar. Zunächst war es leicht begehbarer Tannenwald, der dann einem jungen Mischwald wich. Das Laufen wurde erheblich schwieriger, weil dort hohe Ginsterbüsche zwischen Birken und Krüppeleichen standen und zudem Himbeer- und Brombeerranken in den Weg wucherten. Aber das hielt mich nicht davon ab weiterzugehen. Zweimal fiel ich empfindlich auf die Nase, weil meine Füße sich in rankenden Zweigen verfingen.

Dann entdeckte ich das erste Häuschen. Es kam in der Dunkelheit wie ein großes Viereck auf mich zu und ich fragte mich, was das sein könnte. Plötzlich wusste ich es: Albert Tenhoven war unter anderem Imker, hier standen Bienenstöcke. Das Häuschen war stockdunkel, die Ein- und Ausfluglöcher der jeweiligen Stöcke waren aber gut erkennbar. Ich wusste aus Erfahrung, dass sich im Gebäudeinnern ein breiter Gang befinden musste, von dem aus der Imker arbeiten konnte.

Der Gang war nicht verschlossen. Ich drückte die Tür vorsichtig auf, es roch süßlich. Links an der Wand hing ein großer Hut mit einem Gazenetz, daneben waren Gerätschaften, von denen ich annahm, dass ein Imker sie braucht.

Der Hof lag jetzt links von mir hangabwärts, er wirkte im gelben Schein der Bogenlampen wie eine friedliche Insel, wie ein Haus, das man gerne ansteuert, um sich in Sicherheit zu begeben.

Ich erreichte das zweite Bienenhaus. Auf den ersten Blick wirkte es genauso klobig und viereckig schwarz wie das erste. Aber dann stellte ich Unterschiede fest. Das hier war größer, war doppelt so groß. Und ein weiterer Unterschied bestand darin, dass in diesem hier Licht brannte. Ich konnte nicht erkennen, ob es elektrisches Licht war oder eine Petroleumfunzel. Aber eindeutig war es Licht. Es fiel in einem schmalen Streifen am Fußboden auf die Nadeln der Kiefern, die hier standen. Dann roch ich Tabak, unzweideutig ein starkes, scharfes Kraut.

Ich umrundete das Haus, um zu gucken, wo sich die Eingangstür befand. Auch sie schloss nicht dicht, auch hier gab es gelbe Streifen Licht.

Ich war unschlüssig, ich wusste nicht, wie ich vorgehen sollte. Nach Wilma Bruns zu urteilen, war Albert Tenhoven nicht ganz unkompliziert. Es konnte also geschehen, dass er die falschen Schlüsse zog und irgendeine Waffe zückte. Das Risiko musste ich allerdings eingehen.

Ich klopfte an die Tür. »Tenhoven? Kann ich Sie sprechen?«

Keine Antwort.

Ich wiederholte: »Herr Tenhoven, mein Name ist Siggi Baumeister. Ich bin Journalist. Ich weiß genau, dass Sie da drin sind. Kann ich Sie ...«

Etwas traf mich an der linken Kopfseite, dann registrierte ich einen heftigen Schlag in meine Kniekehlen. Jemand grunzte wie ein Schwein. Als ich nach vorn an die Holzwand des Bienenhauses geschmettert wurde, wollte ich so etwas wie ›nein‹ sagen. Aber das schaffte ich nicht mehr. Ich spürte, dass ich fiel, doch ich brachte die Arme nicht mehr vor mein Gesicht.

Fünftes Kapitel

Als ich wach wurde, hatte ich nicht eine Sekunde Schwierigkeiten, mich zurechtzufinden. Ich lag neben der Tür zu dem Bienenhaus, die Tür stand weit offen und Albert Tenhoven ragte wie ein Berg vor mir auf. Ich hatte massive Kopfschmerzen und fühlte mich so erledigt, als hätte ich vierzehn Tage mit einer Viruserkrankung im Bett gelegen.

Tenhoven stand da in der Tür und schaute auf mich herab. »Wieso schleichen Sie nachts auf meinem Grund und Boden rum? Was soll das?«

»Ich bin gar nicht geschlichen, ich bin kein Indianer. Ich habe nur nicht geglaubt, dass Sie einfach verreist sind. Und wenn Sie so etwas wie ein Aspirin oder fünf Aspirin hätten, wäre ich Ihnen sehr dankbar.«

»Wenn Sie verschwinden und nicht mehr zurückkehren, kriegen Sie eins. Aber nur dann.« Er hatte eine tiefe, sehr gemütliche Stimme.

»Dann will ich keines. Sie könnten mir wenigstens auf die Beine helfen, damit ich gehen kann.«

»Können Sie sich irgendwie ausweisen?«

»Ja, kann ich. Und ich war gegen Abend bei Ihrer Frau, sie wird Ihnen das schon berichtet haben. Verdammt, ich komme allein nicht hoch. Schlagen Sie immer die Leute zusammen, die nachts nach Ihnen suchen?«

Ich musste ihn irgendwie erheitert haben, er lachte. »Ich habe gedacht, Sie sind wer vom Finanzamt.«

Dann bückte er sich, fasste mich in den Achseln und stellte mich auf die Beine. Mir war schwindelig.

»Das muss ich aber erst einmal abklären«, sagte er dann scharf.

»Das können Sie ja«, erwiderte ich lahm.

»Gehen Sie mal vor mir her, den Weg da runter.«

»Okay. Jetzt müssen Sie nur noch sagen: Beim ersten Anzeichen von Flucht schieße ich sofort. In billigen Stoffen sagen die Leute das immer. Wie lange wollten Sie denn verschwunden bleiben?«

»Für Freunde bin ich gar nicht weg gewesen. Und nun gehen Sie schon.«

»Irgendwo muss eine Stablampe rumliegen. An der hänge ich.« Ich überlegte nicht, wie ich ihm entkommen könnte, ich war dankbar, dass er sich meiner so fürsorglich annahm.

»Die habe ich in der Hand. Jetzt aber ab.«

Wir gingen friedlich einen breiten, bequemen Weg zu Tal und sprachen erst einmal nicht mehr miteinander. Ich hoffte, dass das Wichtigste noch nicht gesagt war. Der Weg war kurz – hinunter durch eine kleine Senke, hinauf auf eine Bodenfalte, dann lag sein Hof vor uns.

»Rechts um die Scheune herum«, wies mich Albert an.

Als wir in das helle Licht des Strahlers gerieten, der über der Haustür angebracht war und den ganzen Hof in Helligkeit tauchte, rief seine Frau: »Wieso musst du die Leute immer gleich verprügeln?«

»Hat er gar nicht«, antwortete ich. »Im Gegenteil, er hat mich nur ganz schnell zusammengeschlagen.« Dann drehte ich mich zur Seite, um Albert zu mustern, denn schließlich will man ja wissen, wer einen auf die Bretter geschickt hat.

Er war zwei Köpfe größer als ich, hatte dichtes, graues Haar, das bis auf den Kragen seines dunkelblauen Pullovers fiel. Ein ziemlich wilder Bart bedeckte die untere Gesichtshälfte. Er trug abgetragene Jeans und schwere Arbeitsschuhe. Kurz gesagt: zwei Meter zum Fürchten und ein schwer wiegender Grund, keinen Streit anzufangen.

»Kann ich nicht doch ein Aspirin haben?«, fragte ich demütig.

»Gib ihm ein paar«, sagte er mürrisch. »Was soll ich denn tun, wenn er nachts über unseren Grund und Boden schleicht?«

Die Frau grinste kurz und murmelte: »Du lernst es nie!« Sie ging voraus ins Haus und ein paar Sekunden später hockte ich an demselben Tisch, an dem ich vor kurzem schon mal gesessen hatte.

»Darf ich mal Ihre Papiere sehen?«

»Sicher.« Ich reichte ihm die Ledermappe und Albert machte sich darüber her.

»Sie sind ja aus der Eifel«, stellte er erstaunt fest.

»Das bin ich. Können Sie mir verraten, weshalb Sie sich verstecken?«

»Könnte ich, tue ich aber nicht.«

»Das Gespräch hat einen erstaunlich hohen Level.«

»Das ist nicht mein Problem.« Er zuckte mit den Achseln. »Sie wollen doch nur was über die Leiche Driesch wissen. Und darüber können Sie von mir nichts erfahren.«

»Doch«, widersprach ich. »Das kann ich schon. Sie wissen erstens, wie Driesch war. Und zweitens haben Sie enorm viel Ahnung von Windkraftanlagen. Schöne Grüße übrigens von Wilma Bruns. Im Übrigen haben Sie Recht: Ich hätte hier nicht herumschleichen sollen. Aber Sie hätten sich freiwillig nie gezeigt. Sie mögen ein körperlicher Riese sein, aber meine Backenzähne haben mit meiner Überzeugung verdammt wenig zu tun. Machen Sie mir also nicht vor, Sie hätten keine Ahnung. Vor wem laufen Sie weg?«

»Das geht Sie nichts an.«

Die Frau kam zurück und stellte mir ein Glas mit stark sprudelndem Wasser auf den Tisch. »Ich koch mal Kaffee«, sagte sie gleichmütig. Und dann, an Albert gewandt: »Er kennt Anna gut.«

»So? Tut er das?«, entgegnete er mürrisch.

»Es ist mein Beruf, ich bin Journalist. Ich will den Mord verstehen. Wenigstens versuchen zu verstehen.«

»Da kann ich nicht helfen«, sagte er.

Ich trank etwas und fühlte mich durch das kühle Wasser ein wenig besser.

»Sie sollten sich das Gesicht waschen«, riet die Frau sanft. »Sie haben etwas geblutet, da muss ein Pflaster drauf. Kommen Sie mal mit.«

Wir liefen einen schmalen Flur entlang, dann eine breite Treppe hinauf. Das Badezimmer war erstaunlich komplett und erstaunlich neu, mit einer riesigen mattblauen Wanne.

»Setzen Sie sich auf den Hocker da«, befahl sie.

Ich betrachtete mich flüchtig im Spiegel und fand, dass sie Recht hatte. Ich sah zum Fürchten aus. An der linken Augenbraue war ein schlimm aussehender Riss, dabei konnte ich mich gar nicht daran erinnern, dass Albert mich dort getroffen hatte.

Sie tupfte mir mit lauwarmem Wasser das Gesicht ab, verstrich sanft etwas Hamamelissalbe und klebte das Pflaster auf.

»Er ist ja gar nicht so«, sagte sie beruhigend. »Er hat es nur zurzeit etwas schwer.«

»Aha«, murmelte ich höflich.

»So, und jetzt können wir einen Kaffee trinken.«

In der Küche hockte Albert am Tisch und rauchte eine mächtige Zigarre. Ich dachte, dass er Rodenstock wahrscheinlich gefallen würde. Und wahrscheinlich war er alles in allem gar kein so übler Zeitgenosse.

»Was hat Ihnen Wilma denn erzählt?«, fragte er.

Ich stopfte mir eine stark gebogene Pfeife von Lorenzo. »Über Sie eigentlich nicht sehr viel. Dass Sie neu hier sind, Ökobauer, Ziegenkäse, Schafskäse, Honig. Dass Sie ein Feind von Windkraftanlagen sind. Ja, und von ein oder zwei Erlebnissen mit Ihnen.« Ich musste ihn darauf hinweisen, dass ich von seiner Affäre mit Wilma wusste. Und er kapierte es augenblicklich, er schloss die Augen und sein Mund wurde ganz schmal.

Die Frau stellte Becher vor uns hin, goss Kaffee ein und setzte sich. Sie zog ein Päckchen Tabak aus der Tasche, drehte sich eine Zigarette, zündete sie an und atmete den Rauch tief ein. Dann sagte sie zu ihrem Mann: »Das kann sowieso nicht so weitergehen.«

Er antwortete nicht, er widerprach ihr nicht.

»Ich könnte ein Gespräch mit einem Mann vermitteln, der etwas abseits arbeitet. Das ist ein sehr guter Freund von mir. Der beste.«

»Was heißt denn hier abseits?«, fragte er aggressiv.

»Abseits heißt, dass er nicht für die Kripo arbeitet, aber Zugang zu allen Informationen über den Fall hat.«

»Was habe ich denn mit Driesch zu tun?«, maulte er.

»Das weiß ich nicht. Aber Sie werden als wichtiger Zeuge gesucht. Das wissen Sie doch ganz genau. Sie sind eine der Zentralfiguren, wenn es um Windkraft in der Eifel geht, also braucht die Kripo Sie. Das Schlüsselwort ist Windkraft.«

»Wieso denn das? Wieso muss die Geschichte mit Windkraft zusammenhängen?«

Ich überlegte einen Augenblick und spielte den Trumpf dann aus. »Passen Sie auf. Jakob Driesch war Ihr politischer Gegner, wenn ich das richtig verstehe. Er wollte Windkraft, und er hat sie durchgesetzt. Vor ein paar Monaten nun ist er für zwei Tage nach Mallorca geflogen und hat für ein spanisches Bauernhaus eine Million Mark in bar auf den Tisch gelegt. Und niemand, nicht einmal seine Frau, hat die geringste Ahnung, woher das Geld stammen könnte.«

Es war, als ginge die Sonne auf. Ein unendlich breites Grinsen zerfurchte Alberts Gesicht und seine dunkelbraunen Augen strahlten wie Weihnachtskerzen. Er flüsterte: »Ich habe es immer geahnt, verdammt, ich habe es immer gewusst. Jeder ist käuflich, einfach jeder!«

»Vielleicht verstehen Sie jetzt, warum ich Ihr Wissen brauche«, setzte ich drauf. »Ich brauche Ihre Hilfe.«

Er stand auf und ging mit schweren Schritten zu einem uralten Küchenschrank, der verdächtig nach Gelsenkirchener Barock aussah. Er holte eine Flasche und Gläser heraus und drehte sich um. »Sie auch einen?

Mensch, darauf gehört einfach ein anständiger Brand!« Er kehrte zum Tisch zurück, goss sich ein, goss seiner Frau ein, goss mir ein und gluckste vor unterdrücktem Lachen. »Für diese Nachricht könnte ich Sie knutschen.«

»Bitte nicht«, sagte ich. »Das letzte Mal ist das schief gegangen.«

Albert begann dröhnend zu lachen. Er schlug sich auf die Schenkel und vor lauter Begeisterung verschluckte er sich. »Ich hab's dir gesagt, Minchen, ich hab's dir immer gesagt. Jeder ist käuflich, der edle Driesch auch.«

Ich musste ihm einen Dämpfer verpassen. »Moment, das ist nicht bewiesen. Das Ganze kann sich als vollkommen harmlos herausstellen.«

»Harmlos?«, fragte er verblüfft. »Da fliegt ein Bundestagsabgeordneter nach Mallorca und schiebt eine Million Bares über den Tisch? Erzähl das deiner Großmutter, Junge.«

»Ich heiße Hermine«, klärte seine Frau mich auf.

»Siggi«, erwiderte ich brav. Und so traten wir denn in die nächste Phase unserer Beziehung ein.

»Es ist erklärbar«, beharrte ich. »Ein einfaches Beispiel: Er hat Freunde, die zusammenlegen und sich das spanische Bauernhaus kaufen wollen. Er tut seinen Anteil hinzu und fliegt los. So simpel könnte das gewesen sein. Nimm zehn Freunde, dann ist jeder mit hunderttausend dabei.«

Albert überlegte eine Weile. Dann schüttelte er nachdrücklich den Kopf. »Niemals. Wenn das so gelaufen wäre, dann wüsste die Kripo längst Bescheid. Dann hätten sie den einen oder anderen der zehn längst ausfindig gemacht und ausgequetscht. So ist das nicht gelaufen, so nicht.«

»Du hast Recht«, gab ich zu. »Wahrscheinlich nicht. Aber wie denn dann?«

Albert Tenhoven sah seine Frau an und erneut ging ein Strahlen über sein Gesicht. »Quint!«, sagte er.

Seine Frau wiederholte bedächtig nickend: »Quint.«

»Wer ist Quint?«

»Ein Fall für sich!«, stellte Hermine fest.

»Das reicht mir nicht«, bemerkte ich giftig.

»Das hältst du im Kopf nicht aus, wenn du einen hast«, rief Tenhoven begeistert. »Ich wusste immer, dass da was läuft.«

»Darf ich mitlachen?«

»Ja, warum nicht?«, fragte Hermine. »Es ist ja für jeden genug da.« Sie kicherte hoch und schrill.

»Ja, der Quint«, murmelte Tenhoven bedächtig. »Also Quint heißt Paul Quint und ist ein belgischer Industrieller. Ungefähr fünfzig und so gefährlich wie ein Skorpion bei Nacht. Er residiert in Faymonville. Wenn du am Losheimer Graben über die Grenze gehst und die Straße nach Büllingen, Bütgenbach nimmst, dann liegt Faymonville linker Hand. Kleines Dorf, aber exquisite Landschaft und viele angenehm reiche Belgier. Quint macht in Öl, Erdgas, in russischem Gold, kanadischem Manganerz, und Quint macht in Immobilien im karibischen Raum.« Der Bauer lächelte und setzte hinzu: »Ich weiß das, denn ich habe alles Wissenswerte über ihn gesammelt, weil ich ihm nicht traue. Er ist in diesem für Industrielle typischen Alter, in dem sie plötzlich Ideologien entdecken und sich für irgendeine Sache stark machen. Du kennst das ja. Der eine fängt plötzlich an, den tropischen Regenwald zu schützen, der andere gibt eine Tageszeitung heraus und erfindet die Demokratie neu, der nächste schützt die Wale im Südpolarmeer. Quint entdeckte für sich die Windkraft. Ich sage ja nicht, dass das alles falsch ist, ich meine bloß: Man sollte sich erst einmal bedeckt halten und genau hinsehen. Südlich von Faymonville gibt es ein kleines Nest namens Möderscheid, sehr idyllisch. Und das Dreieck, das diese beiden Orte mit Büllingen bilden, das wäre der ideale Platz für eine Windkraftanlage. Niemand könnte sich beschweren, niemand würde gestört. Und Quint wollte dort eine Windkraftanlage hinstellen. Die Idee muss selbst ich als gut bezeichnen, denn dort ist es ökologisch vertretbar. Ich habe mir das Gelände genau angeschaut. Doch Quint bekam dafür keine EU-Gelder. Brüssel sagt: Wir sind doch nicht verrückt und bauen eine Anlage in Faymonville und die nächste gleich nebenan in Deutschland, in Hollerath. Und die Planung von Hollerath ist einfach schon viel weiter gediehen. Die haben die ersten bürokratischen Hürden schon genommen. Und vor etwa einem Jahr passierte es dann. Na ja, du weißt nicht, wie so was läuft.«

»Nun erklär es ihm doch, er ist doch nicht auf den Kopf gefallen«, sagte Hermine.

»Bin ich doch!«, widersprach ich grinsend.

»Es ist so, dass regenerative Energien eigentlich gefördert werden sollen. Europaweit. Doch jemand, der heutzutage eine Windkraftanlage bauen will, tut verdammt gut daran, die Sache möglichst schnell und komplett nach Recht und Ordnung, alle bürokratischen Schwierigkeiten berücksichtigend, durchzuziehen. Das ist ein simples, verdammt schnelles Spiel, und wenn du der Schnellste und Kompletteste bist, hast du große Chancen an die Gelder der EU zu kommen. Und deine Konkurrenten aus der gleichen Region haben das Nachsehen, weil die EU nicht so blöd ist, zwei oder gar drei Windkraftanlagen in der gleichen Region zu fördern. Wenn also Hollerath lahmarschig betrieben wird, sagt die EU: Na gut, dann kriegt das Geld ein anderer. Und dann legt so ein Quint in Faymonville los. So einfach geht das Spiel. Jeder, der eine Anlage plant, macht das zunächst heimlich und zügig. Bereitet er sich gut vor, dann kann er relativ schnell an

Gelder kommen. Also gibt er Gas. Anfangs hat die Gruppe in Hollerath wirklich Gas gegeben, also Driesch, die arme Annette, Wilma und wie sie alle heißen. Sie haben sogar die Waldbesitzer auf ihre Seite ziehen können. Und dann, vor etwa einem Jahr, wurden sie plötzlich träge. Es kamen sogar schon Anfragen aus Brüssel, wo denn die Anträge auf Geldmittel blieben. Kein Mensch konnte sich das erklären. Driesch antwortete ausweichend, die Projektgruppe würde in einem Arbeitsstau stecken. Aber das stimmte nicht, das war kein Grund. Und kurz vor Weihnachten im vorigen Jahr, also vor einem Dreivierteljahr, legte plötzlich Quint in Faymonville los. Er ließ sogar den inzwischen erworbenen Grund schon roden. Er ist zwar eine Spielernatur, aber ich glaube schon, dass er einen Tipp aus Brüssel bekommen hat. Der Tipp kann nur gelautet haben: Bau dein Ding, die Konkurrenz schläft, der Zaster ist noch da. Gleichzeitig bedeutet das aber: Wenn Quint so etwas zu Ohren gekommen ist, dann muss das Projekt Hollerath aufgegeben worden sein.«

»Also hat deiner Ansicht nach Driesch die Million von Quint kassiert und dann die Pläne für Hollerath langsam einschlafen lassen.«

»Genau das!«, nickte Hermine. »Die Million hat Quint in der Portokasse, das fällt bei dem überhaupt nicht auf. Wenn Albert bisher so was vermutet hat, habe ich immer gesagt: Du spinnst. Aber wie es den Anschein hat, bekommt er wieder mal Recht. Alles passt zusammen.«

Albert strahlte seine Hermine an. »Als ich hörte, dass Quint angefangen hat zu roden, bin ich hingerast. Das wollte ich selbst sehen. Und ich habe es gesehen. Inzwischen hat er schon die Fundamente fertig, die Anträge liegen in Brüssel, und niemand glaubt, dass das Ding noch schief gehen kann. Wenn ich jetzt noch herausfinden könnte, wer die Windräder dort produziert und aufstellt ...«

»Und ihr seid sicher, dass Driesch Quint gekannt hat?«

»Sehr gut sogar. Quint hat von Driesch sein ganzes Wissen über Windräder bezogen. Driesch war sozusagen Quints Lehrmeister der ersten Stunde. Das weiß ich ganz genau, weil Quint einen Workshop besucht hat, den Driesch geleitet hat. Ich war selbst auch dabei.«

»Allerdings gibt es nicht den geringsten Beweis für diese Theorie«, sagte ich vorsichtshalber.

»Aber es ist eine verdammt heiße Spur«, meinte Hermine.

»Das ist richtig. Doch mich stört, dass Wilma diesen Quint und sein Projekt nicht erwähnt hat. Sie tat so, als würde der Bau in Hollerath zwar angefeindet, sei aber letztlich sicher. Sie hat nichts von Verzögerungen erzählt.«

»Ach, Wilma«, sagte Tenhoven mit einem tiefen, leisen Lachen. »Du musst wissen, dass sie einen Traummann hatte. Und der hieß Driesch.«

»Das weiß ich, das hat sie gesagt«, nickte ich. »Aber für sie schien außer Frage zu stehen, dass die Anlage in Hollerath durchgezogen wird – eindeutig.«

Hermine mischte sich ein. »Vielleicht hat Driesch Wilma nicht informiert, vielleicht hat er sie in dem Glauben gelassen, die Planung in Hollerath sei sicher.«

»Aber warum das?«, hielt ich dagegen. »Das macht doch keinen Sinn. Wenn er im Bundestag in Berlin zu tun hatte, hat Wilma ihn hier vor Ort vertreten. Warum sollte sie irgendetwas nicht wissen? So unprofessionell kann Driesch doch nicht gewesen sein.«

»Weiß der Geier, was alles dahinter steckt«, polterte Tenhoven. »Es ist zu spät, sonst würde ich nun noch rumtelefonieren. Aber das kann ich morgen auch noch tun.«

»Morgen nicht, wenn du Montag meinst. Wir haben nämlich schon Montag. Du setzt dich jetzt am besten in dein Auto und fährst nach Monschau zur Sonderkommission ins Aukloster. Und vorher wüsste ich gern, weshalb du dich versteckst.«

Eine Weile herrschte Schweigen, irgendwo tickte laut eine altmodische Uhr, ein Radio wurde an- und wieder abgedreht.

»Sie schlafen schon wieder nicht«, seufzte Hermine.

»Also gut«, murmelte Tenhoven. »Die Steuer hat mich am Arsch. Das ist ein persönliches Ding zwischen dem Leiter der Behörde und mir. Er will mich verhaften lassen, er hat einen Haftbefehl durchgesetzt. Ich bin das, was man einen säumigen Steuerzahler nennt.«

»Na ja, so harmlos ist das Ganze nicht«, murmelte Hermine mit einem Seitenblick auf ihren Albert. »Wir haben nämlich, seit wir hier wohnen, noch keinen Pfennig Steuern bezahlt. Wir brauchten das auch nicht, wir würden befreit, weil bäuerliche Betriebe da gewisse Vorteile haben. Neugründung und Produktion von Gütern, die vom Hof direkt zum Verbraucher gehen, und so. Aber Albert hat die Anträge erst gar nicht gestellt, keine Umsätze gemeldet. Und irgendwann kam es zum Krach mit dem Finanzamtsleiter. Das ist zwar ein Behördenarsch, aber er kann ja schließlich auch nicht so, wie er will, er hat seine Vorschriften. Die beiden haben sich dutzend Mal angebrüllt wie die Kesselflicker. Dann wurde der Gerichtsvollzieher ein ständiger Besucher bei uns. Doch es eskalierte immer mehr. Schließlich wollte der Finanzamtsleiter gar kein Geld mehr, sondern nur noch Albert in sein Auto einladen und ihn abliefern. Das ist gar nicht mehr spaßig.«

»Dieser Scheißkerl!«, fluchte Albert. »Ich kann nicht zu deiner Kommission.«

»Du musst«, sagte ich. »Es hat überhaupt keinen

Zweck, dem ausweichen zu wollen. Du kannst ihnen deine Lage erklären und sie können dir in Sachen Finanzamt helfen. Aber du musst ins Aukloster. Du hast möglicherweise den Fall gelöst. Und es ist eine Belohnung ausgesetzt, eine halbe Million.«

»Was?«, fragte er. »Für das Geld verprügel ich den Papst. Ach nein, der ist mir zu alt. Eine halbe Million?«

»Ja, also tummel dich, setz dich in deine Karre und fahr hin.«

»Es ist ein Uhr nachts. Ich bin nicht rasiert.«

»Und du muffelst!«, sagte Hermine streng.

»Die arbeiten rund um die Uhr. Du kannst schnell baden, dich rasieren. Okay?«

»Und sie ... sie schicken mich nicht zum Finanzamt rüber?«

»Das tun sie nicht«, versicherte ich. Aber davon war ich durchaus nicht felsenfest überzeugt. Ich kannte die Bocksprünge der Bürokratie nur zu genau. »Ich sage es ihnen, ich rufe jetzt an, du kannst zuhören.«

Ich wählte die Nummer der Kommission und verlangte Vera.

»Was treibst du mitten in der Nacht? Warum schläfst du nicht?«

»Weil ich den verschwundenen Albert Tenhoven aufgetrieben habe.«

Sie war überfordert. »Wen?«

»Den Ökobauern, den Ihr vernehmen wolltet.«

»Und? Was sagt er?«

»Er kann wahrscheinlich die Million erklären, mit der Driesch nach Mallorca geflogen ist. Und er hat von einem Mann namens Paul Quint erzählt. Tenhoven kommt gleich zu euch. Aber er hat ein Problem: Das Finanzamt will ihm an den Kragen. Kannst du ihm da helfen?«

»Oh, oh!«, machte Vera. »Du weißt, das ist heikel. Mal sehen, was ich tun kann.«

»Du musst ihn retten«, mahnte ich. »Sonst kommt er nicht.«

»Du bist ein Schätzchen, Siggi.« Sie lachte. »Na gut, sag ihm, ich helfe. Und er soll sich beeilen.«

»Habt ihr was Neues?«

»Ja. Zwei weitere Zeugen, die genau wie die alte Dame behaupten, dass es gegen halb vier in der Nacht auf der Straße einige Mal geknallt hat. Also eine halbe Stunde, bevor Driesch starb. Auch diese beiden haben sich nicht gemeldet, weil sie annahmen, das sei nicht wichtig.«

»Herzlichen Glückwunsch«, sagte ich. »Bis später.«

»Halt, warte. Was hältst du davon, übermorgen mit mir essen zu gehen? Du bist eingeladen.«

»Danke, das tue ich. Ich melde mich. Ich fahre jetzt eine Runde schlafen.«

»Ich beneide dich.«

Ich wandte mich an Tenhoven. »Mach dich auf die Socken. Sie helfen dir in der Finanzamtssache. Und bitte, erkläre ihnen das mit Quint und seiner Anlage in Faymonville genau. Ich muss jetzt, Leute. Es hat mich teilweise gefreut.«

»Du kriegst nie mehr einen aufs Maul«, versprach Tenhoven. Seltsamerweise wirkte er verlegen und sah angelegentlich auf seinen Schnaps hinunter.

»Wenn du deinen Enkeln von deinem wilden Leben erzählst, dann vergiss uns nicht«, meinte die wunderbare Hermine. Und sie umarmte mich tatsächlich, weil ich ihr wahrscheinlich geholfen hatte, ohne das zu wollen.

Die Nacht war lauwarm, selbst in dieser Höhe machte es Spaß, mit offenen Fenstern zu fahren. Da ich dachte, die Sache sei zu wichtig, rief ich Wilma Bruns an und schaltete den Freisprecher ein.

»Siggi hier. Ehrlich gestanden bin ich sauer auf dich. Warum hast du mir eigentlich die Konkurrenz in

Faymonville verschwiegen? Und warum hast du nicht gesagt, dass es in eurer Planungsgruppe schon seit Monaten so langsam zugeht wie bei einer Schnecke?«

»Ich ... ich wollte dich mit diesen Mickrigkeiten nicht belasten. Es ist sowieso schon schwer genug, die Hintergründe zu verstehen.«

»Mickrigkeiten? Ich bitte dich! Warum hat Driesch das Projekt verzögert?«

»Ich weiß nicht, ich weiß es wirklich nicht. Vielleicht, weil er von Windkraft so langsam die Nase voll hatte. Jedenfalls hat er mir immer wieder gesagt: Mach dir keine Sorgen, wir bauen den Park und Faymonville ist keine Konkurrenz. Zuletzt vor vierzehn Tagen.«

Nun war ich vollkommen verwirrt. »Darüber würde ich gern in Ruhe mit dir reden, wenn du nichts dagegen hast. Quatsch, das ist die unprofessionellste Bemerkung des Jahres. Darüber *müssen* wir reden. Warst du von dem Kerl so geblendet, dass du jedes seiner Worte glaubtest? Was läuft da bei dir ab? Wir müssen reden, Frau!«

»Kein Problem«, sagte sie munter. »Ich bin sowieso unter Bewachung. Vor dem Haus steht ein leibhaftiger Streifenwagen mit einem Zivilbeamten drin. Und jetzt besaufe ich mich langsam.«

»Tu das nicht«, brauste ich zornig auf. »Lass das sein. Du brauchst jetzt einen klaren Kopf.«

»Wozu denn? Der passt doch auf. Ich brauch doch gar keinen Kopf.«

Ich unterbrach die Verbindung und gab wieder Gas. Ich fühlte mich ausgelaugt und wollte schlafen. Gegen halb drei war ich in Deudesfeld. Ich wunderte mich, dass im Flur keine Möbel mehr standen. Ute und Alwin hatten alles an seinen Platz gerückt. Auf einem Tisch stand ein Brett mit belegten Broten, daneben eine Flasche Wasser und ein Zettel: *Wir haben es dir etwas angenehmer gemacht. Nun genieß dein Ersatzzuhause!*

Ich war zu müde, um gerührt zu sein, ließ die belegten Brote einfach im Kühlschrank verschwinden, legte mich auf das Bett, schaltete vorher den Radiowecker aus und schlief sofort ein.

Ich träumte wirres, aufregendes Zeug. Jemand jagte mich durch einen Wald, und auf meinem Fluchtweg standen mir unbekannte Menschen und feuerten mich an, ich solle schneller laufen. Und als ich mich umdrehte, um meinen Verfolger zu betrachten, war der irgendein fremdes Tier von einem fremden Stern, war glitschig, bläulich, von ungeheuren Ausmaßen, hatte mindestens sechs tentakelähnliche Arme und sabberte eine Flüssigkeit, die rot war wie Blut. Das weckte mich, das war stark genug. Es war freundliche elf Uhr an einem sonnigen Montagmorgen, die Welt hatte mich wieder, der Schweiß stand mir auf der Stirn, das Leben machte mir nur begrenzt Spaß.

Ich taumelte aus dem Bett, von aussteigen konnte keine Rede sein, und stolperte in die kleine Küche. Ute hatte mir ein Pfund Kaffee hingestellt mit einem Stapel Filter. Neben einer Kaffeemaschine lag ein Zettel.

Da deine Maschine im Löschwasser ersoffen ist, haben wir uns gedacht, wir spendieren dir eine neue!
Viel Spaß! Ute

PS: Mittlerweile haben rund zwanzig Leute angerufen, wie es dir denn so geht. Und ich habe versprochen, du würdest sie zurückrufen. Hier ist die Liste mit den Namen: ...

Es folgten zwar nicht gerade zwanzig Namen, aber vierzehn. Ich hatte ein schlechtes Gewissen.

Während der Kaffee durchlief, machte ich die Andeutung einer Katzenwäsche. Dann hockte ich mich auf einen Sessel, den Andreas mir freundlicherweise gepumpt hatte, erinnerte mich an die belegten Brote, holte sie aus dem Kühlschrank, nahm einen Teller, von dem ich nicht wusste, wer ihn mir geliehen hatte, und wollte genüsslich frühstücken und dabei über den Lauf des Schicksals nachdenken. Zuerst fiel mir der Becher mit Kaffee um und floss über den Tisch, der mein eigener war, dann bekam ich Schwierigkeiten mit der Kunststofffolie, die über die belegten Brote gelegt war. Am Ende kullerten die Brote über den Teppich, von dem ich keine Ahnung hatte, wem der gehörte.

Das Telefon setzte den Schlusspunkt unter meinen Versuch, gemütlich zu frühstücken. Rodenstock sagte: »Ich brauche dich jetzt dringend.«

»Wo?«

»In Mützenich. Wilma Bruns ist tot. Hohes Venn, du weißt schon. In einem Moorweiher versackt. Vielleicht ertrunken, wir wissen es noch nicht genau.«

»Ich komme«, stammelte ich. »Noch heute Nacht habe ich mit ihr telefoniert.«

»War was Besonderes?«

»Ja, eine erstaunliche Sache. Aber da sie jetzt nicht mehr lebt, läuft uns das nicht weg. Ich erzähle es dir, wenn ich da bin.«

»Gut. Du fährst durch Mützenich durch weiter auf der Straße nach Eupen. Kurz nach dem Ortsausgang ist rechter Hand ein Parkplatz. Dort parkst du und überquerst die Straße. Du kommst auf einen schmalen Pfad. Dann siehst du uns schon. Es sind belgische Kollegen da. Ich sage ihnen Bescheid, dass du kommst, wir haben alles abgesperrt.«

»Sie hat heute Nacht gesagt, sie wolle sich besaufen.«

»Das hat sie. Aber das allein kann nicht der Grund sein, dass sie 65 Kilometer von ihrem Haus entfernt am frühen Morgen in ein Moor gestolpert ist. Wann hast du mit ihr telefoniert?«

»Das muss gegen zwei Uhr gewesen sein. Ich kam von Tenhoven.«

»Ich habe davon gehört. Großes Lob. Komm jetzt, wir müssen jedes Hirn einspannen, der Fall wird mir langsam unheimlich.«

Ein paar Minuten später startete ich, die Eifel lag immer noch unter einer heißen Sonne und niemand hatte Kühlung versprochen.

Im Grunde wirkte das alles viel zu trivial, um Realität zu sein. Rodenstock hatte prophezeit: »Möglicherweise ist Wilma Bruns die Dritte.« Nun war sie die Dritte. Wo war der Beamte geblieben, der sie hatte beschützen sollen? Wie war sie nach Mützenich in die traumhaft schöne Moorlandschaft geraten?

Es war nicht schwer, den Ort zu finden, denn die belgische Polizei hatte die Straße abgesperrt und ließ niemanden durch. Ich sagte, wer ich sei, berief mich auf Rodenstock und durfte weiterfahren. Ich parkte den Wagen, querte die Straße und war auf dem Pfad, der zu einer hölzernen Aussichtsplattform für Wanderer führt. Tafeln erklären, wie dieses Moor entstanden, dass es abgrundtief und lebensgefährlich ist. Der Pfad ist nur durch senkrecht stehende und quer gelegte dünne Fichtenstämme, die als Geländer dienen sollen, gesichert. Er führt um das erste Loch herum, das vielleicht einen Durchmesser von dreihundert Metern hat. Hier blühen im Frühling millionenfach gelbe Narzissen, ein unglaublicher Anblick, eine richtige Detonation in Gelb. Später im Jahr überzieht ein weißer Schimmer das Land, das Wollgras breitet sich aus. Wer sich die Mühe macht und sich bückt, sieht den Sonnentau, das winzige Fleisch fressende Ungeheuer. Ich starrte auf die Wasserfläche, die absolut ungefährlich, ja harmlos wirkte, und erinnerte mich an eine alte Frau, die einmal neben mir gestanden hatte, als gerade die Narzissen das Land erobert hatten. Die Frau hatte geweint und gesagt: »Das hat der Herrgott schön eingerichtet.«

Jetzt war Wilma Bruns gekommen, um hier zu sterben.

Ich entdeckte zweihundert Meter weiter Rodenstock und Emma, die mit anderen Männern zusammenstanden. Sie winkten. Ich ging langsam auf sie zu und stopfte mir dabei eine Pfeife. Wilma musste auch hier entlang gegangen sein, denn hier konnte kein Auto fahren. Hatte Nebel über dem Wasser gelegen, war sie unglücklich gewesen? Wollte sie sterben?

»Sie ist bis hierher gekommen«, sagte Emma. »Guten Morgen, Baumeister. Hier ist sie unter dem Geländer her gekrabbelt und dann einfach geradeaus gegangen. Sie ist maximal fünf Meter weit gekommen.«

»Wieso hat man sie gefunden? Ich denke, das Moor verschluckt alles.«

»Das ist richtig«, meinte Rodenstock. »Aber ihr rechter Schuh hatte sich an einer kleinen Weide festgehakt. Siehst du sie dort? Heute Morgen gegen acht Uhr ist ein Wildhüter hier entlang gekommen, Routinegang. Der hat ihren Schuh entdeckt.«

»Wo ist sie jetzt?«

»Auf der Straße weiter unten steht der Laborwagen. Die belgischen Kollegen helfen uns. Sie machen jetzt erste Blut- und Flüssigkeitsuntersuchungen, die ganze Latte der ersten Routine. Wir brauchen schnelle Erkenntnisse. Wir müssen wissen, ob wir Selbstmord ausschließen können, obwohl alles danach aussieht.« Rodenstock paffte eine seiner gewaltigen Zigarren. Das war am hellen Tag und vor dem Mittagessen ungewöhnlich.

»Keine weiteren Spuren? Ich meine, hat sie jemand begleitet?«

»Wir wissen es noch nicht genau«, sagte Emma. »Die Spurenleute müssen Wilmas Spuren mit vielen anderen vergleichen. Dieser Pfad ist immer sehr feucht. Was meinst du, Baumeister, wurde sie umgebracht?«

»Ja, ich glaube schon«, sagte ich. »Wahrscheinlich habe ich heute Nacht Wilma ganz ungewollt auf etwas aufmerksam gemacht, dessen Bedeutung sie erst begriff, als wir unser Gespräch beendet hatten. Und jetzt können wir sie nicht mehr fragen. Rodenstock, was ist deine Meinung?«

»Ich glaube auch, dass sie getötet wurde. Erzähl mal, was letzte Nacht los war!«

Ich versuchte, mich so kurz wie möglich zu fassen. »Da wird eine Windkraftanlage in Hollerath geplant. Solche Anlagen werden mit beträchtlichen Mitteln von der Europäischen Union, dem Bund und den Ländern gefördert. Diese Gelder fließen jedoch erst, wenn die ersten Planungen abgeschlossen sind. Also gerade zu Beginn eines solchen Projekts ist Eile geboten, um möglichst schnell an diese Mittel zu kommen. Und genau hier ist in Hollerath aus irgendeinem Grund am Ende etwas schief gegangen. Vor etwa einem Jahr haben die Brüsseler Bürokraten sogar in Hollerath nachgefragt, wieso die Anträge auf die Gelder noch nicht eingegangen seien. Das bedeutet: Driesch und seine Arbeitsgruppe haben geschlampt. Wilma Bruns eingeschlossen. Dadurch konnte ein belgischer Financier aus Faymonville, Paul Quint, ins Geschäft kommen, der hier in Belgien eine Windkraftanlage auf die Beine stellen will. Es wird ihm gelingen, wenn das so weitergeht, Hollerath ist eigentlich schon aus dem Rennen. Und zwar durch Hollerath selbst, also durch Driesch. Und heute Nacht hat Wilma Bruns mir klarzumachen versucht, dass Driesch sich absolut sicher war: Hollerath würde auf jeden Fall gebaut. Ich habe Wilma zu verstehen gegeben, dass Driesch mit Hollerath gescheitert war. Und nun bin ich überzeugt davon, dass sie bei der Gelegenheit zum ersten Mal begriff, was da wirklich abgelaufen ist.«

»Ob Wilma Bruns wohl hierher gekommen ist«, fragte Rodenstock bedächtig, »um sich mit jemandem zu treffen, um mit dem über das Hollerath-Projekt zu sprechen?«

»Das überlege ich auch gerade«, nickte ich. »Nehmen wir mal an, sie ist sich klar darüber geworden, dass Hollerath geplatzt ist. Das bedeutete für Wilma politisch eine große Niederlage. Vielleich konnte das ihre Zukunft in Frage stellen. Denn so eine Anlage wird von Profis verwaltet und gesteuert. Und sie war ein Profi. Wenn sie, völlig berechtigt, später in die Geschäftsleitung einsteigen wollte, dann war dieser Traum jetzt tot. Das kann sie in Panik versetzt haben. Wenn sie hier jemanden getroffen hat, dann war das also ebenfalls ein Profi auf dem Gebiet der Windkraft.«

»Ja, du hast Recht«, bestätigte Emma. »Und ihr Auto ist nicht hier. Das heißt, sie ist mit ihrem Auto von zu Hause weggefahren, aber hier nicht damit angekommen. Also hat sie unterwegs jemanden getroffen, zu dem sie in den Wagen gestiegen ist. Logisch?«

»Logisch!«, nickte Rodenstock. »Nun machen Sie mal weiter, Frau Kollegin.«

»Sie steigt zu jemandem ins Auto, sie fahren hierher. Wahrscheinlich haben sie diesen Ort gewählt, weil sie hier sicher sein konnten, absolut ungestört zu sein. Hier kann man reden, hier ist um diese Zeit niemand. Wann war heute Sonnenaufgang?«

»Irgendwas um sechs Uhr herum«, sagte ich.

»Okay«, sagte Emma und schaute auf den matschigen Boden zu ihren Füßen. »Sie haben also genügend Licht, um ein paar Schritte spazieren zu gehen. Wahrscheinlich wollten sie gar nicht das Moor durchqueren, nur ein paar Schritte tun, die Köpfe freibekommen, das Problem begreifen. Denn sie haben laut Baumeister das Problem, dass das gesamte Projekt Hollerath gestorben ist. Richtig? Richtig! Und was passiert dann?« Sie starrte auf das Morr hinaus und erschauerte.

»Jetzt hast du dich ein wenig vergaloppiert, Liebling.« Rodenstock war behutsam. »Wir wissen, dass der erste Alkoholtest ergeben hat, dass Wilma 1,9 Promille hatte. Sie hatte ganz schön zugeschlagen. Und ich gehe jede Wette ein, dass der, den sie traf, das merkte. Und natürlich wollte der eine nüchterne Wilma, nicht eine betrunkene. Also ist der Spaziergang hier im Moor vermutlich eher als ein Mittel zu sehen, dass Wilma wieder zu sich kam.«

»Falsch!«, sagte Emma scharf. »Jetzt ziehst du einen Schluss aus einem Schluss. Das ist Kriminalisten nicht erlaubt, jedenfalls nicht, solange es andere Theorien gibt. Es ist genauso gut möglich, dass die Person, die Wilma traf, sofort begriffen hat, dass Wilma betrunken war, und sie bewusst hierher brachte, weil hier die Möglichkeit bestand, Wilma zu töten.«

»Einsame Spitze«, bekannte ich andächtig. »Wir haben zwar noch keinen Beweis, aber das alles zusammen ergibt ein Bild. Demnach hat jemand Driesch getötet, der ein massives Interesse daran hat, dass Belgien den Windpark baut und nicht die Bundesrepublik in Hollerath.«

»Das könnte stimmen«, sagte Rodenstock langsam. »Kann aber auch vollkommen falsch sein. Wenn es so ist, dass Driesch das Geld aus einer belgischen Quelle bezogen hat – warum musste er dann getötet werden? Das gibt doch gar keinen Sinn. Er war aus dem Geschäft als Konkurrent eh raus.«

»Deine Gehirnwindungen funktionieren ziemlich ekelhaft ...« Ich überlegte beinahe hektisch. »Von der Troika, die Hollerath steuerte, lebt niemand mehr. Annette ist tot, Wilma ist tot, Jakob ist tot. Genau genommen hat der Belgier schon seit langem das Rennen gemacht. Es ist daher aus seiner Sicht absolut unnötig, jemanden zu töten. Also ... Ach verdammt, wir fangen an, uns im Kreis zu drehen. Wir müssen erst mal wissen, ob Wilma überhaupt umgebracht wurde oder nicht.«

Vera kam den Pfad entlang auf uns zu, sie wirkte sehr zerbrechlich und lächelte verkniffen. »Seid ihr weitergekommen?«

»Nein«, sagte Emma. »Ihr? Habt ihr Wilmas Auto?«

»Nein, noch nicht. Wir haben vier Streifenwagen losgeschickt, das kann noch Stunden dauern.«

»Eine Frage«, sagte ich. »Sie hatte einen Beamten als Wachhund. Wo ist der denn abgeblieben? Das wird ein gefundenes Fressen für meine Branche sein.«

»Das ist mehr als schlimm«, antwortete Vera und sah niemanden von uns an. »Der Mann steckt in massiven persönlichen Schwierigkeiten. Ehekrise und so. Er hat sich nach Mitternacht sechs bis acht Flaschen Bier an den Hals gesetzt und war vollkommen außer Gefecht. Er war noch um zehn Uhr heute Morgen nicht ansprechbar. Das wird ihn den Job kosten. Und wir werden alle Mühe haben, den Medien die Panne zu erklären. Sie werden uns total verreißen. Kischkewitz ist ungenießbar, weil er sofort vor den Minister zitiert wurde.«

»Und was machen wir jetzt?«, fragte ich.

Rodenstock sagte: »Du hast die Spur vom Belgier Quint aufgegriffen. Wir sollten versuchen, so schnell wie möglich mit dem zusammenzukommen. Wie weit ist dieses Faymonville von hier entfernt?«

»Fünfundzwanzig bis dreißig Kilometer, schätze ich. Was willst du ihn fragen?«

»Ob er Driesch eine Million geschenkt hat, was sonst?«, lächelte Rodenstock. »Damit ihm sofort der Arsch auf Grundeis geht, werde ich mich als BND-Agent anmelden.«

»Darf ich mit?«, fragte Emma scheinheilig. »Ich habe noch nie im Leben einen leibhaftigen Agenten bei der Arbeit gesehen. Du, Baumeister?«

»Noch nie. Vor allem noch nie diesen legendären Agenten. Wie war doch gleich sein Name? Rodenkirchen? Oder wie?«

»Ihr seid arrogante Typen«, entschied Rodenstock. »Und vor allem seid ihr neidisch. Ich gehe mal telefonieren.« Er schlenderte den Pfad entlang.

»Ich muss wieder«, murmelte Vera. »Wir sollten warten, bis Wilmas Ergebnisse kommen.«

»Warte mal einen Moment«, stoppte ich sie. »Wenn die Zeugen das richtig gesehen haben, ist Driesch doch anfänglich auf der Straße parallel zum Fluss flussaufwärts gelaufen, nicht wahr? Und anschließend, kurz bevor er getötet wurde, wieder flussabwärts.«

»Richtig«, nickte Vera. »Und nach ihm kam ein Verfolger. Und nach dem Verfolger noch eine dritte Person.«

»Haben die neuen Zeugen die dritte Person inzwischen auch bemerkt?«

»Ja, zweifelsfrei. Denn einer dieser Zeugen, ein Rentner, ein ehemaliger Lehrer, stand mit seinem Hund, den er Gassi führen wollte, unten in der Haustür. Er hat einen Mann davonrennen sehen, dem ein anderer folgte. Ein bis zwei Minuten später kam noch einer vorbei.«

»Und das waren mit Sicherheit alles Männer?«

»Na ja, da würde ich mal Misstrauen empfehlen. Der Lehrer kann nicht mehr gut sehen, der dritte Zeuge, ein Kellner, trägt eine Brille mit Glasbausteinen. Das Licht um die Zeit war nicht ausreichend für eine einwandfreie Identifizierung.«

»Uns fehlen dann immer noch achteinhalb Stunden von seinem Leben«, stellte Emma fest.

»Aber wir haben jetzt eine Richtung«, dachte ich laut.

»Driesch rennt die Straße flussaufwärts. Biegt dann aus unerfindlichen Gründen nach links ab, klettert irgendwo und irgendwie in den Fluss und rennt im Grunde den gleichen Weg wieder zurück. Mitgekommen? Er muss einen Grund gehabt haben, den gleichen Weg zurückzulaufen. Das kann heißen: Er hatte irgendwo jenseits der Brücken flussabwärts ein Ziel.«

»Gut gedacht«, nickte Emma.

Dann schwiegen wir und blickten über das Moor.

Eine Gruppe Spurenleute kam und begann vorsichtig an einer bestimmten Stelle relativ breite Bretter zur Wasserfläche hin auszulegen. Es waren drei Männer, die schweigend und konzentriert arbeiteten. Der kleinste und somit leichteste von ihnen, ging vor bis an das jeweilige Ende des provisorischen Stegs und ließ sich ein Brett nachreichen, das er langsam auf das Moor vor sich legte. Nach fünf Brettern waren sie ungefähr sieben bis acht Meter weit gekommen und einer von ihnen sagte: »Das reicht jetzt! Wir sind jetzt gut drei Meter weiter, als Frau Bruns gekommen ist. Ihr Schuh hing da rechts in der kleinen Weide. Falls sie etwas verloren hat, muss es hier auf dieser Linie liegen. Falls es zu schwer war, werden wir es sowieso nicht mehr finden. Hardy, bitte leg dich mal flach auf das vorderste Brett. Vielleicht kannst du Erhebungen wahrnehmen, die wir von hier aus nicht sehen.«

Kurz darauf lag Hardy mit dem Gesicht zum Ufer flach auf dem Brett.

Als er sagte: »Da ist was!«, kam Bewegung in die Gruppe.

Ein zweiter Mann schob sich Hardy entgegen und der dritte sagte: »Wenn Rolli auf der Höhe dessen ist, was du siehst, gibst du ihm ein Zeichen.«

»Komm, komm, komm«, dirigierte Hardy monoton, und der Mensch namens Rolli schob sich Zentimeter um Zentimeter voran.

»Jetzt ist rechts von deinem Ellenbogen, ungefähr zwanzig Zentimeter querab, ein kleiner Buckel«, sagte Hardy. »Siehst du ihn?«

»Ich sehe ihn«, bestätigte Rolli. »Und was tue ich jetzt?«

Der, der am Ufer geblieben war, überlegte: »Wenn du danach greifst, läufst du Gefahr, dass das Ding tiefer sinkt und verschwindet. Man müsste von der Seite drunterfassen können. Mit ... vielleicht mit einem schmalen Brett.«

»Das könnte klappen. Besorg mal eins«, meinte Hardy ruhig.

Der, der am Ufer zurückgeblieben war, ging mit raschen Schritten davon. Rolli, der dem Ufer näher war, sagte gemütlich: »Wenn er eine halbe Stunde braucht, bin ich braun, als wenn ich auf Teneriffa gewesen wäre.«

Hardy vor ihm entgegnete mit unendlicher Ruhe: »Ob du das glaubst oder nicht, mein Brett gleitet seitlich weg. Ich denke, ich habe noch sechzig Sekunden.«

»Um Gottes willen«, hauchte Vera und griff meinen rechten Arm so fest, dass es schmerzte.

»Baumeister, tu was«, befahl Emma kühl und gelassen.

Ich überlegte laut: »Rolli, bleib liegen. Nicht bewegen. Du bist sicher. Kannst du etwas weiter auf Hardy zurutschen?«

»Ja, aber nur, wenn jemand die Brücke macht.«

»Genau«, sagte ich. »Los, Frau, du bist die Leine.«

Vera begriff sofort. Sie legte sich flach auf den Bauch und robbte auf das erste Brett. Sie bekam Rollis Füße zu fassen, ich hielt ihre Füße. Rolli hatte Hardys Füße gepackt.

»Ich fange jetzt an zu ziehen«, sagte ich. »Ihr müsst flach bleiben, nicht aufrichten. Klar?«

»Klar!«, sagte Hardy. »Wer bist du denn?«

»Presse«, sagte ich.

»Ach, du lieber Gott«, stöhnte er.

Ich zog. Es ging unendlich langsam, es ging so langsam, dass ich glaubte, wir hätten keine Chance. Das Brett, auf dem Hardy lag, bekam Schlagseite. Rollis Brett lag noch eben. Zum Teil bewegten sich die Bretter, zum Teil bewegten sich die Menschen auf ihnen, es war nicht genau zu unterscheiden. Um die Bretter herum hatte sich Wasser gesammelt, das jetzt auf die Holzflächen schwappte.

Hardys Brett glitt etwa zur Hälfte in den Morast. Und dann griff dieser Idiot in den Schlamm. Er tauchte mit dem linken Arm bis zur Achsel in die tödliche Brühe, zog ihn mit einem Ruck wieder hinaus, hielt ihn hoch und stammelte: »Es ist ihr Handy, verdammt, ich hab ihr Handy!«

Endlich war Vera auf dem Trockenen, dann Rolli, dann Hardy. Sie keuchten alle drei. Etwa einhundert Meter entfernt tauchte der dritte Spurenmann mit einem schmalen Brett in der Hand auf und rief: »Ich hab eins!«

»Schon gut, schon gut«, murmelte Hardy. »War ja nichts Besonderes. Der Buckel im Schlamm war nur ihr Handy.«

Rodenstock kehrte zurück und sagte: »Wir sollen um 21 Uhr heute Abend in Faymonville sein. Quint steht uns dann zur Verfügung.« Dann nahm er Vera wahr und fragte entgeistert: »Wo warst du denn, Mädchen?«

»Schlammbad«, gab sie Auskunft und dann küsste sie Hardy auf die Stirn.

Aber sie wurde sofort wieder sachlich und fragte: »Was ist, Vater Rodenstock, wenn ich darum bitte, zu diesem Belgier mitgenommen zu werden?«

»Wenn Kischkewitz dich freigibt, gerne«, nickte er.

»Hast du Vater Rodenstock gesagt?«, fragte Emma.

»Wir nennen ihn so. Es ist ein Ehrentitel.«

»Bin ich dann Mutter Emma?«, fragte Emma.

»Nein«, sagte Hardy. »So weit gehen wir nicht.«

Wir lachten alle und Emma war sichtlich stolz auf den Vater.

»Wann ist denn der Laborwagen mit den Ergebnissen so weit?«, fragte Vera. »Ich meine, entweder warte ich noch, oder ich fahre eben nach Monschau und ziehe mich um.«

»Fahr mal«, sagte Rodenstock. »Wir vergessen dich nicht.«

Wir lungerten herum, bis gegen 17 Uhr endlich die beiden Laborärzte aus dem Wagen kletterten und bleich und übel riechend verkündeten, sie seien sich einig. Sie könnten nun einiges über Wilma Bruns erzählen. Aber erst einmal wollten sie etwas zu trinken haben, bevor sie Auskunft geben würden. Jemand brachte ihnen zwei Flaschen Bier. Sie tranken genüsslich und berieten sich, wer den Vortrag halten sollte.

Der Belgier begann und wie alle Menchen aus dem Grenzgebiet sprach er ein leicht fehlerhaftes, aber fast akzentfreies Deutsch.

»Wir können der Kommission Folgendes mitteilen: Das Blut der Toten hatte einen Alkoholspiegel von 1,9 bis 2 Promille. Das bedeutet, die Frau war ziemlich betrunken. Nach Angaben von Zeugen war sie an den Konsum von Alkohol gewöhnt. Wir nehmen daher an, sie war betrunken, konnte aber durchaus noch gehen, lallte nicht, sondern war ihrer Natur gemäß – und dies beruht wiederum auf Schilderungen – eher angeregt heiter. Ob sie nun allein den schmalen Pfad um das Moorgebiet herumging oder in Begleitung war, können wir nicht entscheiden, wir nehmen aber an, dass die Spurenleute dazu etwas sagen werden. An dem Punkt, an dem der Wildhüter sie entdeckte, ist sie auch in das Moor gestiegen, indem sie sich unter dem Geländer hindurchbückte und dann einige Schritte tat. Wenn sie diese Schritte schnell getan hat, dann konnte sie durchaus den Punkt im Moor erreichen, an dem sie entdeckt wurde. Das war gegen acht Uhr am Morgen. Zu diesem Zeitpunkt war der Tod seit mindestens einer Stunde eingetreten. Wir weisen darauf hin, dass dies durch Wasseransammlung in ihren beiden Lungenflügeln beweisbar erscheint. Nun wissen Sie, dass aus der Masse des in der Lunge angesammelten Wassers darauf geschlossen werden kann, in welchem Zustand sich die Frau befand, als sie in das Wasser eintauchte. Und da haben wir einen äußerst interessanten Befund. Sie können sich vorstellen, dass ein erheblicher Unterschied zwischen einem nüchternen Menschen, einem betrunkenen Menschen und einem nahezu oder vollständig bewusstlosen Menschen besteht. Der nüchterne, wache Mensch nimmt mit den Atemzügen erheblich mehr Wasser auf als zum Beispiel ein Bewusstloser. Klaus, machst du an der Stelle mal weiter?«

Klaus war der Deutsche. Er sagte spöttisch: »Du drückst dich vor dem interessantesten Punkt, du Belgier. Na gut, dann heimse eben ich die Meriten, Orden und Ehrenzeichen ein. Wir fanden heraus, dass Wilma Bruns mit hoher Wahrscheinlichkeit ohnmächtig war, als sie in das Wasser geriet. Die Wassermenge in ihrer Lunge war erstaunlich gering. Das bedeutet automatisch, dass sie nicht aus eigenem Antrieb in das Moor hineingehen konnte. Sie konnte sich auch nicht selbst unter dem Geländer durch bücken, sie konnte im Grunde gar nichts mehr. Der Zustand ihrer Organe lässt nur den Schluss zu, dass sie durch fremden Einfluss in das Moor geraten ist. Jemand muss sie getragen oder gestoßen haben. Zumindest geriet sie ruckweise unter Wasser, das sagt der Lungenbefund. Nun gibt es natürlich ein Problem: Da ist eine ziemlich betrunken und spaziert am Rand eines Moores entlang. Auf keinen Fall wird sie getragen, denn sonst hätten die Spurenleute entsprechende Fußeindrücke finden müssen. Und plötzlich soll sie bewusstlos geworden sein. Nun, das passiert einer gesunden Frau auch bei dieser Alkoholkonzentration im Körper nicht so einfach. Und nach dem Zustand der Organe zu schließen, war sie sehr gesund. Wir stehen also vor einem Rätsel. Die Frau erreicht die Stelle, an der sie ins Moor gegangen sein soll, und ist plötzlich bewusstlos.« Klaus grinste faunisch und sagte: »Mach weiter, René, du bist der Bessere.«

Die Zuhörer lachten, es war fast wie Theater.

Der Belgier kniff die Lippen zusammen und wurde ernst. »Nach Lage der Dinge ist Mord nicht auszuschließen. Das führten wir uns vor Augen. Und wir fanden dann den Einstich einer Kanüle im Oberschenkel rechts. Wahrscheinlich eine Achter-Nadel. Wir machten bestimmte Untersuchungen des Mageninhalts und überprüften noch einmal das Blut. Und wir konnten schließlich eindeutig Diazepam nachweisen, ein stark beruhigender Wirkstoff. Jetzt wussten wir, warum die Frau plötzlich bewusstlos wurde. In Verbindung mit Alkohol kann die Einnahme eines Mittels, das Diazepam enthält, lebensgefährlich sein. Das bekannteste Mittel mit diesem Wirkstoff ist Valium. Ob der Frau tatsächlich Valium gespritzt wurde, ist so einfach nicht feststellbar und wird später im Laborversuch genau ermittelt. Mehr können wir hier im Wagen nicht tun. Unseren ausführlichen Bericht werden Sie in etwa drei bis vier Tagen auf dem Tisch haben. Nach unserer Überzeugung wurde sie getötet, also ermordet. Damit stehen wir vor der Frage: Wie gelangte sie in den Sumpf? Ihr Körper wurde vom festen Ufer aus etwa fünf Meter entfernt gefunden. Und jetzt kommt Charlie, unser Indianer, an die Reihe.«

Es gab zwei oder drei Mitglieder der Kommission, die klatschten, die Leistung der beiden jungen Ärzte war hervorragend.

Charlie, der Indianer, wie sie ihn nannten, war eine schmale, nörgelig wirkende Figur, nicht größer als einssechzig, ungefähr vierzig Jahre alt, mit dem faltigen Gesicht eines Magenkranken. Er bewegte sich nicht im Geringsten, als er zu sprechen begann, trat keinen Schritt vor, sah niemanden an, konzentrierte sich auf das, was er herausgefunden hatte, und machte alles in allem den Eindruck, als sei es ihm wurscht, ob ihm jemand glaubte oder nicht.

»Ich musste mich also fragen, wie die Tote fünf Meter weit in das Moor hineingeraten konnte. Wenn sie es selbst bewerkstelligt hätte, wäre es leicht erklärbar gewesen. Man muss nur, wie schon erwähnt, die ersten zwei, drei Schritte sehr schnell machen und sich dann nach vorne werfen. Anders sieht die Sache aus, wenn ein Zweiter dafür zu sorgen hatte, dass sie so weit im Moor lag. Nun, wir haben gehört, dass die Frau vor ihrem Tod bewusstlos war. Wie kriegt man eine Bewusstlose so weit in das Moor? An dieser Stelle, an der das geschah, tritt die Moorkante, das heißt die flüssige Schicht, besonders nah an das Ufer heran. Ich habe das Geländer untersucht, die Stelle auch sofort gefunden. Meiner Meinung nach hat der Mörder sehr bewusst eine Spritze mitgenommen. Das setzt kaltblütige Planung voraus. Der Mörder muss dieses Moor und diese Stelle im Moor genau kennen. Er machte Folgendes: Er nahm einen stinknormalen Strick, wie ihn Landwirte benutzen, wenn sie Kühe anseilen. Den Strick legte er um den oberen Querholm des Geländers. Dann hob er Wilma Bruns so hoch wie möglich und stemmte sie mit Hilfe beider Arme so weit wie möglich Richtung Wasser. Er verließ sich darauf, dass der Strick hielt und er sich daran zurück auf das Land ziehen konnte. Ich habe die Stelle gefunden, wo er den Strick um den Holm gelegt und festgezurrt hat. Da ist eine Blankscheuerung des Holzes zu erkennen und selbstverständlich waren da Mikrofasern, die von einem Strick stammen.« Unvermittelt beendete er seine Rede und atmete ein paar Mal durch, als sei er es leid, seinen Kollegen Auskunft zu erteilen.

»Dann war es ein kräftiger Mann?«, fragte Rodenstock.

»Was heißt da kräftig?«, fragte der missgelaunte Indianer. »Wenn du es lange genug übst, kannst du es auch.«

Er hatte die Lacher auf seiner Seite. Als Ruhe eingekehrt war, sagte Kischkewitz kühl: »Leute, machen wir uns nichts vor. Wir haben immer noch keine Ahnung, wer Jakob Driesch getötet hat. Und Wilma Bruns? Auch das wird uns noch beschäftigen, Freunde. Wir gehen jetzt ins Hotel und treffen uns nachher wieder zur üblichen Konferenz. Abmarsch!«

Sechstes Kapitel

Wir fuhren gegen acht Uhr abends mit Emmas Wagen los, Emma, Vera, Rodenstock und ich.

Hinter Höfen nahmen wir die schmale alte Landstraße nach Büllingen durch den endlosen Wald des belgischen Naturparks und folgten dann der Route Fagnes et Lacs nach Faymonville.

Das Anwesen hockte wie ein Haufen schneeweißer Klötze auf einem Hügel hinter dem Westende des Ortes. Als wir näher kamen, war zu erkennen, dass alle diese Klötze durch Gänge aus Glas miteinander verbunden waren. Ganz ohne Zweifel war es ein eindrucksvolles architektonisches Ensemble und wirkte dabei nicht abweisend, eher wie ein sehr großer Landgasthof. Das gesamte Gelände umgab ein schwerer, drei Meter hoher Stahlzaun, auf dem alle zwanzig Meter eine Fernsehkamera installiert war.

»Wir wollen keine Unruhe stiften«, murmelte Rodenstock. »Die Waffen lassen wir im Kofferraum. Und nicht vergessen, der Mann empfängt uns freiwillig. Also äußerste Höflichkeit, bitte. Es ist ein rein informatives Gespräch, was immer er auch sagt.«

Das Tor glitt zu beiden Seiten weg und wir folgten der Asphaltbahn, die in einem weiten Bogen vor den Haupteingang führte. Es gab keine Bodyguards, es gab nur einen mittelgroßen Mann um die fünfzig, der aus dem Eingang trat und uns anlachte. Er trug ein weißes Hemd mit kurzem Arm und eine einfache graue Hose zu Sommerslippern.

»Quint«, sagte Rodenstock.

Wir stiegen aus, Rodenstock stellte uns der Reihe nach vor. Quint reichte jedem die Hand und musterte uns dabei aufmerksam. Er sprach ausgezeichnet Deutsch und sagte: »Ich hoffe, ich kann Ihnen helfen.«

Es ging durch eine Eingangshalle in einen sehr großen Raum mit Wollteppich in Grüntönen. Darauf stand eine Sitzgruppe, die sicherlich zwanzig Leuten Platz bot, aus typisch grünem Knautschleder, wie die Belgier sie gern haben. In der Mitte befanden sich drei kleine Tische, auf denen allerlei angerichtet war: Kaffeekannen, Teekannen, Porzellan, Schüsseln mit Backwaren und Konfekt.

»Bedienen Sie sich bitte«, sagte Quint freundlich. »Ich habe mein Personal weggeschickt, weil ich denke, dass die Themen, die wir zu besprechen haben, sehr heikel sind.«

»Wir danken Ihnen«, erwiderte Rodenstock höflich.

»Tja, mein Freund Jakob Driesch«, begann Quint nachdenklich. »Das tut mir aufrichtig Leid um ihn. Und natürlich um seine wunderbare Frau Anna, die ich auch kenne. Wie ich den Zeitungen entnehmen konnte, ist der Fall sehr kompliziert. Aber diese Annette von Hülsdonk ist nicht mehr als ein Teil des Falles zu betrachten?«

»Das ist richtig. Annette von Hülsdonk war das Opfer eines verwirrten jungen Mannes, den sie ihr ganzes Leben lang kannte. Bleiben Jakob Driesch und Wilma Bruns, immerhin zwei Abgeordnete, was dem Fall eine hohe Brisanz gibt.« Rodenstock sprach so bedächtig, als habe er endlos Zeit. »Darf ich fragen, wie Ihre Freundschaft zu Jakob Driesch aussah?«

»Selbstverständlich«, nickte Quint und griff nach einem Riegel Schokolade. »Wahrscheinlich sind Sie über meine unternehmerischen Aktivitäten informiert. Wenn ich mich recht erinnere, kam ich vor vier Jahren zum ersten Mal mit regenerativen Energien in Berührung. Mit Windkraftanlagen. Das war in Holland und das faszinierte mich. Ich dachte, die Menschheit sollte mehr Möglichkeiten suchen, den Wind zu nutzen, um Strom zu erzeugen.« Er lächelte. »Dann wurde ich auf das benachbarte Deutschland aufmerksam und damit auf Jakob Driesch. Er war der Mann mit den meisten Erfahrungen auf diesem Sektor. Ich bat ihn um ein Treffen und er sagte sofort zu. Wir trafen uns bei ihm daheim und redeten einen ganzen Abend und die halbe Nacht. Ich bin, wie Sie sicherlich wissen, Kaufmann und Finanzier, und selbstverständlich handele ich nicht nur aus der Absicht, die Menschheit zu beglücken. Ich dachte, da steckt ein gutes Geschäft drin. Driesch bestätigte das vorbehaltlos. Er besuchte mich hier, übrigens zusammen mit seiner ganzen Familie. Ich habe in Vorbereitung auf dieses Gespräch einmal nachschauen lassen. Ich habe Jakob Driesch insgesamt vierzehnmal getroffen. Und mit wenigen Ausnahmen fast immer privat.« Jetzt war unverkennbar Spott in seiner Stimme. »Ich muss nicht betonen, dass wir uns niemals heimlich trafen. Ich ziele damit auf das Geschreibe der Zeitungen, die berichten, dass man noch keine Ahnung hat, wen Driesch vor dem Mord treffen wollte.«

»Das ist richtig«, bestätigte Rodenstock. »Wir wissen nicht, was er in der Mordnacht tat, wen er traf, wo er sich aufhielt und so weiter. Das ist rätselhaft und letztlich sind wir deswegen hier.«

Quint nickte und strich sich durch sein spärliches, langes graues Haar. »Ich sage Ihnen offen heraus: Ich habe ihm die eine Million Mark nicht gegeben. Mir eine derartige Transaktion zu unterstellen, ist für mich beleidigend. Ich würde es intelligenter machen, so dass niemand davon erfährt. Und niemals in Mark, immer in Dollar. Und niemals in Europa, immer im fernöstlichen oder im karibischen Raum. Und niemals gleich in bar, bestenfalls über zehn Korrespondenz-Banken in 48 Stunden, so dass niemand den Transfer rekonstruieren kann.« Er seufzte. »Es hat tatsächlich etwas Beleidigendes, zu hören, dass ich darin verwickelt sein soll.«

»Aber Sie sind verwickelt«, sagte ich höflich. Ich kannte diesen Typ des ungeheuer harten und cleveren Einzelgängers, der mit Pokergesicht daherredet und nicht zu fassen ist. Quint erinnerte mich an einen Menschen, der mit einem Betrugsverfahren zu tun hatte, in das auch die Weltbank involviert gewesen war. Ich war damals im Auftrag einer Redaktion zu einem Interview nach New York geflogen. Sechs Stunden lang hatte ich mich mit dem fraglichen Mann unterhalten. Und 24 Stunden später hatte dieser Mann in einem Brief geleugnet, mich zu kennen, mich jemals gesehen, geschweige denn je ein Wort mit mir gewechselt zu haben.

»Wie meinen Sie das?«, fragte er ebenso höflich.

»Nun, Sie bauen doch jetzt hier in dieser Gegend eine Windkraftanlage, die eigentlich in Hollerath hätte gebaut werden sollen. Deshalb sind wir hier. Als cleverer Unternehmer haben Sie die Chance genutzt, als Driesch aus uns unbekannten Gründen plötzlich zum Lahmarsch wurde. Entschuldigung.«

Emma stieß sofort nach: »Monsieur Quint, Sie haben gesagt, Sie seien ein Freund von Jakob Driesch. Da besteht doch die Möglichkeit, dass Sie wissen, weshalb er seit Monaten das Projekt in Hollerath so halbherzig vorangetrieben hat.«

Quint nickte. »Aber ich habe keine Ahnung, gnädige Frau.«

Ich sah, dass Emma zusammenzuckte und Vera ein amüsiertes Lächeln unterdrückte.

»Ruft man sich unter Freunden nicht an und fragt, wie es dem anderen geht?«, hakte Emma nach.

»Das tut man sogar sicher«, antwortete er. »Das haben wir auch getan. Das letzte Mal sprach ich vor zehn Tagen mit ihm.«

»Um was ging es da?«, wollte ich wissen.

»Um die Frage, wie es ihm geht.« Quint lächelte. »Er sagte, es gehe ihm gut, alles sei im grünen Bereich. Das sagte er oft. Alles ist im grünen Bereich.«

»Haben Sie jemals versucht, ihm einen Gefallen zu tun?«, fragte Rodenstock plötzlich.

Das kam für Quint überraschend und er verstand nicht sofort, was Rodenstock meinte. Dann lächelte er. »Sie meinen wahrscheinlich das, was man in Deutschland immer vorschnell als Bestechungsversuch deklariert. Oder?«

»Genau das«, sagte Rodenstock erheitert.

»Ja, da gab es etwas. Im vorigen Sommer kreierte ein Freund von mir eine neue Möbellinie. Sie sitzen gerade darauf, meine Herrschaften. Ich kaufte ihm für einen Spottpreis die ganze erste Serie ab. Und ich schickte einen LKW damit nach Schleiden und legte einen Brief dabei: ›Lieber Freund, hier habe ich was für Sie. Ich kann es nicht mehr gebrauchen, stellen Sie es auf, wo Sie mögen.‹« Er lachte in der Erinnerung. »Und was passierte? Anna Driesch rief mich an und sagte, sie sei mir äußerst dankbar, dass ich für eines ihrer Jugendhäuser eine neue Sitzecke gespendet hätte. Und ob ich großzügig genug sei, noch etwas draufzulegen und ihr eine weitere Sitzecke zukommen zu lassen. Sie würde mein Lob singen und mich in den höchsten Tönen preisen. Ich kann Ihnen versichern, dass das die teuerste Ledersitzecke ist, die je in einem Jugendhaus in Deutschland gestanden hat. Die Frau hat meine Hochachtung. Und ich habe ihr eine zweite Sitzecke bringen lassen. Das zu dem Thema Bestechung.«

Rodenstock räusperte sich. »Haben Sie Driesch gefragt, weshalb er das Projekt in Hollerath so schleppend betreibt?«

»Nein, das habe ich nicht. Ich werde Ihnen erzählen, wie das ablief. Ich hatte mich damit abgefunden, mein eigenes Pojekt hier erst in zwei oder drei Jahren bauen zu können. Dann war ich in Brüssel, habe dort mit unseren belgischen Vertretern geredet. Und die sagten mir, Driesch habe die ihm eigentlich zugesprochenen Mittel nicht abgerufen. Ich sollte doch mal einen Antrag stellen. Ich stellte den Antrag, er wurde bewilligt, seitdem baue ich.«

»Wie viele Windräder werden es?«, fragte ich.

»Einhundertzwölf«, sagte er und da war unverkennbar Stolz in seiner Stimme. »Es handelt sich um ein Volumen von ungefähr 150 Millionen Mark. Ich rechne mit etwa sechs Jahren Verlusten, dann werde ich voraussichtlich schwarze Zahlen schreiben. Und ich werde den Strom ins deutsche Netz einspeisen.«

»Haben Sie Gegenwind?«, fragte ich.

Quint lachte, er hatte offensichtlich vergessen, dass er etwas gegen mich hatte. »Ja, natürlich. Auch hier gibt es Naturschützer. Aber ich denke, ich kann mich mit ihnen einigen. Ich werde den Windpark zum Naturschutzgebiet erklären lassen und darüber hinaus alle möglichen Einrichtungen subventionieren, damit dort Biologen arbeiten können. Wir wollen Fauna und Flora erhalten. Und da Vögel und Glockenblumen nicht unter den Windgeräuschen der Räder leiden, wird das Ganze ein echter Naturpark werden.«

»Kommen wir zu Jakob Driesch zurück«, sagte Emma distanziert. »Mich würde interessieren, was Sie gedacht haben, als Sie von seiner Ermordung erfuhren.«

Er wurde arrogant, sie mochte er nicht. »Ich habe gedacht, was Sie wahrscheinlich auch dachten: Das kann nur ein Irrer gewesen sein. Das denke ich übrigens immer noch. Drieschs Tod ergibt keinen Sinn, ich sehe absolut kein Motiv. Er hat die Region hervorragend vertreten, viele, viele Jahre lang. Er hat gut gearbeitet. Und er war meines Erachtens nicht bestechlich.« Er grinste jungenhaft. »Na ja, nur seine Frau, die sich für ihre Jugendlichen jeden Tag zweimal bestechen lässt. Ich habe aufmerksam die Geschichte mit dem Flug nach Mallorca verfolgt. Und wahrscheinlich werden Sie mich fragen, ob er jemals mit mir über diese Insel gesprochen hat. Meine Antwort ist: Nein. Er war auch nicht der Typ, der sich mit Mallorca beschäftigt. Er war jemand, der in den Yukon nach Kanada gehörte oder in die Rockys, aber nicht nach Mallorca. Das alles kommt mir sehr unlogisch vor.«

»Nun ist es aber eine Tatsache, dass er dorthin flog und für eine Million Mark ein spanisches Grundstück mit einem Bauernhaus kaufte. Logik hin, Logik her, genau das ist passiert und stellt uns vor viele Rätsel. Auf was für Phantasien kommen Sie denn, wenn ich nach möglichen Lösungen frage?« Rodenstock war noch lange nicht fertig, er wollte Quint keine Chance lassen, sich hinter höflichen Floskeln zu verstecken.

»Eine Möglichkeit ist, dass Driesch dieses Geld von jemand anders bekam und im Auftrag nach Mallorca flog.«

»Moment mal«, wandte ich ein. »Er kam als Besitzer des Hauses zurück.«

»Lieber Freund«, erwiderte er und streifte mich mit einem Pokerblick. »Ein Auftrag kann durchaus so weit gehen, dass man sich als Besitzer eintragen lässt und als Strohmann fungiert, weil der wirkliche Besitzer nicht in Erscheinung treten will. Wenn Driesch den Eindruck hatte, dass dieser Andere ein sauberes Geschäft machen wollte, dann kann es so abgelaufen sein.«

Emma griff an: »Ich verhehle nicht, dass ich keine Sekunde daran glaube, dass Sie so harmlos sind, wie Sie in Sachen Driesch vorzugeben bemüht sind. Sie wissen mehr, Sie sagen es nur nicht. Und wir haben kaum die richtigen Fragen. Nur eine habe ich noch. Seit etwa einem Jahr lässt Driesch Hollerath schluren, seit etwa einem Jahr stimmt bei ihm etwas nicht mehr. Jetzt ist die Frau, die möglicherweise etwas wusste, mit Sicherheit aber etwas ahnte, ebenfalls getötet worden. Damit hat ein Mörder den letzten Informationsstrang zum Leben des Jakob Driesch durchgeschnitten. Ich will damit zum Ausdruck bringen, dass ich mir sicher bin, dass Wilma Bruns etwas wusste, dass sie aber nicht registrierte, dass sie es wusste.«

Nun lachte Quint zum ersten Mal sympathisch und plötzlich mochte er Emma. Er nickte ihr höchst amüsiert zu. »Jetzt, meine Damen und Herren geraten wir ans Eingemachte, wie die Deutschen und die Belgier sagen. Für mich ist Tatsache, dass da jemand ausgeflippt ist. Und es ist möglich, dass Driesch vollkommen ungewollt in eine Sache hineingeraten ist, die eigentlich nichts mit seinem Leben zu tun hatte, in der er plötzlich und unvorhersehbar zum Opfer wurde. Darf ich Ihnen das an einem Beispiel erläutern?«

Rodenstock nickte. »Wir würden uns freuen.«

»Nun gut, vielleicht hat jemand von Ihnen den Film ›Notting Hill‹ gesehen, in dem dieser Londoner Stadtteil sehr sympathisch geschildert wird. Für mich wurde dieser Stadtteil Schauplatz eines Alptraums. Ich bin seit mehr als dreißig Jahren mit meiner Frau verheiratet, wir haben fünf Kinder, ich habe keine Affären. Dabei fällt mir ein, dass ich auch das an Jakob Driesch so mochte: keine Affären, eine richtig gute Ehe. Jedenfalls kam die Polizei vor drei Jahren zu mir und sagte, ich solle auf meine Familie achten, sie hätten Hinweise, dass der Name meiner Familie von internationalen Terrorgruppen auf einer Liste mit lohnende Entführungen geführt werden würde. Ich solle meine Bodyguards verstärken. Tatsächlich stellte ich vier weitere ein, mittlerweile verfüge ich über acht. Ich brauche Ihnen nicht zu erzählen, dass ich jemand bin, der imstande ist, von einer auf die andere Stunde zwanzig Millionen Dollar und mehr hinzulegen, wenn tatsächlich etwas so etwas geschehen sollte. Ich solle keine Auslandsbesuche machen, meine Familie möglichst nicht aus den Augen lassen und so weiter. Seitdem lebe ich in einem kafkaesken Zustand. Denn mit dem Anwachsen meines Vermögens erhöht sich natürlich die Gefahr, Opfer solcher Gruppen zu werden. Sollte im Übrigen jetzt einer von Ihnen mich bedrohen, hätte er keine Chance, dieses Haus lebend zu verlassen, denn ...«

»... die Schlitze in den Wänden«, nickte Rodenstock gemütlich. »Ich habe sie bemerkt.«

»Herzlichen Glückwunsch«, sagte Quint trocken. »Passen Sie auf.«

Er bewegte sich nicht, aber der ganze Raum schien sich plötzlich zu bewegen. Wandteile schwangen herum und boten plötzlich nackte Metallflächen dar. Zwischen den Wandteilen klafften Lücken und dahinter standen Männer mit Waffen im Anschlag. Die Männer grinsten, aber ich mochte mir nicht vorstellen, was sie im Ernstfall zu tun bereit waren. Dann wurde der Zustand wieder zurückgefahren und uns allen kam es so vor, als hätten wir schlecht geträumt.

»Sie können mir glauben, dass ich auf diese technische Spielerei und auf eine derartige Armada nicht stolz bin. Meine Frau beschwerte sich mal bitter, sie könne nicht einmal mehr in Ruhe mit mir schlafen, ohne dass jemand auf unser Bett stiert. Aber zurück zu meiner Geschichte. Damals bin ich auch vor Auslandsaufenthalten gewarnt worden. Richtig ernst genommen habe ich das alles nicht. Besonders London solle ich meiden, erklärte die Polizei. Doch ich erhielt die Gelegenheit, Diamanten aus Russland zu kaufen. In London. Genauer gesagt bei einem Zwischenhändler in Notting Hill. Die Preise waren verlockend, ich sah die Chance einen hohen Gewinn einzufahren, wenn ich in Bombay an dortige Händler weiterverkaufte. Ich wollte mir das Geschäft nicht entgehen lassen. Ich sagte zu niemandem ein Wort, ich flog Linie nach London, Business-Class. Ich machte das Geschäft mit dem Mann in Notting Hill. Dann ging ich zu Fuß in mein Hotel zurück. Ich hatte nicht einmal eine Aktentasche bei mir. Plötzlich sind hinter mir zwei junge Männer, wilde Gestalten, Irokesen-Haarschnitt, militärische Tarnklamotten. Sie fassen mich rechts und links. Sie redeten kein Wort. Ich dachte: Jetzt bist du dran! Und verfluchte mich, dass ich keinen meiner Beschützer mitgenommen hatte. Ich sagte: Ihr könnt eine Million haben oder zwei oder drei. Sie antworteten nicht, kein Wort. Sie griffen nur fester zu. Ihr könnt auch zehn Millionen haben, sagte ich. Keine Antwort. Sie stießen mich in einen Hauseingang, dann eine Treppe hoch. Oben ging es in ein Zimmer, in dem viele Matratzen herumlagen. Da drauf lümmelten sich

Jungen und Mädchen und rauchten und alle waren high. Grauenhaft abgerissene Gestalten, sie sahen aus wie Todkranke. Dann forderten die beiden, die mich aufgegriffen hatten: ›Geld raus!‹ Ich hatte gerade einen Scheck über 54 Millionen Dollar ausgestellt, aber ich hatte kein Pfund in der Tasche, absolut nichts. Ich erklärte: ›Ich habe Plastikgeld, sonst nichts.‹ Sie schlugen mich, ich wurde ohnmächtig. Sie müssen mich durchsucht haben. Als ich aufwachte, lag ich auf einer dieser stinkenden Matratzen und sie sagten, sie würden mit mir zum Geldautomaten gehen und ich solle nicht versuchen, sie zu verarschen, denn dann sei ich eine Leiche. Mittlerweile war mir klar, dass das keine Entführer waren, das waren einfach billige, hilflose Kleinkriminelle. Ich ging mit ihnen zu einem Geldautomaten, zog ein paar hundert Pfund und gab sie ihnen. Dann schlugen sie mich zusammen und ließen mich liegen.« Quint hielt die Hände vor das Gesicht gefaltet. »Frage: Kann es Driesch nicht ebenso ergangen sein? Er geriet in irgend so eine Szene und wurde so zum Opfer?«

»Möglich«, sagte Vera. »Aber seit Wilmas Tod glaube ich nicht mehr daran.«

»Was glaubst du denn?«, fragte Emma.

»Ich schließe mich deinem Gedankengang an und setze ihn fort«, erwiderte sie. »Wilma muss darauf gekommen sein, dass sie etwas wusste, was sie bisher einfach nicht in Betracht gezogen hatte. Und das muss dazu geführt haben, dass ihr plötzlich klar wurde, wer Jakob Driesch erschossen hat. Und da der Mörder das ebenfalls ahnte oder begriff, hat er sie eingeladen und sie getötet.«

»Wilma hat die Einladung des Mörders zu einem Spaziergang angenommen?«, fragte ich irritiert.

»Warum denn nicht?«, fragte sie aggressiv zurück. »Überleg doch mal: Wilma glaubte doch, dass der

Mörder nicht wusste, dass sie auf seiner Spur war. Es war zwar riskant, aber wer Wilma kannte, weiß, dass sie auf so eine Einladung eingegangen wäre.«

»Also kein Irrer«, murmelte Rodenstock in die Stille.

»Kein Irrer!«, stimmte Vera zu. »Beziehungsweise, der Täter kann schon irre sein, sogar unter Schüben leiden. Aber innerhalb des Bildes handelt er konsequent und logisch.«

»Was die junge Dame sagt, könnte richtig sein«, meinte Paul Quint mit sanfter Ironie. »Wir sollten vielleicht überlegen, ob nicht ein Windkraftgegner in Frage kommt, so ein Typ, der Leserbriefe an Zeitungen schreibt, der sich aufregt über jedes einzelne Rad, der es ungeheuerlich findet, weil es die Natur zerstört.«

»Gibt es viele davon?«, fragte ich.

»Erstaunlich viele. Noch mehr Menschen haben allerdings was gegen Windkraftanlagen, weil sie Häuser in der Nachbarschaft besitzen und meinen, der Wert ihres Eigentums würde dadurch gemindert. Denken Sie doch mal an Richard Norden, diesen Oberstudienrat bei Ihnen. Das ist doch wirklich ein eklatanter Fall.«

»Wer ist das?«, fragte Rodenstock verwundert.

Jetzt war Quint an der Reihe zu staunen: »Haben Sie Norden etwa nicht vernommen?«

»Ich weiß auch nicht, wer das ist«, gab Vera zu.

»Driesch hat mir von ihm erzählt«, sagte Quint. »Vor fünf Jahren muss Norden zum ersten Mal aufgetaucht sein. Ich denke, man kann das Handeln dieses Mannes nur verstehen, wenn man seine Lebensgeschichte kennt. Driesch hat mir empfohlen, die Geschichte des Mannes zu lesen, weil die typisch ist für Fundamentalisten auf dem Gebiet. Norden lebte mit seiner Familie ursprünglich in Prüm. Seine Fächer waren Deutsch und Geschichte, später kam noch Sport hinzu. Das Ehepaar lebte in einem schönen kleinen

Haus, hatte drei Kinder. Eines Tages begann Norden sich für das alternative Leben zu interessieren. Er wurde von heute auf morgen ein Müslifresser, aß kein Fleisch mehr, kaufte nur noch beim Bauern ein und so weiter. Und er versuchte, seinen Schülern die gleiche Lebensweise aufzudrücken, was ihm erhebliche Schwierigkeiten einbrachte. Die Eltern wehrten sich. Er stellte zum Beispiel seiner Klasse mit Sechzehnjährigen das Aufsatzthema: ›Warum ich keine industriell gefärbten Kleider tragen sollte‹. Und er tyrannisierte seine Familie, die sich irgendwann von ihm löste. Seine Frau erzwang mit einem Gerichtsbeschluss seinen Auszug aus dem Haus. Mehrere Male wurde Norden zum Schulrat zitiert, dann sogar zum Kultusminister. Doch er machte weiter und wurde schließlich an eine Schule nach Euskirchen versetzt. Etwa zu der Zeit muss er begonnen haben, sich mit Windkraft auseinander zu setzen. Er gehört zu den Leuten, die sagen, dass Windräder die Natur verschandeln und absolut nicht integrierbar sind. Das Bild der schönen Eifel werde zerstört. Bei einer öffentlichen Anhörung, die Driesch veranstaltete, griff Norden Driesch tätlich an und schlug ihm ins Gesicht. Daraufhin wurde er vom Dienst suspendiert. Driesch war der festen Überzeugung, dass dieser Norden auch der Mann ist, der vor zwei Jahren ein Windrad mit zehn Eierhandgranaten in die Luft sprengte. Zu beweisen war Norden allerdings nichts. Wieso wissen Sie nichts von ihm?«

»Das verstehe ich auch nicht«, brummte Rodenstock. »Nun, Sie erlauben, dass ich eben die Kommission anrufe?«

»Aber sicher doch«, sagte Quint.

Rodenstock ging in eine Ecke des Raumes, um zu telefonieren.

»Ich sehe es Ihrem Gesicht an, dass Sie noch eine andere Linie durchdacht haben.« Emma zündete sich einen ihrer stinkenden Holland-Zigarillos an und nebelte sich ein.

»Ja«, sagte Quint. »So ist es. Ich habe eine politische Begründung gesucht. Selbstverständlich liegt es nahe, dass Windkraftgegner hinter den Morden stecken. Vielleicht zu nahe. Denn es gibt ja auch Leute in der Politik, die von Drieschs Tod profitieren.«

»Denken Sie jetzt an den Anwalt in Roetgen, dem Driesch im Weg stand und der ihn jetzt beerben wird?«, fragte ich.

»Richtig«, nickte er.

»Dr. Ludger Bensen scheint aber nicht der Mann zu sein, der so etwas selbst durchzieht. Man sagt, er macht sich die Hände nicht schmutzig. Setzen wir voraus, dass der junge Mann irgendwelche Profis mit dem Mord beauftragt hat. Das wäre sehr gewagt, zumal der Mord absolut nicht profimäßig durchgezogen wurde. Das waren auf keinen Fall Profis, nein, das können wir ausschließen.«

Quint grinste matt. »Vielleicht waren es besonders schlaue Profis, die den Anschein von Amateuren erwecken wollten.«

»Nicht doch!«, sagte Vera erschrocken.

»Sie wissen etwas nicht, Monsieur Quint«, erklärte Emma. »Der Mord an Driesch dauerte viel zu lange, um auf das Konto von Profis zu gehen.«

Quint war verblüfft. »Zu lange?«

»Ja. Driesch wurde um vier Uhr morgens in der Rur getötet. Aber schon eine halbe Stunde vorher wurde er gejagt. Und zwar durch die Straßen Monschaus. Da wurde bereits auf ihn geschossen. Es muss also ein quälend langer Vorgang gewesen sein. Da deutet nichts auf Profis hin, auf intelligente Profis schon gar nichts.« Emma verzog den Mund. »Es ist wirklich einer der vertracktesten Fälle, mit denen ich bisher zu tun hatte.«

»Sie greifen sich Norden.« Rodenstock kehrte zur Sitzecke zurück.

»Tja, ich habe ja kaum weiterhelfen können«, sagte Quint vorsichtig und linste auf seine Armbanduhr.

»Im Gegenteil, derartige Diskussionen helfen oft mehr, als Sie sich vorstellen können. Wir danken Ihnen jedenfalls, wir danken Ihnen für Ihre Mühe.«

Wir verließen das Haus und machten uns auf den Heimweg.

Vera sagte: »Es wäre ja auch zu schön gewesen.«

»Trotzdem glaube ich, dass er nicht alles sagte.« Emma seufzte.

Das war alles, was wir auf den dreißig Kilometern sprachen. Sie setzten mich an meinem Wagen ab, den ich unten in Monschau auf einem Parkplatz stehen gelassen hatte.

Vera fasste mich am Arm: »Es wäre ganz schön ...«

»Ich gehe jetzt zu Kischkewitz«, sagte Rodenstock. »Sehen wir dich morgen?«

»Wahrscheinlich, aber erst spät am Tag. Die Leute von den Versicherungen wollen mich sprechen. Denen muss es mittlerweile vorkommen, als sei ich in den Flammen umgekommen.«

»Also bis dann«, sagte Emma. Sie sah zu Vera hinüber.

»Ich will mich nicht aufdrängen«, murmelte Vera.

»Steig ein«, sagte ich. »Oder nein, willst du fahren? Du magst doch das Auto.«

»Danke«, sagte sie erleichtert.

Wir krauchten erst die B 258 zurück, dann durch das Ahrtal bis Dollendorf, Hillesheim, nach Pelm und über Gees, Neroth, Oberstadtfeld ins Tal der kleinen Kyll.

»Normalerweise«, erklärte ich, »ist das eine meiner Lieblingsstrecken. Aber bei mir ist im Augenblick nichts normal. Ich hasse Straßen und ich hasse dieses Auto. Und manchmal vergesse ich, dass mein Haus zerstört ist. Ich bin zu atemlos, um zu trauern. Meine Katzen wissen nicht mehr, wie ich aussehe, und meine Goldfische werden sich einsam fühlen. Das ist doch kein Zustand.«

Sie war eine kluge Frau, sie antwortete nicht.

Auf dem Tisch in der Essecke hatte Alwin ungefähr zehn Zettel aufgereiht, die allesamt mit dicken roten Ausrufezeichen versehen und also wichtig waren. Auf dem ersten Zettel stand: *Die Bank will dich unbedingt sprechen!* Auf dem zweiten: *Der Bausachverständige braucht deine Unterschrift!* Auf dem dritten: *Da hat jemand von der Hausrat-Versicherung angerufen. Er erwartet deinen Rückruf!* Auf dem vierten: *Die Kripo braucht deine Unterschrift unter dem Vernehmungsprotokoll!* Den fünften nahm ich gar nicht mehr zur Kenntnis.

»Ich will raus hier! Das hält doch kein Pferd aus.«

»Geh duschen, das hilft.«

»Duschen hilft nicht gegen Banken. Duschen hilft auch nicht gegen Versicherungen. Gegen Versicherungen hilft gar nichts.«

»Aber deine Versicherungen zahlen doch«, erinnerte Vera.

»Bei Versicherungen erliege ich dem allgemeinen Misstrauen. Solange ich kein Geld kriege, zahlen sie nicht. Und solange will ich nörgeln dürfen.«

»Irgendjemand sollte dir den Arsch versohlen.«

»Immer nur Gewalt.« Ich verschwand im Bad.

In gewisser Weise bietet das Leben ab und zu Wiederholungen. In diesem Fall zwängte sich Vera fünf Minuten später neben mich unter die Wasserstrahlen der Dusche und erklärte mit einem panzerbrechenden Augenaufschlag: »Ich bin wirklich nicht mitgekommen, weil ich mit dir schlafen will.«

»Das habe ich auch gar nicht angenommen«, säuselte ich gegen das Rauschen des Wassers.

»Dann ist es ja gut.«

Wenig später, präzise nach sechzig Sekunden, änderten wir unsere Ansicht. Das ist der Vorteil von Menschen, schwere Irrtümer sofort korrigieren zu können.

Bereits um sechs Uhr, Dienstagmorgen, waren wir wieder hellwach, weil eines der provisorisch aufgestellten Regale in der Küche seinen Geist aufgab und seine Ladung, im Wesentlichen Porzellan und Glas, auf dem Fußboden verstreute. Das Ganze wurde natürlich von einem lauten Geschepper begleitet und nach wenigen Sekunden standen Ute und Alwin mit großen Augen in der Tür und erklärten, sie hätten etwas gehört und wollten nur mal nachsehen. Es wurde eine gemütliche morgendliche Runde mit vier spärlich bekleideten Mitteleuropäern.

Der Tag begann mit Regen, aber der Regen war warm. Der Radiosender SWR gab kund, es sei damit zu rechnen, dass ab Mittag die Sonne wieder scheine. Tom Schroeder, Redakteur bei diesem Sender, kündigte das Blues-Festival in Lahnstein an und ließ einfließen, dass Christian Willisohn, Pianist und Sänger, ebenfalls erscheinen werde. Das trieb mich dazu, in einer Plastikbox nach CDs von Willisohn zu suchen. In der Box stand das Löschwasser mehrere Zentimeter hoch. Irgendjemand von meiner geliebten Rettungsmannschaft hatte wohl dem Bedürfnis nachgegeben, das Nass zu konservieren.

Vera lärmte im Bad herum und sang, übel krächzend, das Küchenlied vom Sabinchen, das ein Frauenzimmer war, ließ sich zwischendurch einen Kaffee servieren und entschied, sich von einem Kollegen abholen zu lassen, damit ich nicht gezwungen war, zu unchristlicher Stunde Monschau anzusteuern.

So geschah es denn auch.

Ich fuhr zu meiner Ruine, fütterte die Fische bei strömendem Regen, versammelte die Katzen um mich, stand mit ihnen gemeinsam im Schlamm meiner ehemaligen Küche, sprach liebevoll zu ihnen und spürte das große und ungemein erhebende Gemeinschaftsgefühl einer geschlagenen Sippe. »Wir sollten vielleicht in eine Lavahöhle ziehen, uns Felle umhängen und um das Feuer tanzen. Ich bin euer Schamane und weissage uns eine gloriose Zukunft aus den kleinen Knochen der Mäuse, dir ihr mir fangt und die ich brate.«

Im Anschluss an diese Verbrüderungsaktion traf ich drei Sachverständige, die mir mitleidvoll versicherten, das Haus sei ja wohl »total hinüber« und müsse entkernt und wieder hochgezogen werden. Sie stapften mannhaft durch den Dreck, starrten lange und eingehend in jeden Raum, und einer von ihnen, ein blasser Hellblonder, wurde abrupt etwa fünfzig Zentimeter kleiner, als er zusammen mit einem großen Brocken des Fußbodens nach unten durchsackte. Er sah mich an und sagte mit den Augen eines Gestrandeten: »Tut mir Leid.«

Wir zogen ihn wieder hoch und er war untröstlich über seine versaute Hose und eine leichte Schramme an der linken Wade. Runde zwanzig Minuten lang sinnierte er darüber, ob ihm seine Versicherung die Hose ersetzen würde.

Gegen Mittag landete ich in Daun, gönnte mir im Café Schuler Reibekuchen mit Apfelmus und rief dann Anna an. Ich fand, sie war mir eine Erklärung schuldig.

»Ich verstehe dich nicht so ganz. Du gibst mir Auskunft über Jakob und vergisst dabei zu erwähnen, dass er in den letzten Monaten die Arbeit an dem Projekt in Hollerath schleifen ließ.«

Sie antwortete nicht sofort. Endlich sagte sie langsam: »Das stimmt, aber ich habe das gar nicht so mitbekommen. Und ich denke auch, dass das überhaupt keine Rolle mehr spielt.«

»Das ist nicht wahr. Paul Quint hat das Projekt indirekt abgeschossen. Er baut die Anlage jetzt in Belgien. Wie kann das keine Rolle spielen?«

»Ach Gott, Baumeister. Jakob ist tot, er ist gegangen, er hat mich allein gelassen. Glaubst du im Ernst, derartige Kleinigkeiten berühren mich? Was weiß ich, weshalb er Hollerath schluren ließ!«

»Willst du denn nicht, dass sein Mörder gefasst wird?«

Sie seufzte. »Ich denke, zurzeit ist mir das ... scheißegal, um die Wahrheit zu sagen. Aber ich kenne dich ein bisschen, du bist hartnäckig. Also, komm her und wir reden darüber.«

»Danke. Ich fahre sofort los.«

Diesmal fuhr ich nicht schnell, nicht einmal zügig, ich rollte dahin, ich hatte alle Zeit der Welt. Jakob Driesch, Annette von Hülsdonk, Wilma Bruns, eine traurige Bilanz. Jemand hatte Rache genommen. Rache für was? Hatte jemand Angst gehabt und getötet? Angst wovor, vor wem? Es war unklar, alles in dieser Geschichte war unklar. Fiel Annette von Hülsdonk aus dieser Serie heraus? Weil Bastian sie erschossen hatte, als er begreifen musste, dass sie ihn längst verlassen hatte? Und wieso hatte ausgerechnet diese junge Frau sich für Windkraftanlagen eingesetzt, leidenschaftlich verteidigt, ihre ganze Energie in ein solches Projekt gesteckt? Was hatte Wilma plötzlich begriffen? Dass Paul Quint die Anlage in Belgien baute, dass Hollerath gewissermaßen gestorben war? Wie abhängig war Wilma von dem Projekt in Hollerath gewesen?

Ich fuhr rechts ran, ich war schon im Ahrtal. Links von mir die wunderschöne Flussaue, vor mir die Einmündung der Straße, die von der Ripsdorfer Höhe herunterkommt aus der einsamen und glücklicherweise noch nahezu unberührten Schönheit einer großen Wacholderheide.

Ich rief Kischkewitz an und hoffte, dass ich nicht allzu sehr störte.

»Nein, du störst nicht«, erwiderte er. »Weißt du, wir sind wie vernagelt, wir kommen nicht weiter. Ich überlege schon, ob Wilmas Mörder mit dem Mörder von Jakob Driesch vielleicht gar nichts zu tun hat. Vielleicht sind das zwei getrennte Tatvorgänge.« Er seufzte tief. »Es ist zum Kotzen. Also, Mann, was ist dein Begehr?«

»Hast du schon geprüft, wie wichtig das Windkraftprojekt in Hollerath für Wilma gewesen ist? Ich meine politisch.«

Wie aus der Pistole geschossen antwortete er: »Sehr wichtig. Wahrscheinlich war es das wichtigste Projekt ihres Lebens. Ich habe einen meiner besten Leute nach Mainz geschickt, der dort mit der Fraktion der Grünen konferiert hat. Wilma hat seit anderthalb Jahren fast nur noch für dieses Projekt gelebt. Dadurch hat sie bundesweit Einfluss gewonnen. Sie ist sogar von Joschka Fischer eingeladen worden, ihn nach New York zur UNO-Vollversammlung zu begleiten. Das ist merkwürdigerweise gar nicht durch die regionale Presse gegangen, wahrscheinlich, weil man es nicht an die große Glocke hängen wollte. Und es war sogar im Gespräch, dass Joschka Fischer sie als Staatssekretärin platzieren wollte. Hat sie dir davon nichts erzählt?«

»Nicht eine Silbe. Und das erstaunt mich. Schließlich hätte das doch ihrem Eifeldasein ein Ende gesetzt, denn als Staatssekretärin hätte sie nach Berlin gehen müssen, oder?«

»Korrekt, genau das. Sitzt du?«

»Ja, ich sitze in meinem blöden Auto und stiere in die Landschaft. Wieso?«

»Weil ich dir noch erzählen kann, dass Wilma Bruns einen Busunternehmer aus Stadtkyll gefragt hat, ob er nicht ihr Elternhaus kaufen wolle. Und er wollte.«

»Habt ihr den ausgegraben oder hat er sich gemeldet?«

»Weder noch. Ich habe die wirtschaftliche Lage von Wilma durchleuchten lassen. Und ein Mann von der Volksbank in Stadtkyll hat ausgesagt, Wilma hätte ihn um eine Beratung gebeten, was sie für ihr Haus für einen Verkaufspreis ansetzen könnte. Und es geht weiter: Nach Kenntnis dieses Mannes war Wilma kürzlich in Berlin beziehungsweise in der Mark Brandenburg. Sie hat dort mit einem Makler über den Kauf eines alten Bauernhauses gesprochen. Wir haben diesen Makler kontaktiert. Er ist gegenwärtig auf dem Weg hierher. Die Verhandlungen waren schon ziemlich weit gediehen. Das heißt auf gut Deutsch: Wilma war auf dem Absprung. Aber sei nicht sauer, dass sie nichts erzählt hat. Sie hat mit niemandem darüber gesprochen. An *der* Stelle sind Politiker immer schweigsam.«

»Hast du bedacht, dass Wilma dann in Berlin gewesen wäre, wo auch Jakob Driesch arbeitete?«

Er lachte. »Ja, das ist uns sofort eingefallen. Und der Verdacht, dass sie doch etwas miteinander hatten. Aber das erscheint nach Lage der Dinge nach wie vor unwahrscheinlich. Sie mochten sich einfach. Doch sie hätten dann zusammen an anderen großen Projekten arbeiten können. Und eines steht fest: Sie waren ein gutes Team.«

»Aber wieso, um Gottes willen, haben sie Hollerath vernachlässigt? Das hätten sie als Krönung ihrer Zusammenarbeit doch locker zum Ende führen können.«

»Normalerweise würde ich dich jetzt wieder fragen, ob du sitzt. Wir haben recherchiert, dass beide, also Jakob Driesch und Wilma Bruns, je zwei Windräder zeichnen wollten. Das heißt, sie wollten jeder zwei Millionen in die Windkraftanlage Hollerath stecken. Das ist nicht illegal, das ist im Gegenteil wahrscheinlich als beispielbildend zu verstehen. Aber seltsam ist es doch. Sie waren in dieser Sache bei derselben Bank. Und die Bank hatte ihnen die Kreditierung zugesichert. Für beide wäre es das erste Mal in ihrem Leben gewesen, dass sie in eine politische Entwicklung investierten. Warum sie Hollerath vernachlässigten, ist vor diesem Hintergrund noch unverständlicher.«

»Was sagt denn Drieschs Frau dazu?«

Er zögerte einen Augenblick. »Weißt du, sie ist nun die einsame Witwe. Sie sagt, sie habe von den zwei Windrädern in Hollerath nichts gewusst. Sie hat auch nicht gewusst, dass Wilma Bruns nach Berlin gehen wollte. Anna Driesch muss nun leider schmerzhaft begreifen, dass sie von ganz entscheidenden persönlichen Entschlüssen ihres Mannes abgeschnitten war. Es gab eben doch ein geheimes Leben des Jakob Driesch.« Kischkewitz seufzte. »Jetzt muss nur noch so eine Berliner Marlene-Dietrich-Type auftauchen, die Jakob Driesch den Griff in die oberen Bereiche ihrer Netzstrümpfe erlaubt und ihn um den Verstand gebracht hat.« Er meinte das durchaus nicht so lustig, wie es klang. »Aber Jakob Driesch und Netzstrümpfe – das passt nicht so ganz.«

»Du sagst es. Sag mal, habt ihr den durchgeknallten Studienrat aufgetrieben, der Jakob Driesch verprügelt hat?«

»Haben wir. Er scheidet als Beteiligter aus. Er hat vor ungefähr sechs Wochen seinen Bruder bei Stuttgart besucht, hat dort einen schweren Schub bekommen und wurde in die Psychiatrie irgendwo im Schwarzwald eingeliefert. Er war also gar nicht hier. Und du, mein Alter, was hast du jetzt vor? Wahrscheinlich deinen Brandschaden bekämpfen, oder?«

»Da kann ich wenig tun, da kann ich nur Formulare unterschreiben, Protokolle absegnen und Absprachen mit den Versicherungen treffen. Nein, nein, ich kümmere mich leidenschaftlich um die Toten. Ich bin auf dem Weg zu Anna, ich will von ihr hören, was sie dazu zu sagen hat, dass Driesch und Wilma nicht mehr an Hollerath interessiert waren.«

»Das kannst du dir sparen, das ist ausgelutscht. Wenn ich dir einen Rat geben darf: Spar das Thema aus. Sie hat mir deutlich zu verstehen gegeben, dass sie das einen Scheißdreck interessiert. Übrigens noch was. Deine Kollegen von einer dieser widerlich bunten Illustrierten wollen herausgefunden haben, dass Wilma Bruns schwanger war. Im dritten Monat, nach Auskunft eines in dieser Gegend bekannten Frauenarztes, der nicht genannt sein will. Der Mann hat gegenüber dem Blatt behauptet, dass Bruns gesagt habe, ihr Baby sei das Baby von Jakob Driesch. Scheißjournalisten kann ich da nur sagen! Also, lass Anna Driesch in Ruhe.«

»Aber ich liebe Originalzitate, Kischkewitz. Ich werde sie schonen. Mach's gut.«

Ich fuhr wieder los. In der engen Rechtskurve vor der Ampel in Blankenheim stand mitten auf der Fahrbahn ein PKW mit belgischem Kennzeichen. Das Paar darin studierte in tiefer Versunkenheit den Autoatlas, um herauszufinden, wo es sich gerade befand. Ich wartete zwei Minuten, dann ging es weiter. Das Regengrau des Himmels wurde ein wenig heller, und als ich mich Schleiden näherte, guckte eine zögerliche, fast scheue Sonne durch die Wolken und malte freundliche, gelbe Striche in die Landschaft.

Anna erschien in der Haustür. Sie trug wieder das lange schwarze Kleid, einen tiefroten Seidenschal um den Hals und lächelte.

Ich war verlegen und sagte: »Ich werde dich doch nicht danach fragen, wieso die Bruns und dein Mann Hollerath versaut haben. Ich hab's kapiert, das ist nicht wichtig.«

»Das ist nett, Baumeister. Aber lass dir sagen, dass Jakob nach vielen, vielen Jahren wahrscheinlich zeitweilig die Nase voll hatte von der Windkraft. Und ich kann es ihm nicht übel nehmen. Dass Wilma Bruns auch nach Berlin gehen wollte, habe ich nicht gewusst. Aber muss ich so was wissen? Komm rein, ich habe einen Tee für uns. Lapsang Souchong, chinesischen Räuchertee.«

»Das ist irre. Den liebe ich.«

»Ich habe mich daran erinnert.«

Wir gingen in das Esszimmer und hockten uns an einen uralten Tisch aus Walnussholz, ein Geschenk ihres Vaters, auf das Anna immer stolz gewesen war.

»Wie geht es den Kindern?«

»Schlimm. Sie leiden. Meine Mutter sagt, sie weinen viel. Ich habe sie in der Schule abgemeldet. Das wäre sonst ein Spießrutenlauf. Wir werden es aber packen, denke ich. Meine Eltern sind rührend.«

»Hast du eigentlich auch Annette von Hülsdonk gekannt?«

»Aber sicher. Gut sogar. Monatelang war sie dauernd hier. Als Hollerath auf der Planungsliste stand. Sie, Wilma und Jakob haben nächtelang diskutiert. Und ich habe sie bekocht. Im Grunde mochte ich das Mädchen nicht. Sie war ein Groupie, verstehst du?«

»Tut mir Leid, nein.«

Sie lächelte schmerzlich. »Das ist ganz einfach. Jakob war der Typ Mann, der den Vater verkörperte, den die meisten jungen Dinger nie hatten oder von dem sie sich einbildeten, sie hätten ihn nie gehabt. Ich hatte am Anfang seiner Laufbahn arge Schwierigkeiten damit. Dauernd tauchten so junge Dinger auf und himmelten ihn an, wobei sie auf mich nicht die geringste Rücksicht nahmen. Ich war halt die Tussi, mit der er verheiratet war. Irgendwann habe ich dann festgestellt, dass Jakob über sie lächelte, aber viel zu höflich war, ihnen seinen Spott offen zu zeigen. Annette von Hülsdonk war eine klassische Vertreterin dieser Spezies. Sie erschien hier aufgetakelt wie eine Buschkriegerin und himmelte ihn an, dass es peinlich war. Meine Töchter haben gegrinst: Da kommt die Tussi, Papa, mit der du ins Bett gehen solltest – ganz schnell! Ja, und dann wurde diese Tussi plötzlich erwachsen, sie setzte sich für Windkraftanlagen ein, sie machte sich schlau, sie wurde richtig wertvoll für Jakob. Dass sie so endete, ist tragisch. Ich kann mir nicht vorstellen, dass ihr Vater das so einfach wegstecken wird. Er ist ein Gefühlsbolzen. Ich hoffe, dass dieser Bastian ihm nicht begegnet. Wahrscheinlich würde er den Jungen erschießen ... Ich möchte dir etwas schenken.« Sie stand auf und holte aus einer Schublade eine Kassette. Sie legte sie vor mich hin. »Kannst du was mit W. C. Handy anfangen?«

»O ja, das war doch der, der die alten Blues- und Worksongs aufgeschrieben hat. Zum ersten Mal Noten in der schwarzen Volksmusik. Das Wort Jazz war noch nicht erfunden, Louis Armstrong war ein Kind im Ghetto von New Orleans. Das muss so 1900 bis 1907 gewesen sein. Ragtime-Zeiten. O Mann ...« Ich musste grinsen. »Entschuldige, an der Stelle höre ich nie auf.«

Sie lachte. »Das hat sogar mich interessiert. Der Mann hat viele Songs aus den Baumwollfeldern und von den Mississippidampfern aufgeschrieben. Er hat auch Schlager daraus gemacht und die Bluesform strikter gestaltet. Und er schrieb den berühmtesten Song der Weltgeschichte, wie Jakob immer sagte, den ›St. Louis Blues‹. Jakob hat den Song eingespielt, und zwar sieben Mal und jedes Mal anders. Einmal New Orleans, einmal New York Carnegie-Hall, einmal Louis Armstrong, Sidney Bechet, dann das frühe Chicago und so. Sieben verschiedene Variationen. Ich habe dir eine Kopie vom Original gezogen, weil ich dachte, dass Jakob auf diesem Sektor mit dir ein Herz und eine Seele gewesen ist.«

Ich war gerührt. »Vielen Dank, Anna. Und wenn ich dir helfen kann, ruf mich einfach an. Und wenn du etwas Neues erfährst, dann melde dich, bitte.« Ich nahm sie in den Arm, sie war so steif wie eine Schaufensterpuppe.

Im Auto dachte ich: Sie wird es verdammt schwer haben, aber sie wird es packen. Das war ein tröstlicher Gedanke, und da die Sonne schien, sah der Tag etwas günstiger aus. Ich legte das Band ein und hörte Jakob Driesch zu, wie er spielte.

Doch das Karussell begann sich erneut zu drehen: Jakob Driesch – Wilma Bruns – Annette von Hülsdonk. Drei Menschen, die sich zusammenfinden, um etwas zu planen und durchzuziehen. Drei Menschen, die dann aus einem nicht einsichtigen Grund dieses Projekt im Sand versickern lassen. Drei Menschen, die sterben mussten. Weil sie das Projekt versickern ließen? Wem schadete der Tod des Projektes?

Da waren zunächst einmal sechzehn Waldbesitzer, die nur mit viel Arbeit unter einen Hut gebracht worden waren. Mit ziemlicher Sicherheit hatte ihnen Driesch bindend Preise für das Waldland zugesagt. Sie hatten mit dem Geld gerechnet, sie würden nun keines bekommen, es sei denn, ein neuer Planer würde auf die Bühne treten, was allerdings angesichts des Projektes in Belgien sehr unwahrscheinlich war. Also aus der Traum. Auch für den Hersteller der Windräder war ein Traum zerronnen – falls die Planung so weit gediehen war, dass ein Hersteller schon unter Vertrag war ...

Ich wählte Rodenstocks Nummer und erwischte ihn in irgendeiner Besprechung.

»Zehn Sekunden nur. Hatten die Hollerather sich schon für einen Windradhersteller entschieden?«

»Ja. Es waren insgesamt fünf, die sich den Auftrag teilen sollten. Es waren die gleichen fünf, die vorher eine Studie über die Brauchbarkeit des Terrains und eine Marketing-Untersuchung im Hinblick auf die Stromabnehmer in Auftrag gegeben hatten. Doch allzu großen Schaden kann keiner von den fünfen erlitten haben, denn sie stellen ihre Windräder jetzt in der Anlage von Paul Quint auf. Wo treibst du dich rum?«

»Ich hocke in meinem Auto unterhalb von Drieschs Haus. Mein Zustand ist beschissen, weil der Fall langsam zur Obsession wird und ich keine Lösung sehe.«

»Du beschreibst exakt meinen Zustand. Was tun wir dagegen?«

»Ich weiß nicht. Ich sehe auch keinen Menschen mehr, dem ich mit meinen Fragen auf den Geist gehen könnte. Ich steige vorübergehend aus ... Hallo?«

Rodenstock hielt offensichtlich die Hand über die Muschel und sagte etwas zu jemandem anders. Dann sprach er wieder zu mir. »Emma hatte übrigens dieselbe Idee. Wir haben ein Hotelzimmer hier. Sie liegt auf dem Bett und versucht nicht an den Fall zu denken. Kischkewitz hat eben vorgeschlagen, nur noch eine Notbesetzung im Aukloster zu lassen und alle übrigen Leutchen für drei Tage nach Hause zu schicken. Als Schönheitspflaster gibt es jeden Tag zwei Pressekonferenzen, damit niemand von deiner Branche merkt, dass wir blaumachen.«

»Das ist gut. Also, ich überlege, entweder nach Köln oder Aachen zu fahren. Altstadt, essen gehen, rumsitzen, vielleicht Kabarett, vielleicht Kino ...«

»Aachen. Ich bin für Aachen. Kommst du hier vorbei? Du sammelst mich auf, dann holen wir Emma und verschwinden. Allerdings habe ich eine Bedingung: Wir reden nicht über Driesch und fragen nicht, wieso er in der Rur plantschte und woher er die Million hatte. Und wir fragen uns auch nicht, ob Wilma

Bruns vor ihrem Tod den Mörder des Jakob Driesch entdeckte.«

»Das ist ein tolles Programm, geradezu genial.«

Ich machte mich auf den Weg nach Monschau, kam allerdings nur bis zu den großen Waldungen des Naturparks in Höfen. Dann meldete sich jemand in der Freisprechleitung.

Scheppernd sagte eine Frauenstimme: »Hier ist die Mutter von Wilma Bruns. Und Ihr Name steht bei mir unter k. m. r. Hätten Sie wohl einen Augenblick Zeit?«

»Das habe ich.« Ich hörte einen schweren Nachhall in dem kleinen Lautsprecher, dann war die Stimme verschwunden, tauchte zerhackt mit unverständlichen Wortbrocken wieder auf, verschwand wieder.

»Hören Sie«, schrie ich. »Ich bin unterwegs und fahre auf einen Parkplatz, wo der Empfang besser ist. Rufen Sie doch gleich noch mal an.«

Ich steuerte einen der Parkplätze an, die für die Wanderer bereitgehalten werden. Ich hatte keine Ahnung von der Frau gehabt. Wilma hatte dauernd von ihren Großeltern gesprochen und davon, dass sie sie heiß und innig geliebt hatte. Nie von ihren Eltern. Ich prüfte nur für Sekunden die Bedingungen auf dem Parkplatz. Das Gerät fand sofort ein Netz.

»Ruf an!«, sagte ich. »Ruf, verdammt noch mal, an!«

Und sie rief an. »Können Sie mich jetzt verstehen?«

»Ja, gut«, sagte ich dankbar. »Von wo rufen Sie an?«

»Von Vossenack im Hürtgenwald. Da wohnen wir, mein Mann und ich. Ich meine, mein zweiter Mann, Wilmas Vater ist ja schon lange tot.« Sie hatte eine tonlose Stimme, die gleichmäßig auf einer konstanten Höhe schwebte, so als habe sie Angst, eines ihrer Worte besonders zu betonen. »Also, Wilma hat mir eine Liste gemacht, damit ich weiß, wem ich was sagen kann. Und wenn da k. m. r. steht, dann heißt das, kannste mit reden.«

»Wie bitte?«, fragte ich verblüfft. Dann musste ich lachen. Ach Gott, Wilma!

Tatsächlich lachte auch Wilmas Mutter in kurzen, bellenden Stößen. Drei- oder viermal. Dann weinte sie wohl und schniefte in den Hörer. »Moment mal, muss mir die Nase putzen. Ach Gott, ist das ein Elend.«

Ich schaltete das Band im Radiogerät auf Aufnahme und setzte den Lautsprecher ein wenig günstiger zum Mikrofon. Dann sprach sie mit jemandem im Hintergrund ein paar Sätze auf Platt. Es klang wie eine vollkommen fremde Sprache.

»Das kann was Wichtiges sein. Aber vielleicht ist es ja auch nicht wichtig. Mein Mann meint, ich soll die Polizei nicht mit unwichtigen Dingen von der Arbeit abhalten. Aber ich denke, ich erzähle es Ihnen. Sie können ja weitergeben, was ich gesagt habe, oder?«

»Selbstverständlich gebe ich das weiter. Da brauchen Sie sich keine Sorge zu machen.«

Sie schwieg eine Weile. »Das ist ja ein Dorf hier und die Leute reden viel. Und wir haben der Polizei gesagt, dass wir überhaupt nichts wissen. Weil, wir wollten nicht, dass die Herren dauernd hier sind und die Nachbarn fragen und so.«

»Das kann ich gut verstehen, Frau Bruns.«

»Nein, nicht Frau Bruns. Ich heiße Frau Weltecke. Ach Gott, das fällt mir ja so schwer. Jetzt ist sie tot und wir kriegen sie nie mehr wieder. Ach Gott.«

»Sie wollten Wilma schützen und haben der Polizei nicht alles gesagt. Das ist verständlich, Frau Weltecke, das wäre jedem von uns passiert.«

»Ja? Meinen Sie?«

»Was ist denn nun geschehen?«

»Wilma hat in der Nacht angerufen. Also in der Nacht, bevor sie am Morgen ... also, sie rief hier an. Das hat sie manchmal gemacht. Nicht oft, aber manchmal. Wenn es hart wurde, rief sie an und redete mit mir. In Partnersachen und so. Sie hat mir immer vertraut.«

»Um wie viel Uhr war das denn?«

»Ja, das war komisch. Das ist noch nie passiert. Es war ziemlich genau halb drei.«

»Und Sie haben der Polizei von diesem Anruf nichts erzählt?«

»Nein, habe ich nicht.«

»Was hat sie gesagt?«

»Na ja, ich bin runtergegangen, weil wir zwei Telefone haben. Dann konnte ich mit ihr reden. In der Küche, wir haben das eine Telefon in der Küche. Sie sagte: Mam, ich muss mit dir reden. Aber frag mich nicht, Mam. Sie sagte ihr ganzes Leben lang Mam. Also, da wäre das mit dem Herrn Driesch passiert und das hätte sie schwer getroffen, weil sie ihn doch mochte. Als Partner im Beruf, sagte sie immer. Sein Tod hätte sie erschüttert. Und es wäre vielleicht ganz gut, dass sie jetzt nach Berlin gehen würde. Zu irgendeinem Amt oder Ministerium. Sie wollte nicht mehr in der Eifel bleiben. Die Eifel ist tot für mich, Mam, sagte sie. Sie hat in einer Tour geweint, sie hörte überhaupt nicht auf zu weinen.«

»Was hat sie noch gesagt, Frau Weltecke?«

»Sie hat gesagt, dass es um viel, viel Geld ging. Um nichts anderes als Geld. Und sie sagte, sie hätte es jetzt erst begriffen und sie müsste sich übergeben, wenn sie nur dran denkt. Menschen wollen immer nur Geld, Mam. Das hat sie gesagt. Und sie sagte, es gibt Leute, die spielen Theater, nur Theater. Und wir merken es nicht. Und Jakob Driesch hat es auch nicht gemerkt. Sie sagte auch, der Herr Driesch sei viel zu anständig gewesen für diese Welt. Und dass sie in der Früh den Menschen treffen würde, der ganz, ganz tief in der Sache drinstecke.«

»Wann wollte sie diesen Menschen treffen? Und wo?«

»Sie sagte, sie würde schon um fünf Uhr aus dem Haus müssen. Aber sie hat nicht gesagt, wo sie den Menschen treffen muss.«

»Hat sie einen Namen genannt?«

»Nein, das hat sie nicht. Sie hat gesagt, den Namen kann ich nicht sagen, Mam. Ich habe nämlich auch gefragt, wer der Mensch wohl sei. Aber es muss ja wohl ein Mann gewesen sein, weil sie sagte: Ich habe keine Angst vor ihm, Mam. Er weiß nicht, was ich weiß, Mam. Ich habe jetzt alles durchschaut, sagte sie noch. Das war alles, Herr Baumeister.«

»Sie haben uns sehr geholfen, Frau Weltecke, das war sehr mutig. Würden Sie denn nach Monschau kommen und der Kommission das so erzählen, wie Sie es mir erzählt haben?«

Sie wirkte erleichtert. »Werde ich auch nicht bestraft, weil ich das verschwiegen habe?«

»Sie werden bestimmt nicht bestraft. Und ich wünsche Ihnen viel Kraft.«

»Ich weiß nicht, ob ich die habe. Man wird ja nicht jünger. Ach ja, das hat Wilma auch noch gesagt. Sie sagte: Mam, da arbeitet man jahrelang bis zum Umfallen und wird dann beschissen. Sie war ja in ihren Worten immer etwas derb. Auf Wiedersehen, Herr Baumeister.«

Siebtes Kapitel

Ich spulte das Band zurück, rief Rodenstock an und erklärte ihm, dass er jetzt eine Aufnahme hören würde.

»Okay!«, sagte er.

Ich spielte das Band ab und hörte Wilmas Mutter noch einmal genau zu. »Das bedeutet, Wilma hat den Mörder tatsächlich erkannt.«

»Nun wissen wir es.« Rodenstock machte eine kleine Pause. »Wenn du allerdings glaubst, dass uns das weiterbringt, dann bist du auf einem Holzweg. Komm endlich her und hol mich ab, ich habe die Faxen dicke, wir hängen in einer Einbahnstraße fest und finden keine Wendemöglichkeit. Vera hat übrigens gefragt, ob sie mit uns nach Aachen fahren kann. Ich habe ja gesagt.«

»Das ist in Ordnung.«

Bis Monschau wurde ich nicht mehr gestört. Ich nahm Rodenstock und Vera an Bord, dann fuhren wir beim Hotel vorbei und Emma stieg ein. Das Wetter war sanft und warm, der Abend versprach schön zu werden. Wir waren alle vier muffig, wortkarg und in uns gekehrt.

Vera bemerkte nachdenklich: »Warum hat Wilma nicht einen von uns angerufen, statt ihre Mutter aus dem Bett zu holen?«

Rodenstock bellte: »Wir hatten ausgemacht, den Fall heute Abend rauszulassen.«

»Es ist doch nichts passiert«, wandte ich vorsichtig ein.

»Rodenstock ist eng heute Abend«, bemerkte Emma bissig.

Wir erreichten die Aachener Innenstadt, stiegen zum Dom durch die Scharen Bier trinkender Kids und Studenten und beschlossen wild, uns zu amüsieren. Das ging gründlich schief, weil jeder von uns nicht im Mindesten Lust verspürte, Frohsinn und gute Laune zu verbreiten. Wir konnten uns noch nicht einmal auf ein Lokal einigen, in dem es Spaß machen würde zu essen. Alles in allem waren wir eine miefige Runde, aßen hastig bei einem hervorragenden Italiener, und die Bemühungen Rodenstocks, mit Hilfe einiger Anekdoten aus seinem Berufsleben den Abend zu retten, erwiesen sich als gänzlich untauglich.

»Jakob Driesch hat uns im Griff«, bemerkte Emma lakonisch. »Lasst uns das Auto besteigen und heimwärts fahren.«

Also kutschierte ich die Gesellschaft so rasch wie möglich nach Monschau zurück und setzte Emma und Rodenstock vor ihrem Hotel ab.

Dann sagte Vera seltsam gespannt: »Ich muss dir sagen, dass es so nicht weitergeht.«

»Das verstehe ich nicht.«

»Was ist da zu verstehen, ich fahre nicht mit dir nach Deudesfeld.«

Ich war verblüfft. »Das habe ich auch gar nicht angenommen. Und dazu aufgefordert habe ich dich meines Wissens auch nicht. Weshalb bist du so aggressiv?«

»Weiß nicht. Ist doch auch egal. Ich habe das Gefühl, das wird viel zu schnell Alltag zwischen uns. Wir packen uns abends gemeinsam in dein Bett, als hätten wir keine andere Wahl.«

Ich wurde wütend. »Es ist zweimal passiert und zweimal haben wir gesagt, es war gut. Was soll das Gerede jetzt? Ich habe dich nicht gezwungen, mit mir nach Deudesfeld zu fahren.«

Sie schwieg eine Weile, ehe sie zugab: »Das wird mir einfach zu eng.«

»Du hast Angst?«

»Kann man so sehen.« Sie machte eine fahrige Handbewegung. »Ach Scheiße, Baumeister. Das kann doch sowieso nicht gut gehen. Wir haben beide einen ziemlich harten Job und sowieso keine Zeit füreinander. Also machen wir Schluss damit, ehe wir richtig losgelegt haben. Wenn wir den Fall erledigt haben, werde ich wieder im Landeskriminalamt in Mainz sitzen und du hockst hier draußen in der Pampa. Und jeder wird sagen: Heute Abend geht es nicht, heute Abend habe ich schon was anderes vor.«

»Diese Scheißsingles!«, schimpfte ich. »Völlig unverbindliche Vögelei, völlig unverbindliche körperliche Freundlichkeiten. Und wenn es dann nicht mehr in den Kram passt, ein völlig unverbindliches ›Das war's‹! War ganz nett, aber jetzt störst du!« Ich stieg auf die Bremsen. »Falls du es übersehen hast, ich stehe vor deinem Hotel!«

Sie zuckte zusammen, sie hatte wirklich nicht registriert, dass wir schon da waren. »Ich bin schon weg«, sagte sie heiser. »Was mache ich bloß für einen Mist?« Damit stürzte sie aus dem Wagen in den Hoteleingang, als hätte ich ihr eine Tracht Prügel angedroht.

Mannhaft sagte ich: »Blöde Tussi!« und gab Gas. Ich verfiel in einen wütenden Dialog mit mir selbst, in dem die Rede davon war, dass sich ein normaler Mann sowieso nie mit einer Polizeibeamtin einlassen dürfe, weil ganz klar die Bürokratie und der Wahn der Karriere alles kaputtmachen, alles zertrümmern und nur noch nacktes Entsetzen zurücklassen würde.

Diesmal nahm ich ab Schöneseiffen die Strecke über den Weißen Stein, Losheim und Stadtkyll. Ich wusste genau, dass ich nicht würde schlafen können, deshalb fuhr ich nach rechts auf den Stausee zu und bog dann auf den Wirtschaftsweg ein, der zu Wilma Bruns' großelterlichem Haus führte. Es lag wie eine sehr friedliche Insel unter einem blassgelben Vollmond und machte durchaus nicht den Eindruck, als verberge es Geheimnisse. Ich parkte den Wagen unter dem Birnbaum und hockte mich auf die Bank neben der Haustüre. Dort saß ich einige Minuten und genoss die frische Luft. Ich dachte darüber nach, wie verbohrt wir alle waren, wie hilflos Vera gewirkt hatte, wie wütend Rodenstock und wie beißend Emma.

Plötzlich kroch ein Wagen langsam den Weg hoch. Ich weiß noch heute, dass ich zwischen Flucht und Verstecken schwankte. Warum ich flüchten wollte, weiß ich nicht, vielleicht roch ich die Gefahr. Warum ich mich verstecken wollte, war klar: Horchen, beobachten. Doch ich blieb sitzen, weil mir einfiel, dass mein Wagen unübersehbar auf dem Hof parkte, dass es irgendwie lächerlich gewirkt hätte, den Indianer zu spielen.

Es war ein Rover Freelander. Daher erwartete ich, dass Albert Tenhoven aussteigen würde, um zu mir zu kommen und zu reden. Aber es war nicht Albert, es war seine Frau Hermine.

Ihre Bewegungen waren bedächtig. Sie schaltete die Scheinwerfer ab, stieg aus und kam gemächlich auf mich zu. Sie trug einen schwarzen Pullover zu schwarzen Lederhosen und derbe Wanderschuhe. Sie sagte »Hallo!« und setzte sich neben mich auf die Bank. »Noch unterwegs?«

»Ja, ich kann nicht schlafen. Ich wollte irgendwie Wilma schnuppern.«

»Das kann ich nachfühlen«, nickte sie langsam. »Mir geht es ähnlich. Ich war fassungslos, als ich davon hörte. Bist du im Moor gewesen, wo es passierte?«

»Ja, aber es hilft nicht, keiner hat eine Ahnung, was sich abgespielt hat. Wir wissen nur, dass sie begriffen hatte, wer Drieschs Mörder ist. Das hat sie ihrer Mutter erzählt. Dann ist sie losgefahren, um den Mörder zu treffen. Doch der Mörder war ihr wohl einen Schritt voraus.«

»Heute in den Spätnachrichten ist gesagt worden, dass die Polizei Wilmas Wagen gefunden hat. In Rott, in einem Gebiet, in dem die Aachener ihre Häuser bauen. Das Auto ist nur durch einen Zufall entdeckt worden. Es stand in der Einfahrt zu einem leeren Haus. Spielt dieses Rott irgendeine Rolle in den Fällen?«

»Nein, bisher nicht. Was treibt dich nachts hierher?«

Sie zog eine Packung Gauloises-Tabak aus der Tasche und drehte sich eine Zigarette. »Gute Frage. Ich mochte Wilma ... lass mich sagen, ich mag Wilma. Ich weiß, dass sie was mit Albert hatte, als ich und die Kinder noch nicht hier waren. Ich weiß das von Wilma, sie hat mit mir darüber gesprochen. Sie wollte sich entschuldigen, Albert hatte natürlich nicht erzählt, dass Frau und Kinder nachkommen. So ist er nun mal, der Albert. Heute hat er sich betrunken, weil er unter ihrem Tod leidet und nicht darüber sprechen will oder kann. Nicht einmal mit mir. Und da bin ich losgefahren in die Nacht. Einfach so. Aber ich habe schon gewusst, dass ich hier lande. Sie war eine starke Frau, verstehst du, und so viele starke Frauen gibt es ja nicht.« Sie sah mich von der Seite an und setzte hinzu: »Ihr lasst uns ja nicht.« Dann schnippte sie den Rest der hastig gerauchten Zigarette weg und drehte sich eine neue. »Ich weiß ja, es klingt vielleicht dumm, aber etwas von Wilmas Geist spüre ich hier.«

»Das ist nicht dumm«, widersprach ich. »Sie war ja wirklich eine tolle Type. Sie war so von der Sorte Frau, von der die Eifel ruhig ein paar mehr vertragen könnte. Aber irgendjemand hat sie maßlos beschissen. Wahrscheinlich um Geld und wahrscheinlich auch um ihre Seele. Sie muss in den Stunden vor ihrem Tod so etwas wie ein Erleuchtung gehabt haben und ich komme nicht drauf, was das gewesen sein könnte. Und deswegen bin ich sauer auf mich und deswegen sitze ich hier. Ich dachte, ich rede mit ihr, vielleicht sagt sie ja was.«

Hermine sah mich wieder von der Seite an, schwieg aber.

Vor dem Mond glitt eine helle, weiße Wolke vorbei, verdunkelte die Szene und gab sie dann wieder frei.

»Hat dein Mann sich inzwischen an etwas erinnert, was wichtig sein könnte?«

»Versucht hat er es. Aber er hat nicht gesagt, was dabei herausgekommen ist. Das Einzige, was er gesagt hat, ist, dass er es komisch findet, dass Annette ausgerechnet von einem ... na ja, von einem Bekloppten umgebracht wurde. Aber das ist nun mal so. Manchmal hängen die Dinge eng zusammen und das Leben erledigt sie dann getrennt. Die Kleine hat immer von ihrem Hotel geredet, das ihr Papi ihr schenken wollte. Sie wollte es das Hide-away nennen, das Versteck für Verliebte.«

»Und wo sollte das stehen?«

»Irgendwo in den Wäldern der Eifel, nehme ich an. Sie haben wohl daran gedacht, einen alten Bauernhof zu kaufen und umzubauen. Albert sagte heute Nachmittag, als er den Ziegenkäse abschöpfte, dass da etwas ist, was ihn mehr als alles andere wundert: Da arbeitet Driesch an einem Riesenprojekt. Er treibt es voran, dass einem der Atem stillsteht. Und bringt es so weit, dass er eigentlich die ersten Gelder anfordern müsste. Das tut er aber nicht, stattdessen lässt er es schluren. Mag ja sein, dass er einfach die Nase voll hatte. Aber dass beide Frauen, nämlich Wilma und Annette, nicht auf die Barrikaden gegangen sind und die Gelder einfach selber angefordert haben, will Albert nicht in den Kopf. Na ja, vielleicht haben beide den Driesch angehimmelt, aber so kopflos waren sie nicht, dass sie brav stillhalten und nichts tun würden. Albert fragt sich: Was ist da passiert? Das ist eine gute Frage, nicht wahr? Mir kommt es so vor, als hätten die drei eine Absprache getroffen und entschieden, dass eine andere Entwicklung wichtiger war.«

»Sehr gut überlegt«, nickte ich. »Aber was war wichtiger?«

Hermine stand auf und sagte über die Schulter zurück: »Ich brauche einen Schluck.«

Sie ging zu ihrem Auto, holte eine große Flasche heraus und kam zur Bank zurück. Sie nahm einen tiefen Zug.

»Das tut gut«, murmelte sie dann. »Glaubst du, Anna wird die Eifel verlassen?«

»Sie hat gesagt, nein.«

»Aber vielleicht wird sie mit den Schatten nicht leben können.«

»Das wird sich herausstellen. Wenn sie es nicht kann, kann sie immer noch gehen. Die Eifler sind sehr beharrlich, sie geben nicht auf und sie sind treu. Und Anna ist stark.«

Da hockten wir unter dem Eifelmond und fühlten uns unbehaglich, weil zu viel geschehen war, das nicht einzuordnen war in den Fluss des Lebens. Irgendwo schrie ein Tier hoch und gellend. Entweder es tötete oder es wurde getötet.

»Wie kommt eigentlich jemand wie du hierher?«

»Albert«, antwortete sie einfach. »Es sind doch immer Beziehungskisten, die uns entwurzeln und an anderer Stelle wieder Wurzeln fassen lassen. Immer diese Beziehungskisten.« Sie lachte erheitert. »Du hältst dich für einen vernünftigen Menschen, bis du entdeckst, dass dich Unvernunft steuert. Aber ich kann mich nicht beklagen, auf seine Weise sorgt sich Albert rührend. Weißt du, ich frage mich die ganze Zeit, ob mich ein Mensch mit einer Million dazu bringen könnte, etwas Blödes zu tun. Mein ganzes Leben lang spielte Geld nur deshalb eine Rolle, weil ich es nicht hatte.« Sie schwieg unvermittelt.

»Und, könnte ich dich mit einer Million aus der Fassung bringen?«

»Ja, natürlich. Aber ich glaube, dass es mich nicht verändern würde. Wohin du auch gehst, du nimmst dich selbst mit. Und eine Million würde daran nichts ändern. Wann wird Annette eigentlich beerdigt?«

»Das weiß ich nicht. Irgendwann in den nächsten Tagen.«

»Scheiße«, murmelte sie trocken. »Erst Annette,

dann Jakob, dann Wilma. Das wird die Reihenfolge der Beerdigungen sein. Und wir werden uns alle in Schwarz wieder sehen, immer dieselbe Clique. Glaubst du, dass noch jemand dran glauben muss?«

»Ich hoffe nicht.«

»Ich fahre jetzt mal wieder. War gut, dich zu treffen.« Sie korkte die Flasche mit einem leise schmatzenden Laut zu, stand auf, reckte sich und ging zu ihrem Auto.

Ich blieb sitzen, war noch immer nicht müde und fand es erfreulich, dass ich in der Eifel einer Bäuerin begegnen konnte, die sich positiv über den eigenen Mann ausließ, die Menschen mochte und dabei einen kräftigen Schluck Selbstgebrannten aus der mitgebrachten Pulle nahm. Das hatte Stil.

Ich ging zur Haustür und fand sie selbstverständlich verschlossen. Das Siegel der Staatsanwaltschaft klebte auf dem Schlüsselloch.

Ich fragte mich, was für ein Typ Wilma war. Ein Tagebuchtyp? Nein, eher nicht. Aber sicher war sie ein Gedankentyp, der sich hin und wieder zu wichtigen Dingen etwas aufschrieb. Noch sicherer schien mir zu sein, dass sie Briefe schrieb, wahrscheinlich mit einem Füllfederhalter, wahrscheinlich hatte sie auf ihrem Sofa gehockt, eine Klemmmappe im Schoß gehalten, ein Glas Wein vor sich, eine Zigarette im Mund ...

Ich schlenderte um das Haus herum, die Nacht war hell, ich brauchte keine Taschenlampe. Da gab es tatsächlich die igluförmige bullige Kuppel eines echten Backes, daneben ein senkrecht vom Haus abstehendes kleines Gebäude, wahrscheinlich ein Stall für Kleintiere. Außerdem einen Kräutergarten, ich konnte die Zitronenmelisse riechen, und gleich daneben schloss ein Bauerngarten an, mit dicken Büschen von Dahlien in allen Farben, mit spätem, fast violett blühendem Mohn. Ich erkannte einen nach vorn offenen Schuppen

– wahrscheinlich hatte er als Unterstand für das Auto gedient –, einen Haufen sorgfältig geschichtetes Brennholz, Birke und Buche. Und zwei rückwärtige Eingänge in das Haus, einer links, der andere rechts außen.

Der Eingang links war verschlossen, der Eingang rechts war offen.

Ich zögerte keine Sekunde, in das Haus hineinzugehen. Ich gelangte in einen weiß gekälkten schmalen Gang, der sich nach links in zwei Koben ausweitete, vermutlich für Schweine. Vor mir war eine schmale Tür, wie es sie oft in alten Bauernhäusern der Eifel gab, gerade breit genug, einen normal großen Menschen durchzulassen. Die Tür stand auf. Dahinter befand sich ein weiß gekachelter Raum mit einer Waschmaschine und quer durch den Raum waren Leinen zum Aufhängen der Wäsche gespannt. Ich fand einen Lichtschalter und drehte ihn. Wahrscheinlich würde man das Licht kilometerweit sehen können, aber ebenso wahrscheinlich war, dass sich mitten in der Nacht niemand drum scheren würde. Die in den Wohnbereich führende Tür war offen. Jemand von der Staatsanwaltschaft musste es eilig gehabt haben und ich war ihm dankbar.

Die nächste Tür brachte mich direkt in die Küche. Wilma hatte sie im alten Zustand gelassen, sie war reif für ein Museum. Die Feuerstelle lag auf einem Block aus roten Mauersteinen und darüber gähnte riesig ein Rauchfang. In diesem Rauchfang hingen zwei Hinterschinken und ein Dutzend große Hartwürste. Es roch wie in dem Zuhause, das sich jeder Mensch zuweilen wünscht.

Ich ging hinüber in das Wohnzimmer, in dem ich Wilma zuletzt vorgefunden hatte, als es ihr wegen des Mordes an Jakob Driesch so elend gegangen war. Ich schaltete alle Lichter an, die ich anmachen konnte.

Es war deutlich zu erkennen, dass der Raum durchsucht worden war, aber ebenso deutlich war, dass sich die Mordkommission bis jetzt nur einen ersten Überblick verschafft hatte und dass die gründliche Durchsuchung noch bevorstand. Die Beamten hatten sich naturgemäß auf Wilmas mit Akten und Briefschaften überhäuften Schreibtisch gestürzt. Vermutlich würden sie im Laufe dieses Tages zurückkommen und die Arbeit wieder aufnehmen.

Das, worauf ich aus war, würde ich wohl doch nicht in diesem Raum finden. Wahrscheinlich war Wilma eher die Type gewesen, die sich Notizen machte, wenn sie behaglich im Bett lag.

Im oberen Stockwerk gab es außer dem luxuriös eingerichteten Badezimmer nur einen weiteren Raum, ihr Schlafzimmer. Der Rest dieser Ebene war ein alter Heuboden, von dem ich wusste, dass Wilma ihn noch hatte ausbauen wollen. Ich erinnerte mich an ihre Worte: »Weißt du, ich wünsch mir einen Riesengammelraum, in dem nichts von Arbeit zu sehen ist, nur sinnlose, aber bequeme Dinge. Und ein Kamin.« In diesem Punkt hatten wir den gleichen Geschmack, nur hatten die Götter meinen Gammelraum abgefackelt.

Das Bett war groß, aus Kiefernholz und handgemacht, zwei mal zwei Meter, bezogen mit lustigem rotkarierten Bauernstoff. Und überall, an allen Rändern dieses Bettes lagen Bücher, die meisten aufgeschlagen oder mit eingelegten Zetteln versehen. Es gab Sachbücher, die sich mit Windenergie oder ganz allgemein mit alternativen Energien befassten, das meiste aber waren Romane. Automatisch zählte ich die Bücher, es waren dreiundzwanzig.

Offensichtlich hatten die Kriminalbeamten diesen Raum überhaupt noch nicht betreten, denn zu vieles deutete auf eine Unordnung à la Wilma hin, nicht auf eine Durchsuchung.

Das, wonach ich zunächst Ausschau hielt, war eine Handtasche oder ein kleiner Rucksack. Mein Gedanke war, dass Menschen wie Wilma nur sehr wenige Dinge in wirklich intimem Gebrauch haben, weil sie großzügig sind und nahezu allen Besuchern ihre Häuser gänzlich öffnen. Die Erfahrung lehrt, dass diese Menschen Tagebücher, wenn sie überhaupt eines führen, mit sich herumtragen, und zwar immer im selben Gepäckstück, das sie auch mitnehmen, wenn sie unterwegs sind. Und als Landtagsabgeordnete war Wilma Bruns viel unterwegs gewesen.

Ich suchte vergebens, ich fand nichts dergleichen und dachte dann an ihr Auto. Sie hatte wahrscheinlich eine Handtasche im Wagen gehabt. Dann befand sich die Tasche nun in den Händen der Kripo.

Es lag eine Menge getragener Kleidungsstücke, Pullover, Blusen und Unterwäsche auf dem Boden und auf zwei Stühlen, aber nirgendwo in diesem Raum entdeckte ich auf Anhieb irgendwelche Unterlagen. Es gab hier auch keinen Tisch, an dem Wilma hätte schreiben können.

Ich sah auch im Badezimmer nach, weil es denkbar war, dass Wilma in der Badewanne gesessen und etwas aufgeschrieben hatte. Auch hier fand ich nichts.

Dann hörte ich deutlich ein Winseln. Der Hund! Es gab einen kleinen Hund, eine Welpe! Wie hieß er noch? Wilma hatte erwähnt, dass er ihr Beschützer sei. Richtig, Cisco!

Ich rief laut: »Cisco!« und rannte die Treppe hinab. Eine Sekunde lang dachte ich wütend: Wie konnten die Kriminalbeamten den kleinen Hund alleine lassen? Das Fiepsen wurde lauter und ging in eine helles Gebell über. Es wurde begleitet von einem scharfen Scharren, der Hund kratzte an einem Türblatt. Es war eine schmale Tür in der Küche, die ich bisher nicht beachtet hatte. Ich öffnete sie und der kleine Hund wischte hinaus und vor lauter Aufregung und Freude pinkelte er mit beachtlicher Kraft, während er an mir hochsprang, als sei ich Papi persönlich. Tränen der Freude. Da ich mit Tieren grundsätzlich so spreche, als hätte ich Artgenossen vor mir, hielt ich ihm sofort einen Vortrag über seinen neuen Lebensabschnitt, der ohne sein Wissen begonnen hatte. »Du bist ein armes Schwein, Cisco, du weißt es nur noch nicht. Frauchen hat sich auf die letzte Reise begeben und konnte dir nicht Bescheid sagen. Das ist traurig, aber nicht zu ändern. Ich werde dir also zu fressen geben, dann werde ich noch eine Weile bei dir bleiben und dann telefoniere ich mit der Mama deines Frauchens. Die wird dich holen. Und leck nicht meine Hände und wasch mir nicht das Gesicht, da bleibe ich ganz hart.«

Er war in einer Abstellkammer gefangen gewesen, in der ein leer gefressener Napf stand und ein altes, dickes Kissen lag. Der Raum hatte kein Fenster und vermutlich hatte Wilma damit erreichen wollen, dass sich das Tier an das Haus gewöhnte und immer wieder zurückkam. Ein uralter Bauerntrick.

Ich fand eine Dose Hundefutter und füllte den Inhalt in den Napf um. Dazu gab es einen Schluck Wasser. Cisco sah mich an, fand das alles ganz prima und begann, an einem alten Aufnehmer herumzuzerren, der auf dem Boden lag. Von Zeit zu Zeit hielt er inne und schaute mich an, als wollte er sagen: »Na los! Mach mit!« Aber mir war nicht danach.

Wenn Frauen wie Wilma etwas aufschreiben, was benutzen sie? Einen normalen Kalender? War irgendwo ein Kalender? Sie musste einen Timer haben, in dem sie alle ihre Termine eingetragen hatte, aber wahrscheinlich war der in ihrem Auto gefunden worden. Und persönliche Gedanken und Gefühle hätte sie einem solch bürokratischen Stück wohl ohnehin nicht anvertraut.

Cisco tollte um mich herum und biss sich in meinem rechten Hosenbein fest. Ich löste ihn sanft und nahm ihn auf den Arm. Ich erzählte von meinem Problem. »Sieh mal, sie hat irgendwo was aufgeschrieben, sie war eben eine Aufschreib-Tante. Hast du beobachtet, auf was sie geschrieben hat? Hast du nicht? Böser Hund.«

Seine Zunge fuhr quer durch mein Gesicht und ich hatte Furcht, er würde gleich erneut in Freudentränen ausbrechen. Also ließ ich ihn wieder laufen.

Ich drehte mich im Wohnzimmer in Zeitlupe einmal um mich selbst und betrachtete den Raum aufmerksam. Es ist eine Erfahrung, dass man auf diese Art leichter etwas findet, als wenn man sofort beginnt, Schubladen und Regale zu durchstöbern. Ich entdeckte nichts. Dann stieg ich wieder die Treppe hinauf in das Schlafzimmer. Jetzt suchte ich etwas anderes als einen Kalender oder etwas Ähnliches. Jetzt suchte ich erst mal einen Kugelschreiber, einen Füllfederhalter, einen Bleistift, irgendetwas, mit dem sie hatte schreiben können.

Die Anordnung in ihrem Bett war eindeutig: Sie hatte nicht unbedingt mit dem Kopf am Kopfende des Bettes gelegen, auch nicht quer auf dem Bett oder mit den Füßen nach oben auf den Kissen. Sie hatte sich wahrscheinlich nach Lust und Laune, je nachdem, welches Buch sie gerade reizte, hingelegt. Es gab nur einen Nachttisch, einen kleinen, aus massiver Buche geschnittenen Holzblock ohne Schublade. Auf dem standen ein Telefon und ein Wecker – ein Schreibutensil sah ich nicht. Aber am Fußende des Bettes stand auf der Fensterseite ein kleines Tablett. Auf dem Tablett befanden sich ein kleines Schnapsglas, ein Weinglas, eine Kaffeetasse – alle leer. Daneben ein voller Aschenbecher, ein Päckchen Tabak, ein Päckchen Zigarettenpapier. Und halb verdeckt von dem Tabak ein Füllhalter. Ich bewegte mich nicht, als könne das Schreibgerät davonfliegen.

»Hör zu, Hund«, sagte ich, »da liegt ein Füller, da muss sie geschrieben haben. Wenn sie da gelegen hat, um zu schreiben, dann muss sie ...«

Nun war es einfach, eines der Bücher hatte einen sattschwarzen Einband aus Leinen, ohne jeden Aufdruck. Es war kein normales Buch, sondern eines mit lauter Leerseiten. Von Rezepten bis hin zu Liebesbriefen – alles konnte man darin festhalten und sammeln.

»Hund«, sagte ich, »jetzt brauchen wir nur noch Glück!«

Das hatte ich. Die erste Seite begann mit den Worten: *Ich möchte wissen, wie wir den Hollerather erklären sollen, weshalb das Projekt schon gestorben ist? Was, um Gottes willen, ist mit J. D. eigentlich los?* Wilmas Schrift war großzügig und schwungvoll; sie hatte kein Datum eingetragen. Auf der Seite gegenüber stand: *Ich bin mir durchaus nicht klar, ob ich diese Art von Karriere eigentlich will.* Dann auf der gleichen Seite noch ein Satz: *Es klingt ja bescheuert, aber eigentlich möchte ich, dass an meiner Garderobe wieder ein Männerhemd hängt.* Ich blätterte um. *Mit J. F. telefoniert. Irgendwie ist der gar nicht grün. Oder doch?* Ein weiterer Satz auf derselben Seite: *J. erklärt mir, er müsse bei Windenergie Pause machen. Es hängt ihm zum Hals raus, sagt er. Er sagt: Wenn du willst, mach weiter. Frage ist: Will ich? Antwort ist: Wahrscheinlich nein!* Nächste Seite: *Ein süßes Hotelchen für A. Alter Hof, liegt in Berk, nahe Quellgebiet der Kyll.* Wieder kein Datum. Dann, noch mal umgeblättert: *Sitzungen im Ausschuss in Mainz beschissen langweilig. Fraktion diskutiert und du fragst dich nach vier Stunden, wie eigentlich das Thema lautete. Berlin wäre aufregender.*

Ich überlegte, ob ich das Buch mitnehmen sollte, und entschied mich dagegen. Ich würde Rodenstock darüber informieren, dass es das Buch gab.

Ich zählte die Eintragungen, es waren insgesamt sechzehn, und legte sie dann unter eine starke Lampe im Wohnzimmer, um sie zu fotografieren. Die letzten Eintragungen lauteten: *Wieso gibt A. das Hotelchen zurück?* Dann: *Ich verstehe nicht, wieso J. sich so aufregt, schließlich ist er kein Hotelier, oder?* Und zuletzt: *Ich glaube, ich weiß jetzt, was ihn so aufregt. Ich habe begriffen, was eigentlich Sinn der Sache ist. Ikarus scheint wieder zu fliegen. Wann wird er stürzen?*

Wann wird Ikarus stürzen? War das so etwas wie ein Code? Wer war Ikarus? Ich ging langsam die Treppe hinauf, das Buch in der Hand.

Cisco hatte sich auf Wilmas Bett zurückgezogen und betrachtete mich gelassen. Als ich mich auf das Bett setzte und beinahe der Versuchung erlag, über Wilmas dunkle Andeutungen ins Grübeln zu geraten, kam er zu mir, legte seinen Kopf auf meinen Oberschenkel und schielte zu mir hoch.

»Ja, ja, ich weiß, mein Alter. Du wirst mich auf Schritt und Tritt verfolgen und darauf hoffen, dass ich dich adoptiere. Aber darauf wird nichts, das kann ich meinen Katzen nicht antun.«

Es schellte unten an der Tür. Es war immer noch Nacht, es war vier Uhr fünfundvierzig. Eine verrückte Zeit für Kriminalbeamte. Außerdem hatten die einen Schlüssel, die würden nicht schellen.

Cisco sprang vom Bett und sauste kläffend die Treppe hinunter.

Ich ging ihm nach und bemühte mich um Gelassenheit. »Wer ist da, bitte?«

»Bergmann«, sagte ein Mann mit tiefer Stimme.

»Gehen Sie um das Haus herum, da ist eine offene Tür.«

Der Mann antwortete nicht, ich hörte, wie sich Schritte entfernten. Dann trat er ein, sah mich an, streckte die Hand aus und sagte: »Ich war ihr Pfarrer.

Und Sie sind dieser Journalist, von dem sie so oft erzählt hat?«

»Aha«, murmelte ich verwirrt und reichte ihm die Hand. »Ja, das bin ich wohl. Siggi Baumeister. Was treibt Sie hierher, mitten in der Nacht?«

»Zwei Sterbefälle«, erklärte er. »Darf ich mich setzen? Gibt es hier ein Bier oder so was?«

»Weiß ich nicht. Schnaps habe ich gesehen, Wein auch. Aber Bier? Ich schau mal nach.«

»Schnaps tut es auch«, sagte er leichthin. Dann strich er sich mit der rechten Hand über das Gesicht. Der Mann war erschöpft. »Ich habe das Licht hier gesehen. Da dachte ich, die von der Staatsanwaltschaft seien wieder hier. Wilma und ich, wir waren schließlich Freunde. Na ja, ist ja auch egal. Schade um Wilma, wirklich schade.«

Er war ein schmaler Mann und ich hatte den Eindruck, dass er anstelle eines Bauches ein gewaltiges Loch mit sich herumtrug. Sein Gesicht war blass und jung, das Gesicht eines Bücherwurms. Er trug einen schwarzen Anzug und einen schwarzen Rollkragenpulli. Und er hatte rote Hände, als würde er zu oft in seiner Küche stehen, um zu spülen. Seine Augen waren von einem ungewöhnlichen Hellblau; wahrscheinlich war er in der ersten Hälfte der Dreißiger.

»Ich dachte, sie hatte es nicht so mit dem lieben Gott«, sagte ich.

Er lächelte. »Hatte sie auch nicht. Sie hatte es mehr mit mir, um genau zu sein.«

»Ging sie denn am Sonntagmorgen zur Kirche?«, fragte ich weiter. »Eigentlich weiß ich nicht viel von ihr.«

Er starrte in die Luft vor sich. »Sie ist vor zehn oder zwölf Jahren aus der Kirche ausgetreten. Sie hatte Schwierigkeiten mit dem Polen in Rom, aber wer hat die nicht? Mit dem müssen wir eben leben.« Er trommelte mit den Fingern seiner rechten Hand auf den Oberschenkel. »Wie sieht das aus mit dem Schnaps?«

»Oh, Entschuldigung.« Ich ging in die Küche, dort hatte ich eine Schnapsflasche gesehen. Ich goss ihm einen ordentlichen Schluck in ein Wasserglas und brachte es ihm. »Ich nehme an, ich darf hier den Gastgeber spielen.«

»Haben Sie einen Schlüssel?«, fragte er.

»Nein. Die Tür hinten im Haus war offen. Wenn Sie mich anzeigen, bin ich dran.«

»Werde ich nicht«, sagte er. »Ich bin auch eigentlich nicht hierher gekommen, weil ich die Leute von der Kripo sehen wollte, sondern weil ich hier sein wollte. Einfach so.«

»Deshalb bin ich auch hier«, nickte ich. »Sie war eine ungewöhnliche Frau.«

Cisco sprang auf Bergmanns Schoß. Der Geistliche tätschelte ihn und sagte: »Ja, Junge, Scheiße, was?« Dann fragte er, ob ich eine Zigarette hätte.

»Nein. Ich rauche meistens Pfeife. Aber oben am Bett liegt Tabak.«

»Den hole ich mir«, meinte er und lief hinauf.

Er machte es wie Hermine, er drehte die Zigarette mit einer Hand. »Hat man schon eine Ahnung, wer Driesch und Wilma erschossen hat?«

»Keine«, sagte ich. »Wir glauben, dass Wilma getötet wurde, weil sie begriffen hatte, wer Drieschs Mörder war. Und nur deshalb. Können Sie sich einen Menschen vorstellen, der so etwas tut?«

Er presste die Lippen aufeinander. »Ich will Ihnen beileibe nicht die Illusionen nehmen, aber selbstverständlich gibt es eine Menge Menschen, die so etwas tun können.«

»Was wissen Sie von Driesch?«, fragte ich.

»Eine Menge und das meiste ist gut«, antwortete er schnell. »Anna tut mir wirklich Leid.«

»Sie sagen, das meiste ist gut. Und wie sieht das Schlechte aus?«

»Nun ja, er hat sich nie geschont. Und er war in den letzten Monaten total erschöpft. Er hat die einfachsten Dinge versaut oder verschlampt, er hat das Projekt in Hollerath einfach an den Nagel gehängt. Er hat erklärt, er habe die Nase voll. Aber das war es nicht. Er hat es einfach nicht mehr auf die Reihe gekriegt. Das war es.«

»Das sind aber erstaunlich offene Worte.«

»Ein schweigender Pfarrer in der Eifel ist ein schlechter Pfarrer«, entgegnete er.

Ich wollte es wissen: »Waren Sie sein Beichtvater?«

»Ja, manchmal wenigstens.«

»Ohrenbeichte oder Gespräch?«

»Gespräch, nur Gespräch. Ich weiß, Mutter Kirche hat das nicht so gerne, aber Mutter Kirche wird es überleben.«

»Der Pole aber nicht.«

»Nein, der nicht.« Er nickte, trank von dem Schnaps und drückte den Zigarettenrest aus.

»Sie sind also ein Rebell«, stellte ich fest.

»Kann man so sehen«, sagte er. »Aber das ist gewissermaßen ein Problem der Person, nicht ein Problem der Kirche.«

»Ist denn Ihre Kirche von der Person abzutrennen?«

»O ja!«, antwortete er hell. »Und wie! Schauen Sie sich die Lösung des Konfliktes um die Schwangerenberatung an. Glauben Sie im Ernst, dass ich katholischen Frauen diesen absurden Blödsinn erklären kann?«

»Sind Sie überhaupt noch gern Pfarrer?«

»Vermutlich bin ich es sowieso nicht mehr lange«, murmelte er schläfrig. »Ich weiß, dass ich vielen alten Frauen und Männern ein Dorn im Auge bin. Sie schreiben anonyme Briefe an den Bischof und fordern einen neuen, anständigen Pfarrer.«

»Sie machen den Eindruck, als seien Sie darüber nicht gerade sauer.«

»Das ist wahr«, nickte er und grinste. »Ich sehe aber eine Chance in der katholischen Laienbewegung. Die haben noch Feuer im Arsch. Haben Sie persönlich jemanden in Verdacht?«

»Nein, habe ich nicht. Ich sehe noch nicht mal ein klares Motiv.«

»Wie bitte?«, fragte er verblüfft. »Das kann doch nicht wahr sein. Ich will nicht gerade behaupten, vollkommen informiert zu sein, aber ich gehe jede Wette ein, dass die Vorstände von mindestens zwei, wenn nicht drei großen Stromerzeugern jede Menge Gründe hatten, Driesch töten zu lassen.«

Baumeister, halt die Luft an und sage nichts! Oder sage wenigstens nichts Dummes. Der Mann könnte ein Geschenk des Himmels sein, besser noch – er ist ein Geschenk des Himmels.

»Würden Sie die Freundlichkeit haben, mir das genauer zu erklären?«

»Aber nur off the record! Bitte, zitieren Sie mich nicht.«

»Ich zitiere Sie nicht, versprochen.«

Er nahm erneut einen großen Schluck von dem Schnaps und sagte: »Einfach toll, das Zeug. Wussten Sie eigentlich, dass Manfred von Hülsdonk, der Vater von Annette, diese Brände macht? Der hat ein unglaubliches Talent in Sachen Schnaps. Die Kunst besteht nämlich darin, dass das Obst den richtigen Reifezustand hat, wenn es verarbeitet wird. Der Schwarzwald ist gegen unsere Obstler eine unterentwickelte Region.« Bergmann grinste. »Tja, die Stromerzeuger. Ich habe die Entwicklung der Windenergie in der Eifel verfolgt. Sie betrifft mich nicht, aber ich finde sie spannend. Da haben wir nun die Möglichkeit, Strom aus Wind zu erzeugen. In beliebiger Menge zu einem durchaus menschlichen Preis. Wir vergessen mal die Schreihälse, die behaupten, die Windräder seien zu laut oder ihre Häuser würden an Wert verlieren oder die Natur würde versaut, weil die Dinger einfach scheußlich aussehen und die Landschaft verschandeln. Stellen wir nur fest: Wir brauchen keine riesigen Kraftwerke mehr und Atomstrom kann uns auch kalt lassen. Die großen Stromerzeuger hatten den Energiemarkt unter sich aufgeteilt. Das ging Jahrzehnte gut und sie häuften irrwitzige Gewinne an. Dann schlich sich gewissermaßen von hinten die Windkraft in die Szene. Sofort begriffen die Monopolisten: Das wird gefährlich! Und sie taten alles, um das Geschäft mit Strom aus Windrädern klein zu halten, zu reglementieren – mit den Möglichkeiten des Gesetzgebers. Jetzt fallen plötzlich die Strompreise, weil der Markt freigegeben ist, europaweit, und andere Anbieter auftauchen. Ein ähnliches Schicksal hat den Telefonmarkt ja auch schon ereilt. Ich glaube übrigens nicht, dass Jakob Driesch grundsätzlich die Schnauze voll hatte von der Windenergie, ich glaube, dass er Hollerath nur zu einem späteren Zeitpunkt bauen und erst mal abwarten wollte, was auf dem Strommarkt passiert. Das hätte zu ihm gepasst. Aber zurück zu den Stromerzeugern. Sie kämpfen nun mit allen Mitteln um ihre Pfründe. Hier in der Eifel haben sie zum Beispiel versucht, sich auch den Trink- und Abwassermarkt unter den Nagel zu reißen. Es gibt Studien, die das belegen. Und dann betrat der Bundestagsabgeordnete Jakob Driesch die Bühne, ein honoriger Mann, der Windkraft will und fördert – und zwar in ganz neuen Dimensionen. Er sagte: Wir bauen keine kleinen Anlagen auf, sondern weitab von jeder Siedlung Großanlagen mit mehr als einhundert Einheiten. Es ist richtig, dass dabei Wald und Fläche verloren gehen, aber die kann man zu Ökoinseln machen. Hollerath könnte den

Großraum Aachen mit Strom versorgen. Und das ist ein Angriff auf die Stromkonzerne. Was glauben Sie, was der Oberboss eines Stromerzeugers von Driesch hält?«

»Moment mal, Herr Pfarrer. Das heißt aber doch nicht gleich, dass jemand vom Vorstand hingeht und sagt: Nun lasst uns das Lebenslicht von Driesch ausblasen.«

»Für so naiv hätte ich Sie nicht gehalten«, grinste er. »Kein Mensch muss so etwas befehlen, jedenfalls kein Mensch im Vorstand. Jeder große Konzern verfügt heutzutage über eine Art Spionageabwehr. Es ist doch so, dass deutsche Unternehmen in diesen Zeiten ständig von Wirtschaftsspionen heimgesucht werden, Amerikaner, Japaner, Chinesen, Russen. Nun überlegen Sie mal: Ein Konzern engagiert ein unabhängiges Unternehmen, das für Sicherheit sorgen und die Spione überführen soll. Derjenige, dem die Betriebssicherheit des Konzerns untersteht, geht mit einem der obersten Spionenjäger essen. Bei Truthahnbrust in Senfkruste erwähnt der Obermanager so ganz nebenbei, dass die Windräder sich zu einer unangenehmen Konkurrenz entwickeln könnten und dass der Konzern mit seinem Latein am Ende ist. Der Spionenjäger hört sich das interessiert und höflich an. Der Manager lässt in das Gespräch einfließen, dass locker bis zu drei Millionen zu verdienen sind, schwarz, wenn es sein muss, falls jemand eine Idee entwickelt, wie man diese Entwicklung der Windkraft stoppen kann, wenigstens für die nächsten Jahre. Der Spionenjäger nickt und schweigt höflich. Aber er geht in dem Bewusstsein nach Hause, dass er einen Fuß in einer Tür hat, von der er niemals geglaubt hatte, dass sie sich für ihn öffnet. Er hat nur ein Problem: Es kann sein, dass er etwas falsch verstanden hat. Und weil er sichergehen will, schickt er dem Konzernmanager eine Rechnung, zum Beispiel mit dem Text: ›Hiermit berechne ich Ihnen, wie vereinbart, für die Entwicklung einer neuen Sicherheitsstrategie eine erste Abschlagszahlung von DM 270.000.‹ Postwendend bekommt er den Betrag überwiesen. Jetzt weiß er, dass er alles richtig verstanden hat. Jetzt muss er nur jemandem klarmachen, dass Driesch gefälligst auszulöschen ist – ohne direkt einen Mordauftrag zu erteilen. Es gibt Auftragskiller, daran besteht kein Zweifel. Aber möglicherweise erteilt er den Auftrag auch einem Mann aus den eigenen Reihen, denn dem kann er leichter begreiflich machen, wie maßlos gefährlich dieser Driesch und sein Projekt ist, und dass letztlich Tausende von Arbeitsplätzen davon abhängen, dass die Windräder verlieren. Leuchtet Ihnen das ein?«

»Kennen Sie denn einen Strommanager, dem ein solches Vorgehen zuzutrauen wäre?«

»Es gibt einen Mann namens Karl-Ewald Diepholtz, dem ich das zutraue, so ein Ding durchzuziehen. Aber den Namen haben Sie nicht von mir.«

»Und wo sitzt der?«

»In der Energiebehörde der Europäischen Union in Brüssel. Der Mann ist Liebkind der großen Stromerzeuger. Ein ekelhaftes Gewächs, wenn Sie mich fragen.«

»Was ist mit Wilma? Glauben Sie, sie ist ein Opfer der gleichen Geschichte?«

»Aber ja. Wilma ist mindestens so gefährlich gewesen wie Driesch. Nicht vergessen: Es geht um wahnwitzige Summen.«

»Wie kommt es, dass Sie so ausgezeichnete Szenarien entwickeln können?«

Er lächelte. »Ich habe doch gesagt, ich mochte Wilma. Für einen katholischen Priester denke ich unanständig oft an sie.«

»Hätten Sie sie geheiratet?«

Er senkte den Kopf, griff dann nach der Schnapsflasche, goss sich ein, trank einen Schluck und begann sich eine neue Zigarette zu drehen. »Ich denke, ja. Aber ich hatte nie eine Chance, mit ihr darüber zu sprechen. Ich war auch zu feige.« Plötzlich schossen ihm Tränen in die Augen und er schluchzte haltlos.

Cisco spürte etwas und legte seinen Kopf auf die Schuhe des Pfarrers. Der beugte sich noch tiefer und streichelte das Tier.

Ich kam mir ekelhaft vor, als ich weiter fragte: »Sagen Sie, Sie waren zuweilen der Beichtvater von Jakob Driesch und ich möchte Sie nicht nach irgendwelchen Dingen fragen, die unter das Beichtgeheimnis fallen. Doch erfahrungsgemäß gibt es kein Leben ohne Schattenseiten. Wie sahen die bei Jakob Driesch aus?«

»Ist Erschöpfung eine Schattenseite?«, fragte er.

»Nein, auf keinen Fall. Aber er war doch kein Heiliger, oder?«

»War er nicht. Gott sei Dank. Manchmal, das darf ich sagen, hatte er Fluchtgedanken. Aber wer in einem solchen Amt hat keine?«

»Wie sahen diese Gedanken denn aus?«

»Er hatte die Nase voll. Er sagte wörtlich: Ich würde das alles gern hinter mir lassen. Kannst du mir nicht eine kleine Insel in der Karibik kaufen? Nicht mal mehr die Familie macht mir Spaß. Ich würde am liebsten einen Rundumschlag machen und in einem hübschen Strandhaus in Malibu aufwachen. Derartige Sprüche eben.«

»Haben die sich in der letzten Zeit gehäuft?«

»Eindeutig.«

»Um das Thema zu wechseln, wieso hat sich Driesch eigentlich in die Geschichte des Hotels in Berk eingemischt, das der Annette von Hülsdonk gehören sollte? Ich komme darauf, weil ich eine Tagebucheintragung von Wilma gelesen habe.«

»Er hat sich gar nicht eingemischt. Er ist eingemischt worden. Annette hat ihn wohl gefragt, was er von solch einem Projekt hält. Und er meinte: Warum nicht, das ist eine gute Idee. Das war meines Wissens nach alles. Aber was soll das? Das Hotel ist doch längst wieder vom Tisch.«

»Wird das nicht gebaut?«

»Nein. Von Hülsdonk hatte es für Annette gekauft. Und aus irgendeinem Grund nach drei Monaten wieder verscherbelt. Warum? Ist das wichtig?«

»Ich weiß es nicht. Aber ich halte die Ideen, die Sie vertreten, für nicht schlecht und erwägenswert. Können Sie sich vorstellen, zur Sonderkommission ins Aukloster nach Monschau zu reisen und sich mit denen zu unterhalten?«

»Durchaus, wenn mir Verschwiegenheit zugesichert wird.«

»Keine Frage«, erwiderte ich. »Ich kündige Sie an. Und vielen Dank für Ihr Vertrauen. Würden Sie so nett sein und das Licht im Haus ausschalten, wenn Sie gehen?«

»Mache ich. Es war gut, Sie zu treffen. Vielleicht sieht man sich ja noch mal.«

»Gut möglich.« Wir reichten uns nicht die Hand, ich ging einfach, Cisco im Schlepptau, der vor Aufregung wieder mal Wasser ließ und kläffte, als würden wir von Elefanten verfolgt.

Da war die erste Ahnung des Tages, ein rosafarbener Schimmer im Osten. Ich wartete einen Augenblick, bis Cisco ein paarmal gepinkelt hatte und hockte mich dann in mein Auto. Ich wählte die Nummer der Sonderkommission und verlangte Kischkewitz.

»Kischkewitz. Wieso bist du nicht im Bett?«

»Ich hatte keine Zeit. Ich habe einen Mann kennen gelernt, der Wilma Bruns liebte. Ein katholischer Pfarrer, der bald keiner mehr sein wird. Er will sich mit euch unterhalten. Er hat ein paar aufregende Phantasien.«

»Wie sehen die aus?«

»Er kann phantastisch beschreiben, warum ein Strommanager allen Grund hatte, Driesch und anschließend Wilma Bruns zu töten.«

»Wo ist der Mann?«, fragte er.

»Ich hab ihn zu euch geschickt, vielleicht kommst du mit seiner Hilfe weiter. Ich versuche nun, mich nach Hause durchzuschlagen und schlafen zu gehen.«

»Kriege ich eine Notiz? Ich meine, eine über die Unterhaltung mit dem Pfarrer?«

»Kann ich machen. Und besuch mal wieder deine Frau.«

»Scheißkerl!«, antwortete er liebevoll und unterbrach die Verbindung.

Langsam fuhr ich nach Deudesfeld und war zu faul, den Motor sorgsam zu schalten. Ich freute mich am Spiel der Farben im frühmorgendlichen Dunst, der über den Wäldern lag.

Es war ein merkwürdiges Gefühl, in eine Wohnung zu gehen, in der keine Katze auf mich wartete. Der Hund folgte mir, war etwas zögerlich, fiepste vor Aufregung. Ich hatte kein Futter für ihn, fand aber dank Alwins hausfraulicher Verantwortung im Eisschrank ein paar Dosen Thunfisch. Ich gab Cisco davon und er fraß es mit Begeisterung. Ich zog mich aus und ließ die Kleider dort liegen, wo ich sie verlor. Dann kroch ich ins Bett und spürte noch, wie Cisco sich anschlich und sich dann mit einem erleichterten Seufzer unmittelbar vor meinem Gesicht in die Kissen sacken ließ. Der Hund wusste genau, was gut war.

Das Handy weckte mich. Rodenstock. »Du warst verdammt gut bei diesem Pfarrer. Der ist jetzt hier und erzählt.«

»Wie viel Uhr ist es?«

»Halb vier. Ich soll dich von Emma grüßen und um Entschuldigung bitten, dass sie in Aachen so mies drauf war. Und sie geht jede Wette ein, dass Driesch und Wilma nicht wegen der Windenergie getötet wurden. Sie meint, da gäbe es Überlegungen, auf die wir noch nicht gekommen seien.«

»Aha, und welche?«

Er lachte. »Das weiß sie noch nicht. Aber sie wird uns Bescheid sagen, wenn sie es herausgefunden hat. Du kennst sie ja, sie ist nie zufrieden.«

»Glaubst du, dass ihr den Fall überhaupt noch knacken könnt?«

»Nicht richtig«, seufzte er. »Es ist zu viel Zeit vergangen, zu viele Zufälle sind auf der Seite des Mörders. Wir wissen immer noch nicht, wo und wie Driesch die Stunden vor seinem Tod verbracht hat. Und für Wilmas Weg in das Moor haben wir ebenfalls keinen Zeugen. Wir machen irgendetwas falsch, fragt sich nur was. Darf ich dir Vera schicken?«

»Wieso das?«

»Sie soll protokollieren, wie das Gespräch mit dem Pfarrer ablief. Wäre wichtig für die Akten.«

»Muss das Vera sein?«

»Ja«, sagte er unerbittlich. »Außerdem will sie sich für ihr blödes Benehmen entschuldigen. Nun sei nicht so, Baumeister, sie ist doch eine gute Frau, oder?«

»Na gut, schick sie her.« Es passte mir überhaupt nicht. »Und wenn Emma eine Erleuchtung hat, soll sie sich unbedingt melden.«

›Wir wissen immer noch nicht, wie Driesch die letzten Stunden vor seinem Tod verbrachte. Wir wissen immer noch nicht ...‹, hämmerte es in meinem Kopf.

Ich machte mir einen Becher Tee, hockte mich auf den Balkon und rekapitulierte: Um 3.30 Uhr in der Nacht rennt, von Zeugen bestätigt, ein Mann hinter einem anderen Mann her und schießt auf ihn. Mindestens vier Schüsse werden aus einer Winchester abgegeben, die Patronenhülsen werden gefunden. Dann, im Abstand von zwei bis drei Minuten, folgt ein dritter Mann. Alle drei rennen die Stadtstraße entlang stadtauswärts. Um 4 Uhr, also dreißig Minuten später, läuft Jakob Driesch in der Rur in die entgegengesetzte Richtung und wird erschossen. Von sechs Kugeln aus einer Winchester in den Rücken getroffen. Wir haben also zwei Zeitphasen, über die wir nichts wissen. Erstens: Wo steckte er die halbe Stunde von den ersten Schüssen bis zu seinem Tod? Zweitens: Wo steckte er in den neun Stunden, seit er sein Haus in Schleiden verließ?

Da war irgendwo ein Fehler in unseren Überlegungen. Stellten wir die falschen Fragen?

Also, noch einmal: Driesch rennt zunächst parallel zum Fluss über eine Straße stadtauswärts. Eine halbe Stunde später läuft er parallel zu der Straße durch den Fluss Richtung Stadtmitte. Was heißt das? Baumeister, konzentrier dich! Was heißt das?

Cisco fiepste und sprang mir auf den Schoß. Musste er pinkeln?

»Musst du pinkeln?«, fragte ich. Er war darüber so erfreut, dass er auf meine Jeans pinkelte. Ich fand einen Strick und band ihm den um den Hals. Dann gingen wir Gassi. Cisco schoss auf jeden Baum zu, der so rumstand, und ich geriet ins Keuchen.

Praktisch lief meine Überlegung auf ein komisches Bild hinaus: Erst rennt Driesch aus der Stadt heraus, dann rennt er in die Stadt hinein. Raus aus den Kartoffeln, rin in die Kartoffeln. Warum?

Ich hatte bisher immer geglaubt, seine Flucht hätte sinnlosen Prinzipien gefolgt, sei etwas von reiner Panik und Todesangst Bestimmtes gewesen. Plötzlich war ich nicht mehr so sicher. Wenn seine Fluchtbewegungen gezielt und überlegt waren, was bedeuteten sie? Er rennt aus der Stadt heraus. Dann kehrt er wieder zurück. Wohin kehrt er zurück?

Das war der Punkt!

»Cisco«, sagte ich freundlich, »ich muss telefonieren. Ist deine Blase leer?«

Sein kurzes Kläffen deutete ich als Ja, band den Strick los und rannte ins Haus. Natürlich folgte Cisco mir, woraus resultiert, dass Stricke zuweilen dämlich sind.

Ich rief die Sonderkommission an, fragte nach Rodenstock, erfuhr, der sei nicht da. »Dann Kischkewitz. Und schnell, bitte.«

»Was ist so eilig?«, wollte Kischkewitz wissen.

»Ich glaube, ich weiß was. Erst rennt Driesch aus Monschau raus, dann wieder rein. Einverstanden?«

»Einverstanden.«

»Warum macht er das, habe ich mich gefragt. Wir sind bisher immer von einer Panikreaktion ausgegangen, von unüberlegten Handlungen. Aber nimm einmal an, er rennt los, um von etwas abzulenken. Dann rennt er wieder zurück, weil er exakt dorthin will, woher er kam. Zieh also mal in Höhe der evangelischen Kirche an der Laufenstraße eine Linie. Hinter dieser Linie muss er gewesen sein. Logisch?«

»Aber wieso der Fluss, wieso nimmt er den Fluss?«

»Weil er nicht ganz zu Unrecht überlegt hat, dass der Mörder auf den Fluss als Flucht- und Rückweg nicht sofort kommen würde. Außerdem könnte die Flucht oder der Rückweg in die Altstadt durch den Fluss bedeuten, dass er vom Fluss aus direkt in das Haus gelangen konnte, in das er wollte. Oder rede ich irre?«

Kischkewitz schwieg lange. Dann murmelte er: »Haus am Wasser. Hin- und Rückweg. Baumeister, du kriegst das Großkreuz zum Bundesverdienstkreuz mit Schwertern und Eichenlaub am Bande sowie zahllose andere Nutzlosigkeiten. Ich knutsche dich, Mann.«

»Das wäre mir peinlich«, sagte ich und beendete die Verbindung.

Sofort klingelte das Handy wieder, es war Rodenstock, der lapidar und ohne jede Betonung mitteilte: »Der Vater von Annette von Hülsdonk hat versucht, sich das Leben zu nehmen. Er kommt aber durch.«

»Mein Gott, der arme Mann. Wie hat er es denn gemacht?«

»Er hat sich aufhängen wollen, der Strick riss und er donnerte vier Meter tief auf den Betonfußboden seiner alten Scheune in Hellenthal. Beinbruch rechts, Beinbruch links. Aber das ist noch nicht alles. Anna Driesch hat einen Drohbrief bekommen. Zusammengesetzt aus Zeitungsbuchstaben. Da steht: ›Du wirst auch sterben!‹ Keine Unterschrift. Und dann der dritte Punkt. Sitzt du zufällig?«

»Ich sitze.«

»Der Mann, den der Pfarrer erwähnt hat, dieser Bürokrat in Brüssel, der in Diensten der großen Stromversorger stehen soll. Karl-Ewald Diepholtz heißt der Kerl. Der hat nachweislich eine Verbindung in das Düsseldorfer Rotlichtmilieu. Unter anderem ist er ein guter Bekannter eines Kasachen, den die Szene als Roter Emil kennt und der für schmutzige Aufträge zuständig ist.«

»Das ist doch was«, murmelte ich mit trockenem Mund.

Achtes Kapitel

Unvermittelt sagte Rodenstock dann: »Emma kam übrigens der Gedanke, dass der Mörder von Driesch ein glücklicher Mörder ist, weil alle möglichen Zufälle für ihn arbeiten. Und sie fragt, wieso Driesch, als er nachts um halb vier durch die Stadtstraße stadtauswärts rannte, ausgerechnet diese Straße nahm. Wieso ist Driesch nicht über den Marktplatz gerannt, um zu seinem Auto oben auf dem Plateau zu kommen?«

»Das ist doch eine müßige Frage«, ich ärgerte mich. »Er ist eben die Straße am Fluss entlang gerannt. Genauso könnte man die Frage stellen, warum er kein Taxi genommen hat.«

Er widersprach: »Das ist was völlig anderes. Es ist tatsächlich merkwürdig, dass es Driesch zunächst gelingt zu entkommen, er aber nicht versucht hat, sein Auto zu erreichen. Warum nicht?«

»Was glaubt denn Emma? Wenn sie schon diese Fragen stellt, dann hat sie vielleicht auch eine Antwort.«

»Hat sie auch. Wahrscheinlich wollte Driesch den Mörder nur ablenken. Und zwar von etwas, was hinter ihm war. Also dort, woher er kam. Da war etwas oder ein Mensch, von dem Driesch ablenken wollte.«

»Na ja«, langsam langweilte mich dieses Spiel. »Nehmen wir an, Emma hat Recht. Driesch wollte ablenken. Eine halbe Stunde später rennt er durch den Fluss zurück und wird erschossen. Frage an Emma: Was hat er während dieser dreißig Minuten getan?«

»Antwort von Emma: Der Mörder und sein Opfer haben Katz und Maus gespielt.«

»Frage an Emma: Wer war der dritte Mann?«

»Das könnte jemand gewesen sein, der eine Unterredung mit Driesch hatte. Vielleicht jemand von den großen Stromerzeugern. Dann kommt der Mörder. Driesch flieht. Der Mann, mit dem er reden wollte, überlegt eine Weile, begreift die Gefahr für Driesch und läuft hinterher. Und ...«

»Falsch«, sagte ich schnell. »Wenn Driesch mit jemandem von den Stromerzeugern einen Termin hatte, wird ein Mörder genau zu diesem Zeitpunkt nicht auftauchen. Es sei denn, Emma vermutet das Motiv in einem Feld, das wir noch nicht beackert haben.«

»Oh«, murmelte Rodenstock richtig entzückt. »Wir kommen übrigens gleich, wir wollen uns deine provisorische Behausung mal anschauen. Und wir haben einen Tisch auf der Dauner Burg reserviert. Emma will ein Luxusessen spendieren, um ihre schlechte Laune loszuwerden. Bis gleich also.«

»Bis gleich.«

Eine provisorische Behausung war eine provisorische Behausung. Aber da ich über Ute und Alwin und damit über Freunden wohnte, war mein Provisorium eigentlich kein Provisorium, eher eine ganz normale Ausweiche.

Als habe er gehört, was ich dachte, rief Alwin laut: »Es gibt Spaghetti. Öl und Knoblauch!«

»Phantastisch, aber ich hab schon eine Einladung«, schrie ich zurück. Ich lief hinunter zum Auto und holte das Band mit der Klaviermusik von Jakob Driesch.

Ich legte es ein und drehte den Lautstärkeregler auf. Driesch hatte ein unglaubliches Feeling für die Träume und das reale Leben des Blues gehabt. Und wieder einmal stellte ich fest, dass Blues in die Eifel passte, als sei er für diese Landschaft geschrieben.

Es klingelte und ich kapierte nicht sofort, dass es meine Haustürklingel war. Erst beim dritten Läuten reagierte ich. Vera stürmte die Treppe herauf und war außer Atem, als sei sie die ganze Strecke von Monschau gerannt.

»Schöne Grüße von Kischkewitz. Du sollst mir sagen, was dieser Bergmann, dieser Pfarrer, genau erzählt hat. Wir haben den Eindruck, er hält sich mit seinen Vermutungen uns gegenüber zurück.«

»Ihr seid eine Mordkommission, wie soll er da Vertrauen fassen? Er ist Pfarrer und ein redlicher Mann.«

Sie stand zwei Stufen unter mir und sah mich an. »Darf ich vielleicht die heiligen Hallen betreten?«

»Oh, Verzeihung, natürlich. Komm herein und hock dich dahin, wo das Wohnzimmer sein soll. Willst du etwas zu trinken? Vielleicht einen Schnaps?«

»Keinen Alkohol. Ich bin im Dienst.« Sie ging an mir vorbei.

»Du bist erst einmal hier. Und gleich gehen wir auf die Dauner Burg mit Emma und Rodenstock essen.«

»Da muss ich aber erst den Chef fragen, denn ich habe wieder Nachtdienst.« Sie wirkte fahrig und nervös. Sie setzte sich auf einen Sessel und seufzte: »Ich habe eigentlich jeden Dienst. Tagdienst, Spätdienst, Nachtdienst. Deine Idee, dass Driesch gar nicht panisch war, sondern gezielt flüchtete, finde ich großartig, Baumeister. Jedenfalls sind nun sechs Zwei-Mann-Teams unterwegs, die an jeder Tür klingeln, die jeden Hausbesitzer suchen, die jeden Hausmeister rausschellen. Wir wollen es jetzt wissen.« Sie zog eine Zigarettenschachtel aus der Brusttasche ihres hellblauen Männerhemdes und zündete sich eine an. »Hast du noch eine brauchbare Idee?«

»Habe ich. Die Kommission sollte der Frage nachgehen, was Driesch den Waldbesitzern in Hollerath gesagt hat. Erst hat er den Kauf ihrer Waldparzellen in Aussicht gestellt, dann ließ er das Projekt fallen. Da er unstrittig ein redlicher Mann war, muss er ihnen das erklärt haben.«

Sie starrte mich an und schloss dann die Augen. »Du bist schon erstaunlich.«

»Bin ich nicht. Ich bin nur gründlich.«

»Stört es dich, wenn ich mal telefoniere?« Aus der schmalen Aktentasche, die sie mitgebracht hatte, kramte sie ein Handy hervor.

»Du kannst so viel telefonieren, wie du willst. Und dann müssen wir mal über uns reden.«

»Häh?« Das war durchaus kein höflicher Laut, aber sie war verwirrt und hilflos und plötzlich rot geworden. Sie drückte ziemlich heftig auf die Zahlentasten ihres Handys.

Ich ging derweil in die Küche und holte ihr einen Schnaps und kochte mir eine Tasse Tee.

Dann sagte Vera: »Kischkewitz schickt zwei Leute los, um diese Sache abzuklären. Der Pfarrer, dieser Bergmann, ist übrigens ein guter Typ, finde ich. Ich habe ihn gefragt, ob er den Vatikan schon gebeten hat, ihn von seinem Amt als Pfarrer zu entheben. Und er hat geantwortet, das Problem löse man auf eine ganz andere Weise. Wenn er den normalen Weg ginge, dann würde ein unendlich langes Verfahren in Gang gesetzt. Und weil die Kirche massive Nachwuchsprobleme hat, würde das Verfahren immer länger dauern, weil ja die Hoffnung besteht, dass der Kandidat wieder umschwenkt und katholischer Priester bleiben will. Bergmann sagte: Wenn du das vermeiden willst, musst du nichts anderes tun, als zu heiraten. Dann erledigt sich die Sache von ganz allein.«

Wir lachten zusammen und sie trank vorsichtig einen Schluck Schnaps.

»Zu uns«, sagte ich rau. »Wir wollen uns doch ein bisschen erwachsen verhalten, oder?«

»Ich war ziemlich aus der Spur«, murmelte sie. »Ich habe ja hier und da einen netten Kerl kennen gelernt, der es wert war. Aber die Beziehungen scheiterten immer daran, dass ich zu viel Arbeit am Hals hatte und niemals Zeit.«

»Aber du brauchst doch trotzdem nicht das, was war, kaputtzureden.«

»Das war nicht gut, Baumeister. Ich weiß, das war nicht gut. Tut mir Leid. Wir können ja vielleicht so tun, als wäre das nicht geschehen.«

»Das können wir«, nickte ich.

Sie sah mich an, machte: »Puh!«, lachte erleichtert und trank den zweiten Schluck Schnaps. »Dann erzähl mir doch jetzt mal genau, was du mit dem Pfarrer besprochen hast. Du kannst mir das gleich hier aufs Band sprechen, dann werde ich es heute Nacht in den Computer eingeben. Und irgendwann brauche ich dann noch deine Unterschrift unter den ganzen Sermon. Aber das hat ein paar Tage Zeit.«

Wir arbeiteten konzentriert etwa eine Dreiviertelstunde, dann hatte sie ihren Auftrag erfüllt. Sie fragte: »Was stellst du dir vor, was Driesch in Monschau gemacht hat?«

»Ich gehe jetzt davon aus, dass es ein stinknormaler Aufenthalt war. Möglicherweise wollte er jemanden treffen, möglicherweise aber auch nicht. Möglicherweise hat er zufällig jemanden auf der Straße getroffen und ist mit ihm irgendwohin gegangen, wo sie ungestört miteinander reden konnten.«

»Das ist der Punkt, mit dem ich nicht einverstanden bin«, wandte Vera ein. »Es kann kein Treffen in einem Café oder einem Lokal gewesen sein, dort wären sie nicht ungestört gewesen. Außerdem hätten wir dann inzwischen davon erfahren müssen. Und noch etwas, was mir wichtig erscheint: Er parkte sein Auto oben über der Stadt und benötigte vermutlich satte zehn Minuten, um zum Marktplatz herunterzukommen. Hier herrscht immer ein Riesenbetrieb, hier sind Tausende von Besuchern unterwegs. Und er war ein Bundestagsabgeordneter, den Hinz und Kunz kannte. Wir haben über die Medien Zeugen gesucht, die ihn gesehen haben. Und niemand, Baumeister, wirklich niemand hat sich gemeldet. Und das lässt mich vermuten, dass er seinen Wagen da oben parkte, aber nicht so einfach in die Stadt spazierte. Vielleicht hat er ja sein Aussehen verändert. Er parkte da oben, damit sein Wagen, den in diesem Landstrich jeder kennt, nicht so der Aufmerksamkeit aller ausgesetzt war und nicht verraten konnte, wo er hinwollte. Dann klebte er sich einen Schnäuzer an, was weiß ich. Vielleicht setzte er sich auch eine Brille mit Fensterglas auf und einen Hut.«

»Ist diese Überlegung nicht ein bisschen weit hergeholt?«, fragte ich vorsichtig. Ich wollte mich nicht über sie lustig machen.

»Wieso?«, fragte sie empört. »Zu einer lächerlichen kleinen Maskerade passt doch durchaus, dass er wenig später tot war, nicht wahr? Was hast du gegen einen Schnäuzer und eine Brille?«

»Man hat weder einen Schnäuzer noch eine Brille bei ihm gefunden«, sagte ich, noch immer vorsichtig, obwohl ich langsam begriff, auf was sie hinauswollte. Vielleicht hatte sie ja doch Recht.

»Man hat außer seinem Portemonnaie und den Plastikkarten nichts bei ihm gefunden. Und im Auto war auch nichts. Die gesamten Papiere fehlen. Wo sind die? Natürlich in einer Brieftasche. Und wo ist die?«

»Die ist da, wo er sich aufhielt, wo er jemanden getroffen hat, möglicherweise auch zwei Personen. Den Mörder und eine dritte Person.«

»Also hältst du meine Theorie nicht mehr für so abwegig?«

»Ja. Aber nur dann, wenn das, was er tat, geheim bleiben sollte«, entgegnete ich. »Und seiner Frau hat er gesagt, er wolle nur eben mal ein paar Bekannte treffen und sei bald wieder daheim.«

»Aber er kam nicht mehr nach Hause, Baumeister«, sagte sie. »Und Anna Driesch hat betont, dass er höchst selten so unklare Angaben machte, wenn er aus dem Haus ging.«

»Mit anderen Worten: Du meinst, dass er geahnt hat, dass er sich in Lebensgefahr begab?«

»Ja«, nickte sie. »Er hat etwas geahnt oder gewusst. Und zwar schon, bevor er nach Monschau fuhr. Deshalb hat er seiner Frau auch nichts Näheres gesagt. Er hat sie immer gut behandelt, er hat sie geliebt. Also sagte er nichts.«

»Das ist eine Möglichkeit«, gab ich zu.

»Eine gute Möglichkeit«, bekräftigte sie. »Hinzu kommt nämlich, dass Wilma nur deshalb die Identität des Mörders herausfinden konnte, weil der Mörder im gleichen Arbeitsbereich zu suchen ist, in dem auch sie steckte: Windenergie.«

Ich überlegte. »Du bist gut, junge Frau, du bist sehr gut. Und Annette von Hülsdonk sollte ebenfalls dran glauben. Nur war Bastian schneller.«

»Langsam wird ein Paar Schuhe daraus«, gurrte sie zufrieden. »Wo steht dieser Schnaps?«

»Im Eisschrank in der Tür.« Ich griff nach dem Handy und wählte die Nummer von Albert Tenhoven. »Hier Baumeister. Ist dir noch etwas eingefallen?«

»Nein. Seit das mit Wilma passiert ist, habe ich nur noch einen Wunsch: den Kerl zu packen und ihn zu zerquetschen. Gibt es eine Spur? Ich meine, so eine Sonderkommission müsste doch eigentlich mal etwas herausfinden können.«

»Spuren gibt es genug, aber keine ist überzeugend. Wir drehen uns im Kreis. Ein Punkt macht mir besonders zu schaffen. Es gibt keinen einzigen Zeugen, der Driesch in Monschau gesehen hat. Nicht einen. Dabei hatte er oben auf dem Berg geparkt. Er kann ja nicht nach unten in die Stadt geflogen sein.«

»Was ist, wenn er da oben jemanden getroffen hat, der ihn mit seinem Wagen mitgenommen hat?«

»Einverstanden, das kann natürlich sein. Aber noch eine Frage: Wie kommt man hierzulande an eine Winchester, eine 44er?«

»Fast kein Problem. Du brauchst nur nach Belgien zu fahren. Wenn du nicht sofort eine bekommst, kannst du eine bestellen und eine Woche später abholen.«

»Was sind das für Leute, die so etwas kaufen?«

Tenhoven lachte, er wirkte gemütlich. »Na ja, so Irre wie ich. Du kaufst dir so ein Stück und manchmal ballerst du damit auf Blechbüchsen oder so.«

»Und Jäger?«

»Jäger dürfen die Dinger legal erwerben, weil sie unbegrenzt so genannte Langwaffen kaufen dürfen. Sie müssen nur ihren Jagdschein vorlegen. Aber auch die meisten Jäger aus der Eifel besorgen sich ihre Waffen in Belgien. Illegal sind sie einfach billiger, genauso wie die Munition. Jeder Jäger wird dir das bestätigen. Frag beispielsweise den Onkel von Driesch. Der ist Jäger und ich gehe jede Wette ein, dass er Langwaffen besitzt, die nirgendwo registriert sind. Jeder Freak hat solche Dinger und die Behörden halten die Schnauze, weil viele von diesen Leuten viel Einfluss haben. Ein Jäger darf aus Gründen des persönlichen Schutzes auch Faustfeuerwaffen haben, also einen Revolver oder eine Pistole. Ich selbst bin nur ein Freak ohne Waffenschein. Du musst in der Eifel zu denen gehen, die Waffen kaufen dürfen, dann quellen dir die Augen über, was die so alles zu Hause rumliegen haben.«

»Ich danke dir.«

»Schon in Ordnung. Ich habe aber noch eine Frage. Stimmt es, dass Manfred von Hülsdonk sich umbringen wollte?«

»Ja, aber der Strick ist gerissen und er hat sich beide Beine gebrochen.«

Tenhoven war eine Weile still und murmelte dann: »Ist ein armes Schwein. Erst kauft er seiner Tochter die alte Mühle in Berk, dann will die plötzlich nicht mehr und er muss die Mühle wieder verscheuern. Und dann wird die Tochter erschossen.«

»An wen hat er denn wieder verkauft? An den Vorbesitzer?«

»Nein. An irgendjemanden, der genauso wie Annette ein Hotel draus machen will. Jetzt wird es ein Ponyhotel. Na ja, so ist das Leben. Bis demnächst.«

»Bis demnächst.«

Vera hockte mir gegenüber und grinste, weil der Schnaps sie in außerordentlich gute Laune versetzt hatte. »Na, hat er was Neues?«

»Nichts.«

Es war schon neun Uhr und draußen zunehmend dunkel geworden, als Rodenstock und Emma endlich erschienen und einmal quer durch meine neue Bleibe zogen. Aus der Fahrt zur Dauner Burg wurde dann allerdings nichts mehr, weil sich Rodenstocks Handy meldete.

Kischkewitz teilte ihm kurz und knapp mit: »Kommt nach Monschau. Wir haben Drieschs Bleibe entdeckt.«

Es entstand keine Aufregung, ruhig machten wir uns startklar. Cisco bekam den Balkon zugewiesen und ich hoffte, er würde das Dorf in der Nacht in Ruhe lassen. Hausschlüssel, Autoschlüssel, Geld, Jacke, Weste.

Rodenstock meinte: »Wir sollten uns beeilen.«

»Ich habe Blaulicht, ich kann euch mitziehen«, sagte Vera.

»Versicherungsrechtlich wird das ein Fiasko«, bemerkte ich.

Eine Bleibe, hatte Kischkewitz gesagt, eine Bleibe. Das deutete auf entschieden mehr hin, als nur auf einen sporadischen Treffpunkt. Wieso Bleibe?

Cisco begann mörderisch zu jaulen. Ich ging zurück nach oben und befreite ihn. Ich nahm ihn mit. Der Hund, der treueste Begleiter des Menschen.

Vera war sehr schnell verschwunden, Rodenstock unterhielt sich in dem Wagen vor mir lebhaft mit Emma. Flüchtig musste ich an meine Katzen und mein zerstörtes Haus denken. Andrea würde die Katzen und die Fische im Teich füttern.

Die Fahrt in den späten Abend verlief zügig und ohne Störung, wir brauchten nur wenig mehr als eine Stunde und parkten oberhalb des Auklosters. Cisco, der inzwischen fest schlief, ließ ich auf der Rückbank weiter träumen. Aus den Zimmern der Sonderkommission kam ein junger Mann, sah uns und rief: »Rechts von der evangelischen Brücke.«

Die Nacht war hereingefallen, die kleine Stadt wirkte sehr friedlich. Der Marktplatz war fast leer, nur zwei, drei kleine Gruppen von Jugendlichen standen zusammen und unterhielten sich. Wir erreichten die Windung der schmalen Rurstraße, etwa hundert Meter vor den Brücken.

Emma, die neben mir ging, wirkte seltsam verkrampft. »Wir werden umdenken müssen«, sagte sie verbissen.

»Ich hoffe, der Fall ist nun zu Ende«, maulte Rodenstock einen Schritt vor uns. »Ich fange schon an, Windräder zu verabscheuen.«

Wir liefen über die Fußgängerbrücke und wurden von einem uniformierten Polizisten aufgehalten, der uns aber weitergehen ließ, als er Rodenstock erkannte.

»Sieh einer an!«, sagte Emma hell.

Zwischen der evangelischen Kirche und dem nächsten Gebäude war eine ganz schmale, uralte kleine Gasse. Dort befand sich ein dreieckiges Gebäude, an dessen einer Seite der Laufenbach in die Rur mündete. Dann kam der Bach, dann das Rote Haus. Offensichtlich war unser Ziel das dreieckige Gebäude, dessen Spitze wie ein Messer auf den Lauf der Rur deutete. Das Gelände drum herum war abgesperrt und die wenigen Passanten wurden gebeten, einen anderen Weg zu benutzen, der oberhalb am Hang verlief.

Kischkewitz bemerkte uns und sagte: »Hier drin hat er sich aufgehalten. Eindeutig. Doch ich muss sagen, ich bin eher verwirrt als erleichtert.«

»Können wir rein?«, fragte Rodenstock.

»Geht noch nicht. Die Spurenleute sind drin. Keine Hetze jetzt. Ich gebe euch gleich einen Überblick.« Dann war er schon wieder fort.

Ein paar Frauen und Männer aus meiner Branche fotografierten wie verrückt und versuchten jeden uniformierten und nicht uniformierten Beamten zu befragen, was folgenlos blieb, weil die Männer nichts wussten.

»Driesch kam also aus diesem Haus, rannte weg, kehrte zurück«, sagte Emma ganz versunken. »Und wer blieb in dem Haus zurück?«

»Es wird Spuren geben«, meinte Rodenstock. »Bald werden wir es wissen.«

»Oder auch nicht«, sagte Emma. Es klang beinahe wütend.

Das Haus war dreistöckig und das Erdgeschoss erschien von außen so, als wohne niemand darin. Aber oben an den Fenstern hingen Gardinen. Ich schlenderte zu der offen stehenden Haustür. Es gab eine Klingel, aber keine Namensschilder. Das Gebäude wirkte baufällig und die Grundfläche sehr klein. Möglicherweise befanden sich auf jeder Ebene zwei Räume, vielleicht zusätzlich eine Küchenecke, eine Toilette. Viel mehr konnte nicht hineinpassen. Der Gedanke, dass es einen Zusammenhang zwischen Jakob Driesch und diesem Haus gab, schien grotesk. Eher konnte man sich vorstellen, dass hier Jugendliche, die sich ein paar Joints beim örtlichen Dealer besorgt hatten, in einem der Räume bei Kerzenlicht hockten und sich ihren Träumen überließen. Aber Driesch? Driesch passte nicht hierher!

»Ob er ein geheimes Leben hatte?«, murmelte Emma.

»Glaube ich nicht«, antwortete Rodenstock sofort. »Er hatte doch gar keine Zeit dafür. Wann soll er ein geheimes Leben gelebt haben?«

Kischkewitz rannte unruhig herum, sprach mit seinen Leuten, redete kurz und abgehackt, verschwand im Haus, tauchte nach Sekunden wieder auf, kam zu uns und bestätigte meinen Eindruck: »Da drin würde nicht mal ein Penner freiwillig den Winter verbringen.« Er rief einem Spurenmann zu: »Wir müssen die verdammten Wasserbetten sichern«, verschwand erneut kurz im Haus, stand dann wieder vor uns und murmelte: »Da sind sogar Pilze an den Wänden; richtig dicker, schwarzer Schimmelpilz.«

Rodenstock sagte: »Beruhige dich, es wird weitergehen und du wirst den Mörder fassen.«

»Das glaubst du doch selbst nicht«, schnauzte Kischkewitz. Dann grinste er über sich selbst und murmelte: »Zieh mir einen Täter aus dem Hut, oder noch besser: Behaupte doch einfach, dass du es warst.«

»Kommt nicht in Frage«, sagte Emma lachend. »Ich brauche den Mann noch.« Dann setzte sie unvermittelt hinzu: »Haben die Räume Gardinen?«

»Nein«, sagte Vera, die dazugekommen war. »Keine Gardinen, aber dafür Vorhänge. Teure Vorhänge. Aber ansonsten habe ich mir die Zweitwohnung eines Bundestagsabgeordneten anders vorgestellt.« Sie starrte mich an und seufzte: »Es ist so deprimierend.«

»Das ist es wirklich«, nickte Emma. »Das erinnert mich an meine Tante Ruth, die ihre Bleibe nach dem Zweiten Weltkrieg genauso beschrieben hat. Was ist, mein Lieber, marschieren wir ins Hotel und gehen schlafen?«

»Das tun wir«, nickte Rodenstock. »Du solltest nach Hause fahren, Baumeister, ich rufe dich an, wenn irgendetwas Neues passiert, was wirklich wichtig ist.«

»Ich bleibe noch eine Weile«, sagte ich. »Ich will noch mal versuchen, Jakob Driesch zu verstehen.«

»Viel Glück«, sagte Emma und nahm ihren Rodenstock an die Hand. Sie gingen langsam die Straße entlang, berührten einander, sprachen leise, neigten ihre Köpfe zueinander. Ich dachte: Sie sind glücklich. Und ich war froh, das erleben zu dürfen.

Ich schlenderte auf die evangelische Brücke und starrte auf das Haus, dessen Spitze auf das Wasser zeigte. Gut, Driesch, du hattest also eine Bleibe. Sogar eine mit einem Ausgang auf die Straße und einem zweiten auf den Laufenbach. Was hast du in dieser Bleibe getrieben? Leute getroffen? Welche Leute? Welche Leute kanntest du, denen du eine so provisorische Bude mit Pilzbefall an den Wänden anbieten konntest? Und wieso überhaupt eine solche heimliche Bude? Wieso konntest du nicht ein Hotelzimmer mieten? Weil das zu öffentlich war? Aber du kanntest Hoteliers genug, die dich abgeschirmt hätten, die dich niemals verraten hätten. Wieso also diese verkommene Bleibe? Und dann auch noch mitten in Monschau, wo auf jedem Hin- und Rückweg die Gefahr einer Entdeckung lauerte! Was macht das alles für einen Sinn? Hat Vera Recht mit ihrer Vermutung, dass du irgendwo geparkt, dir einen Schnurrbart angeklebt und eine Sonnenbrille aufgesetzt hast, nur um dieses verkommene, pilzbefallene Haus zu erreichen? Du machst mich verrückt, Jakob Driesch, und du könntest nach deinem Tode wenigstens einmal höflich sein und mir eine oder zwei Antworten geben.

Ich stopfte mir die Zebrano von Stanwell, zündete sie an und ging langsam wieder zu dem Haus zurück.

Kischkewitz stand mit sechs oder sieben seiner Leute auf der Straße und resümierte: »Es ist also klar, dass er hier war, es ist klar, dass er sogar den Lokus benutzt hat. Und zwar nicht einmal, sondern häufig. Und nicht nur am Tag der Tat, sondern auch vorher. Und zwar oft vorher. Wir müssen außer den Wolldecken noch die Wasserbetten labortechnisch untersuchen. Schorsch, du wirst dich darauf konzentrieren, herauszufinden, wo sie gekauft wurden. Das kann nicht schwer sein. Dann die Schlösser in den Türen. Es ist klar, dass sie neu sind und von welchem Hersteller sie stammen, DOM in Köln. Es ist auch klar, dass sie alle geölt sind, die Türen laufen vollkommen lautlos. Bernard, du nimmst eine der Ölproben und lässt sie bestimmen. Wir müssen herausfinden, wo dieses Öl gekauft worden ist. Die Lokusbürste muss untersucht werden. Wir brauchen unbedingt eine genaue Beschreibung der Darmflora von Driesch und dann den Vergleich mit den Rückständen an der Bürste. Doc, das machst du. Dann Folgendes: Benny, du nimmst Mikroproben vom Fußboden und lässt sie analysieren. Ich will wissen, wer außer Driesch diese Bude noch betreten hat....«

Ich hörte nicht mehr zu. Es war das Abspulen eines großen Programms, das im Alltag einer Mordkommission Routine ist, das unerhört viele Menschen über viele Tage beschäftigt und das einfach nur harte unermüdliche Arbeit ist, ohne die kein Gericht der Welt solide arbeiten kann.

Ich betrat das Haus. Die Haustür war aus Eiche, offensichtlich sehr alt, und wies im oberen Teil einige kunstvolle Schnitzereien auf. Der Flur, der dann folgte, war schmal und lag links neben der Treppe, die in die oberen Stockwerke führte. Links die Tür, die in die Parterrewohnung führte, war ebenfalls aus Eiche und alt. Das neue Schloss von DOM fiel auf, weil es direkt neben das alte Schlüsselloch des alten Schlosses gesetzt worden war, das man nicht verkleidet oder wenigstens mit Holzkitt verschmiert hatte. Das Schloss glänzte noch, war also bestenfalls ein paar Monate alt. Der Raum dahinter war etwa vier mal fünf Meter groß und wurde beherrscht von zwei blauen Wasserbetten. Es war ein hässliches Himmelblau. Die Betten standen nebeneinander an der Außenwand zum Laufenbach hin. Das Fenster über den Betten war sehr hoch. Und über dem Fenster war eine Holzstange an zwei verdübelten Halterungen befestigt. Die Holzstange und die zwei Halterungen waren neu. Daran hing ein weinroter zweiteiliger Vorhang aus einem plüschähnlichen Stoff. Das Fenster nach rechts zur Rur hin war genauso ausgestattet. Links neben den Wasserbetten war eine schmale Tür, die offen stand. Das Türblatt schien handgemacht und war wesentlich schmaler als die Normtüren, vielleicht achtzig Zentimeter breit. Ich hörte das Rauschen des Baches und trat in die Tür.

Das Wasser schäumte grellweiß über die Steine, es lagen einige alte Bierdosen und Colaflaschen herum, dazu die obligaten Reste von Papiertaschentüchern, Plastikumhüllungen von Erfrischungstüchern, Bonbonpapiere. Touristen sind in der Regel arglos, sie schmeißen weg, was sie nicht mehr brauchen, und sie schmeißen es dort weg, wo es ihnen in den Kram passt.

Von meinem Standpunkt bis hinunter auf die Ebene des Laufenbachs waren es gut anderthalb Meter. Aber direkt unterhalb der Tür waren drei Stufen aus schiefrigem Basalt gebaut, die einen bequemen Abstieg ermöglichten. Jakob Driesch konnte hier herausgesprungen sein. Und wahrscheinlich war dieser Zugang sein Ziel gewesen, als er durch den Fluss rannte, um dem Killer zu entkommen. Viel hatte nicht gefehlt, dreißig Meter noch und er wäre in Sicherheit gewesen.

Ich wandte mich in den Raum zurück. Der Fußboden war aus Brettern gefertigt, keine Kiefernbretter, eher vom Alter abgedunkelte Buche oder Ulme. Die Wände des Raumes hatten auf jeden Fall schon bessere Zeiten gesehen. Sie waren irgendwann mal mit Tapeten beklebt gewesen, die dann wieder jemand aufgeweicht und abgezogen hatte. An einigen Stellen waren noch Reste zu sehen. Der schwarze Pilzbefall war vor allem in den unteren Partien der Wände erkennbar. Eindeutig: Der Raum war feucht, was bei der unmittelbaren Nähe des Wassers nicht weiter verwunderlich war. Im hinteren rechten Bereich des Raums war eine Nische mit einer Tür zur Toilette. Auch diese Tür hatte ein frisch geöltes Schloss.

Es ist ein erheiterndes Gefühl, sich selbst dabei zu erwischen, dass man intensiv einen Lokus betrachtet, als könne dieser Anblick des Rätsels Lösung bescheren.

Das Toilettenbecken war sauber, peinlich sauber. Der Sitz bestand aus hellbraunem Holz, ebenfalls sauber. Ich liess mich auf die Knie nieder, um die Schraubenhaken der Befestigung abzutasten und anzuschauen. Sie waren verzinkt und neu, vor allem, sie waren sauber. Im Gegensatz zum Hauptraum war die Toilette gekälkt, es gab keinerlei Spuren an den Wänden. An der Tür war innen ein Garderobenhaken, neu.

Hinter mir hörte ich ein Geräusch.

Ein Mann stand sinnend vor den Wasserbetten. Er betrachtete mich eingehend und grinste dann. »Sind Sie Spezialist?«

»Ich bin einer der bekanntesten Lokusspezialisten der Eifel«, grinste ich zurück und stand wieder auf.

»Sie schreiben über die Geschichte?« Er war vielleicht vierzig Jahre alt, hatte ein offenes, schmales Gesicht unter aschblonden Haaren.

»Ich werde schreiben, aber erst dann, wenn wir wissen, wer es war. Wie sieht der Keller aus?«

»Vollkommen nass und leer. Nicht einmal Gerümpel.«

»Wie sind denn eigentlich diese scheußlichen Wasserbetten gefüllt worden?«

»Mit einem Schlauch aus einem Wasserhahn im ersten Stock. Und nun muss ich das Problem lösen, wie man das Wasser wieder rauskriegt. Haben Sie schon gehört, dass der Schwede in Monschau war, als Driesch starb?«

»Nein. Wer ist der Schwede?«

»Ein Lohnkiller. Man nennt ihn den Schweden, den wirklichen Namen weiß kein Mensch. Er soll schon im Kosovo gewirkt haben. Interpol sucht ihn seit drei Jahren. Er war hier.«

»Woher weiß man das?«

»Er hatte Zielfahnder auf den Hacken und kam von Stuttgart her. Die Fahnder haben ihn in Trier verloren und hier wieder gefunden. Das war an dem Montag nach der Tat. Wir hätten nie etwas davon erfahren, wenn nicht durch Zufall der Chef einen Fragebogen in der Post gefunden hätte. Der Schwede arbeitet mit Babysittern und dreifacher Motorisierung.«

»Können Sie das mal übersetzen?«

Er lächelte. »Man kann ihn über eine Agentur in Lausanne buchen, aber man muss einen Code kennen. Man bezahlt das volle Honorar im Voraus. Angeblich beträgt es hunderttausend Dollar und ist nicht verhandelbar. Aber das ist keine gesicherte Erkenntnis. Der Schwede geht mit drei Autos auf die Reise, die vollkommen gleich sind. Er selbst, drei Leute, drei Autos. Er fährt niemals selbst. Er geht das Ziel an und schiesst in der Regel aus einem der Autos. Er benutzt handgefertigte Langwaffen, kein Mensch weiß, wer ihm die baut. Wenn es erledigt ist, ziehen drei Autos los, in verschiedene Richtungen. Und damit es nicht so einfach ist, haben alle das gleiche Autokennzeichen. Wie gesagt, das sind aber alles keine gesicherten Erkenntnisse.«

»Wie haben ihn die Fahnder denn wieder finden können?«

»Der Campingplatz in der Perlenau. Da hat eines seiner Autos einen Wohnwagen geschrammt und der Fahrer hat sich entschuldigt und dem Wohnwagenbesitzer rund fünftausend Franken hingehalten, damit der sich nicht aufregt. Aber der Wohnwagenidiot hat sich trotzdem aufgeregt und die Bullen gerufen. Und als die kamen, war der Kerl weg. Daher wissen wir das.«

»Und diese Zielfahnder haben ihn wieder verloren?«

»So ist es. Aber es könnte passen, wenn man davon ausgeht, dass Driesch durch die Windenergie enorm gefährlich war.«

»Aber dann doch nicht mit einer Winchester und gleich zweimal innerhalb von dreißig Minuten.«

Er starrte sinnend zu Boden. »Ja, Sie sagen es.« Dann setzte er hinzu: »Einige Kolleginnen und Kollegen geben zu bedenken, dass die Tarnung so beinahe perfekt ist. Scheinbar sinnlose Schießerei auf der Straße, Jagd durch den Fluss, erneute Schießerei, dann Tod. Perfekt getimt, perfekt durchgeführt, perfekte Verbergung des Motivs. Wenn es der Schwede war, dann ist er der absolute Meister.«

»Und wer hat dann die hunderttausend Dollar gezahlt?«

»Der, der Drieschs Tod wollte.«

»Mich erinnern solche Überlegungen immer an abenteuerlustige Männer in einem Thriller. Alles ist perfekt geplant, alles ist perfekt durchgeführt. Und trotzdem gibt es dann ein gutes Ende, der Schwede wird von einem erzkatholischen, sehr sozial fühlenden Helden mit Hilfe eines dreißigschüssigen Feuerstoßes ins Jenseits befördert.«

»Da ist was dran«, gab der Mann zu. »Ich finde es tröstlich, dass die meisten Menschen das als Abenteuer empfinden, was sich irgendein verrückter Drehbuchautor für einen Fernsehsender ausgedacht hat. Die meisten haben keine Ahnung, dass es solche Fälle real gibt. Normalerweise nicht in der Eifel, da stimme ich Ihnen zu, aber eben in den Stadtmolochen dieser Zeit, im Ruhrgebiet, in Frankfurt, in Berlin. Und immer werden die Zeitungsleser denken: Das hat sich der Schreiber aber klasse ausgedacht. Wenn es der Schwede war, werden wir den Fall in diesem Leben nicht mehr lösen. Das steht fest.«

»Wie ist denn Ihre Überlegung: Wie ist Driesch gestorben?«

»Elend gejagt. Und er hat es mindestens vierzig Minuten lang gewusst. Er hat sich elend zu Tode gehechelt.«

»Und warum hat er nicht geschrien?«

»Wahrscheinlich konnte er vor Entsetzen nicht schreien. Wahrscheinlich hatte er dazu gar keine Luft.«

»Lässt das einen Rückschluss auf den Täter zu?«

»Nein, wieso?« Er sah mich ein wenig verwirrt an.

»Wenn er vor Entsetzen nicht hat schreien können, dann möglicherweise auch deshalb, weil der Täter so gänzlich unglaublich war. Das meine ich.«

Er überlegte und nickte. Dann sagte er unvermittelt: »Und wie kriege ich jetzt diese Scheißwasserbetten geleert?«

»An die Tür damit und in den Bach ausleeren.«

»Das könnte gehen«, sagte er.

»Noch eine Frage. Hier waren Wolldecken, hat Kischkewitz gesagt. Ist denn die Untersuchung schon abgeschlossen?«

»Die erste Grobuntersuchung ja. Danach zu urteilen hat hier heftiger Geschlechtsverkehr stattgefunden. Sehr oft.«

Ich musste grinsen. »Also nix mit dem Schweden, nix mit dem perfekten Thriller. Eher eine miese geschlechtliche Unterkunft.«

»Moment, Moment, junger Mann«, sagte er. »Das muss nicht von Driesch kommen. Es ist wahrscheinlich, dass er hier war, aber nicht oft. Vielleicht war er nur ein- oder zweimal hier. Das Sperma muss nicht sein Sperma sein. Das werden wir feststellen. Das ist die geringste Übung.«

»Wie kommen Sie auf die Idee, dass Driesch nicht öfter hier war?«

»Weil es nicht passt«, antwortete er. »Es passt nicht, die Wolldecken mit dem Sperma passen nicht zu Driesch.«

»Das klingt so, als wollten Sie ihn verteidigen.«

Er seufzte. »Ja, das klingt so und es ist auch ein bisschen so. Wir suchen ja nicht nur den Mörder, wir versuchen uns erst einmal ein Bild von dem Opfer zu machen. Zu Driesch passt das alles hier nicht.«

»Was sagt denn Anna Driesch zu dieser Bleibe?«

»Nichts. Sie weiß noch nichts davon. Erst einmal müssen wir abklären, was diese Bleibe mit Driesch zu tun hatte.«

Draußen war tiefe Nacht. Die Kommission hatte ein paar Fluter in die Behausung gestellt, deren Licht grellweiß war und störend.

»Wo sind denn die Putzmittel für den Lokus?«, fragte ich.

»Putzmittel? Ach so, WC-Reiniger und so was. Das meinen Sie? Diese Haushaltssachen? Da war nichts.«

»Da war nichts?«, fragte ich verblüfft.

»Gar nichts«, wiederholte er. »Vielleicht sollte ich mir einen Schlauch besorgen, um das Wasser aus diesen elenden Wasserbetten herauszukriegen.«

»Aber wieso war da nichts? Der Lokus ist blitzsauber, alles im Lokus ist blitzsauber.«

»Ich weiß es wirklich nicht«, murmelte der Mann, von dem ich nicht wusste, wie er hieß, uninteressiert. Er dachte offensichtlich verstärkt über sein Wasserbetten-Problem nach.

Vor der Lokustür war eine glatte Wand. Also nachsehen, die Wanddicke vergleichen. Zurück in den Flur vor das stumpfe Ende des Flurs neben der Treppe.

Dann zurück in den Raum mit den Wasserbetten, schrittweises Ausmessen. Etwa vier große Schritte bis zur Öffnung der Nische. Im Flur waren es weniger als drei Schritte. Die Wand musste also mehr als einen Meter zwanzig dick sein. Das war unmöglich, vollkommen unsinnig.

»Hi«, sagte Emma gut gelaunt. Sie lächelte mich an. »Ich konnte nicht schlafen und Rodenstock schnarcht. Da dachte ich: Baumeister kraucht hier herum und fühlt sich wahrscheinlich ekelhaft, weil er das Rätsel nicht lösen kann.« Sie trug einen dunkelblauen Trainingsanzug, der nach Luxus aussah und wahrscheinlich noch niemals eine sportliche Bewegung seiner Trägerin erlebt hatte.

»Komm her«, rief ich hocherfreut. »Ich zeige dir ein hausfrauliches Rätsel.« Ich nahm sie bei der Hand und ging mit ihr zu der Toilette. »Da, frisch geputzt, nicht sauber, sondern rein. Es gibt aber keine Putzmittel, keine Scheuerlappen, keine Schwämme. Gar nichts. Sieh dir mal den Boden an. Du kannst Spiegeleier drauf essen.«

»Was vermutest du?«

»Noch nichts. Aber es gibt noch ein Rätsel. Der Flur hinter der Haustür ist weniger als drei Meter lang. Die Wand hier im Zimmer ist aber mehr als vier Meter lang. Und die Wand neben dem Lokus hier zeigt nichts. Keine Tür, keinen Wandschrank. Nichts.«

»Und im Hausflur?« Sie lief dorthin und stellte sich vor die Wand. Das Licht eines Fluters schien grell und ich drehte ihn herum. Sofort wurde das Licht weicher und die Wandfläche klarer, die scharfen Lichtreflexe verschwanden.

»Da ist eine Falte«, erklärte Emma. »Und hier ist ein Schlüsselloch.« Sie tastete auf der Wand herum. »Das ist zwar verputzt wie die Wand, aber das ist Holz. Kischkewitz wird verrückt, wenn er das sieht. Seine

Leute haben das nicht gefunden, sie haben es übersehen, weil das hier nicht zu erwarten war. O Gott, das gibt Krach. Hast du ein Messer oder so was?«

Ich gab ihr mein Taschenmesser.

»Siehst du hier die Ritze? Da stösst das Holz an die Steine. Das ganze Ding ist nichts anderes als ein Schrank.« Sie versenkte die Messerklinge in dem Schlitz und murmelte: »Hol mal Kischkewitz. Er wird toben, aber er kann von Glück sagen, dass dir der unanständig saubere Lokus aufgefallen ist. Hol ihn her.«

Ich ging vor das Haus und fand Kischkewitz an der niedrigen Basaltmauer über dem Laufenbach. Er rauchte eine Zigarre, und nach der Bauchbinde zu urteilen, war sie ein Geschenk Rodenstocks.

»Ich habe etwas für dich«, begann ich vorsichtig. »Die Fluter sind so grell, dass es niemandem auffiel.«

»Was denn?«

»Ein Wandschrank«, sagte ich. »Im Flur.«

Er fuhr herum, als habe ihm jemand eine Nadel in den Hintern gestoßen. »Wandschrank? Was für ein Wandschrank?«

»Reg dich nicht auf, komm einfach mit.«

Er kam hinter mir her und starrte dann verwirrt auf Emma, die freundlich lächelte: »Reiß niemandem den Kopf ab, Kischkewitz. Baumeister hat es entdeckt, weil er der Ansicht war, dass der Flur hier entschieden zu kurz ist.«

»Aber meine Leute haben mit Maßband gearbeitet, genaue Zeichnungen angefertigt. Es muss ihnen aufgefallen sein.« Er drehte sich abrupt um und brüllte: »Stavros und Angela. Zu mir. Aber dalli!« Er war außer sich.

Angela tauchte als Erste auf. Sie war vielleicht fünfundzwanzig und auf eine eigenwillige Weise hübsch.

»Bleib stehen«, schnauzte Kischkewitz. »Bleib stehen und rühr dich nicht. Und Stavros? Ah, da kommt er ja, der Traum aller Disco-Tänzerinnen. Stell dich da neben Angela, junger Mann.«

Stavros war etwa zwanzig Jahre alt und wirkte wie ein griechischer Gott, ohne Fehl und Makel. Und er grinste, als läge ihm die Welt pausenlos zu Füßen.

»Ich erkläre es nur einmal«, begann Kischkewitz. »Wir sind hier reingezogen mit der Prämisse, das hier ist ein Tatort. Ihr hattet die Aufgabe, die genauen Maße der Wohnung zu nehmen und dann eine entsprechende Zeichnung anzufertigen. Das habt ihr gemacht, nicht wahr?«

»Sicher, Chef«, nickte Stavros freundlich, als wollte er sagen: Alter Mann, sag mir, was du für einen Kummer hast.

Angela ahnte die Gefahr und schwieg, wobei sie ihre Fußspitzen betrachtete.

»Nun gut«, sagte Kischkewitz. »Wir sind hier schließlich keine Klasse für angehende Architekten, wir haben eine andere Aufgabe. Und die Aufgabe besteht darin, eventuelle Unstimmigkeiten festzustellen, um Lösungen für ein Problem zu finden. Stimmt ihr mir zu?«

»Ja, Chef«, bestätigte Stavros, immer noch im Stande der Unschuld.

Angela nickte nur.

»Gut. Baumeister hier, der bekanntlich Journalist ist und eigentlich keine Ahnung von Tatorten hat, hat etwas sehr Bedeutendes herausgefunden, nachdem er eine runde halbe Stunde hier drin war. Er fand nämlich heraus, dass hier in dieser Wand ein Wandschrank sein muss. Da, genau da. Seht ihr das, liebe Kinderchen? Ist euch klar, was das heißt?«

Stavros war wahrscheinlich übermüdet und konnte infolgedessen auf gewisse Teile seines Hirns nicht zurückgreifen. Er strahlte: »Ja, Chef, da wird was drin sein.«

»O Gott, du Arsch«, hauchte Angela. Sie hatte ein totenblasses Gesicht.

»Weshalb darfst du in dieser Kommission hospitieren?«, fragte Kischkewitz.

»Weil ich etwas lernen möchte. Ich will in die Mordkommission.« Stavros' Strahlen hatte etwas von seinem Glanz eingebüßt.

»Richtig«, sagte Kischkewitz plötzlich ganz kühl. »Ihr packt beide eure Sachen und verschwindet aus meinem Blickfeld. Ihr fahrt zurück und meldet euch bei eurem Behördenleiter.«

Angela fing an zu weinen, Stavros war verblüfft. »Aber wieso denn, Chef? Gut, wir hätten das finden müssen, aber nun ist es doch gefunden, oder?«

Angela platzte. »Du bist wirklich ein hirnloses Arschloch«, sagte sie heftig. »Wenn wir es gefunden hätten, dann wären jetzt vielleicht viele Fragen beantwortet. Seit Stunden beantwortet, du taube Nuss.«

»Ach so«, murmelte Stavros.

»Haut ab«, sagte Kischkewitz unerbittlich. »Und kommt mir nicht mehr unter die Augen, bis ihr in Pension geht.«

Sie drehten sich um und gingen.

»Das ist der Nachwuchs«, seufzte Kischkewitz. »Jung, strahlend und dämlich. Jonny? Jonny, komm mal her. Mach mir den Schrank auf.«

Neuntes Kapitel

Jonny war ein junger Mann, der sich neben den Wandschrank niederkniete und in einem kostbar wirkenden ledernen Etui eine unglaubliche Fülle derber und feiner Instrumente ausbreitete.

»Er ist ein Künstler«, sagte Kischkewitz stolz.

»Wie soll ich es machen?«, fragte Jonny seinen Chef.

»Am besten ohne jede Schramme«, antwortete der.

»Das dauert dreißig Sekunden länger«, stellte Jonny fest. Er nahm ein kleines Gerät, das so aussah wie eine feine Spirale, aus dem Etui, setzte mit einer Pinzette irgendeine metallene Winzigkeit auf den Kopf der Spirale und sagte: »Seid jetzt mal ruhig.«

Mittlerweile hatten sich sechs oder sieben Leute eingefunden, die mit Verblüffung auf die Szene starrten. Unter anderem Vera, die sich zu mir hinbewegte und meinen Arm festhielt. »Was ist das?«, flüsterte sie.

»Vermutlich der Schrank dieses Haushaltes«, murmelte ich zurück.

»Okay«, sagte Jonny zufrieden. »Aufmachen?«

»Aufmachen«, nickte Kischkewitz.

Jonny zog ganz vorsichtig und die Tür ging auf.

Es befanden sich sämtliche Herrlichkeiten darin, die die Kommission erwarten durfte, um die Frage zu beantworten, wie denn das Leben in dieser Bude ausgesehen haben könnte.

»Heiliger Strohsack«, stöhnte jemand.

»Das ist ja irre«, seufzte Vera.

»Nichts anrühren«, befahl Kischkewitz. »Nichts anfassen. Stück für Stück rausnehmen, auf Fingerabdrücke achten, nummerieren, in Plastiktüten packen, ab in den Laborwagen. Und damit ihr euch nicht gegenseitig behindert, nimmt Vera mit ihren empfindsamen Hausfrauenhänden die Sachen raus. Und du, Gerald, du nimmst sie an und stellst sie weg. Und jemand vom Laborwagen soll kommen und uns sagen, was er wie zuerst haben will.« Er kicherte vor Aufregung. »Das ist wie Weihnachten, nur viel schöner.«

Der Schrank war in vier Lagen unterteilt, die Bretter waren lang und dick. Unten befanden sich Bettwäsche, Kopfkissen, Bettdecken, dazu ein Stapel frischer, ungebrauchter Wäsche. Darüber in dem Fach standen Geschirr, Tassen, Teller, ein Kasten mit Besteck. Dazu

Konserven aller Art, von Würstchen bis Artischockenherzen, sicherlich mehr als vierzig Dosen. In der Abteilung darüber war alles, was Frau und Mann im Badezimmer brauchen, von der Rasierseife über Aftershave bis hin zur Tagescreme für die selbstbewusste Dame. Im Fach ganz oben fand sich alles, was ich in der so sauberen Toilette vermisst hatte. Und der Stapel frischer Trockentücher fehlte auch nicht.

»Das ist wirklich erstaunlich«, sagte Emma. »Nun können wir Abschied nehmen von der bösen, bösen Windenergie und dreckigen Politik. Jetzt ist es nur noch eine stinknormale spießbürgerliche Geschichte.«

»Da wäre ich vorsichtig«, murmelte Kischkewitz. »Wilma Bruns ist todsicher nicht ins Moor geworfen worden, weil sie hier mit Driesch in den Betten rummachte.«

Es war still.

»Du hast Recht«, nickte Emma. »Ich habe nicht an Wilma gedacht.«

»Das solltest du aber«, mahnte er. »Würdest du bitte deinen Mann aktivieren?«

»O ja, natürlich«, sagte sie und ging hinaus auf die Straße.

»Dann will ich mal arbeiten«, seufzte Vera und fragte mich: »Sehe ich dich noch?«

»Ich gehe jetzt schlafen«, erwiderte ich. »Ich biete dir den Platz neben mir, wenn du anschließend nicht schimpfst und erklärst, im Grunde sei jede Beziehungskiste nutzlos und sowieso scheiße.«

»Ich werde mich daran halten.« Sie war verlegen. Und um diese Verlegenheit zu überwinden, setzte sie hinzu: »Vielleicht bist du für eine deutsche Beamtin sowieso untragbar.«

»Das wird es sein«, sagte ich.

Sie nahm einen Block und rief energisch: »Wo bleibt der Kerl aus dem Laborwagen, verdammt noch mal?«

Rodenstock erreichte das Gelände, ich beobachtete, wie Kischkewitz ihn entdeckte und dann auf ihn zurannte, als würde Rodenstock das Ende aller Qual bedeuten.

»Hast du gehört? Baumeister hat einen Schrank entdeckt. Es war die perfekte Absteige.«

»Ja, ja«, erwiderte Rodenstock und war ganz der Großvater, der vor Unbesonnenheiten mahnt. »Es fragt sich jetzt bloß, was wir damit anfangen, nicht wahr? Wir wissen, dass Driesch hier war. Aber wir haben keine Ahnung, wer die Frau gewesen ist. Also stehen wir vor der nächsten Mauer.«

Emma näherte sich mir aus dem Dunkel jenseits der grellen Fluter. Sie nahm meine Hand und zog mich mit sich fort. »Ich muss einfach reden«, sagte sie. »Ich weiß, dass du kaputt bist, aber zehn Minuten vielleicht.«

»Was quält dich denn?«

»Ich verstehe diesen Driesch nicht. Stell dir vor, wir hätten heute die Nacht von Sonntag auf Montag ... Gut. Also, ich bin Driesch, ich bin hier in dieser heimlichen Bleibe oder Bude. Ahne ich, dass mich jemand töten will? Und wenn ich das ahne, warum will jemand mich töten? Ich bin mit der Frau in diesem Raum, liege auf den Wasserbetten.« Sie kicherte. »Ganz schön raffiniert, nicht wahr? Sie konnten es nicht riskieren, Betten zu kaufen und in das Haus tragen zu lassen. Sie kauften schlaffe Plastiksäcke, in die sie nur Wasser zu füllen brauchten. Niemandem fiel das auf ... Nun gut, nehmen wir an, ich bin Driesch und ich habe keine Ahnung, dass ich getötet werden soll. Ich fühle mich sicher. Niemand kennt dieses Versteck, niemand hat einen zweiten Schlüssel. Jetzt klopft es. Draußen steht der Mörder. Öffne ich? Öffne ich nicht? Und wo klopft der Mörder?«

»An der Tür zum Laufenbach«, sagte ich.

»Wieso dort?«

»Weil ich Driesch bin, weil ich plötzlich weiß, dass ich getötet werden soll. Ich bin Driesch, renne die Straße entlang. Der Mörder hat das gehört, geahnt, was weiß ich. Er rennt hinterher und schießt. Er trifft nicht. Es ist schwer, mit einer Flinte im Laufen zu schießen, treffen ist fast unmöglich. Ich bin Driesch, ich renne. Ich renne eine ganze Weile, dann gelingt es mir, einen Haken zu schlagen, und der Mörder verliert mich, er muss mich suchen. Ich bin Driesch und ich will dorthin zurück, woher ich kam. In diese Wohnung. Warum will ich das?«

»Weil ich für die Frau da sein will, die ich hier zurückgelassen habe«, sagte Emma. »Ich komme auf die Idee, im Fluss zurückzugehen. Ich nehme an, dass der Mörder nicht damit rechnet. Also steige ich weit oberhalb, meinetwegen ungefähr dort, wo die Glashütte ist, in den Fluss. Ich bewege mich vorsichtig flussabwärts. Ich gehe davon aus, dass der Mörder irgendwo in den Straßen nach mir sucht, während ich im Schutz der Dunkelheit auf diesem ungewöhnlichen Weg am Mörder vorbeikomme und die Wohnung erreiche. – Wo liegt jetzt mein Denkfehler?«

Ich überlege einen Moment. »Dein Denkfehler ist der, dass du den Fluss für einen ungewöhnlichen Weg hältst und dass du annimmst, der Mörder würde nicht auf die Idee kommen.«

»Aber er kommt drauf«, murmelte Emma nachdenklich.

»Viel schlimmer. Er kommt nicht nur drauf, sondern er stellt sich darauf ein. Denk an diese dreißig Minuten zwischen den Gewehrsalven. Du schlägst einen Haken, du versteckst dich, du bewegst dich an irgendeiner Stelle zum Flussufer hin. Du lässt dir Zeit, du gehst ganz vorsichtig, Schritt für Schritt. Und in Wirklichkeit sucht der Mörder dich gar nicht. Er steht irgendwo im

Schutz einer Hauskante und wartet. Er geht davon aus, dass du zurückkehrst. Dann marschierst du im Wasser an ihm vorbei und er setzt sich wieder hinter dich. Du bemerkst ihn und fängst an zu rennen, aber du hast keine Chance mehr.«

»Und die dritte Person, die die Zeugen gesehen haben, das war also die Frau, die mit ihm in der Wohnung war?«

»Das nehme ich an«, nickte ich.

»Und wenn es doch Wilma Bruns war? Wenn die beiden ein perfekt verstecktes Verhältnis hatten?«

»Das glaube ich nie und nimmer. Dann hätte Wilma sich anders verhalten. Nein, nein, nicht Wilma.«

»Was ist mit Annette von Hülsdonk?«, fragte Emma.

»Unwahrscheinlich«, sagte ich. »Sie könnte seine Tochter gewesen sein. Er war ein Mann, aber kein kopfloser Mann.«

»Das ist alles sehr verzwickt«, meinte sie nach einer Weile. »Ich glaube, ich gehe wieder in mein Bett und denke nach.«

Als sie davongeschlendert war, kehrte ich zurück zum Haus. Rodenstock und Kischkewitz waren in ein Gespräch vertieft, Vera räumte vorsichtig Stück für Stück den Schrank aus, Männer rannten hin und her, schweigend und angestrengt.

Da drehte ich mich um und ging zu meinem Wagen, in dem Cisco immer noch von einer deftigen Karnickeljagd und einer netten Gefährtin oder Ähnlichem träumte. Ich empfand plötzlich die Stadt mit dem Haus darin als Einengung. Ich brauchte Luft. Aber ich nahm nicht den Weg nach Deudesfeld, sondern fuhr zu meinem zerstörten Haus in Brück. Ich wollte meine Katzen sehen, mit ihnen reden und die Fische im Teich füttern.

Im Hof standen drei große Container für den Schutt, der verbrannte Dachstuhl war abgeräumt, das Ganze sah gewissermaßen nach aufgeräumter Katastrophe aus. Günther Froom und Rudi Latten hatten sich darum gekümmert. Und da alle beide über Ehefrauen, Kinder und eine zahlreiche Verwandtschaft verfügten, hatten sich wahrscheinlich sechs bis sechsundzwanzig Leute drum gekümmert, damit Baumeister sich nicht drum kümmern musste. Wenn ich die Sachlage richtig einschätzte, verfügte ich auch schon über einen Architekten, einen Spezialisten für abgebrannte Fälle.

Und richtig, es gab ihn, an der Haustür war mit Heftzwecken sorgfältig ein Schreiben befestigt. Ich löste es, kletterte wieder in den Wagen, weil Tageslicht noch Mangelware war, und las im Schein der Leselampe:

Sehr geehrter Herr Baumeister,
machen Sie sich keine Sorgen, ich regele den Fall. Ich kenne mich aus mit dem Wiederaufbau solcher Häuser, ich bin darauf spezialisiert. Mit Ihren Versicherungen bin ich übereingekommen, dass ich für Sie gutachterliche Arbeit leiste und den Wiederaufbau leite. Auch Ihre Bank ist einverstanden. Ich hoffe auf gute Zusammenarbeit und es sollte wohl möglich sein, dass Sie Ihren Weihnachtsbaum wieder in diesem Haus aufstellen können.
Mit herzlichen Grüßen
Helmuth Kramp.

Den Mann musste der Himmel geschickt haben.

Im Osten kroch ein heller Schein über den Horizont. Cisco jaulte leise auf der Hinterbank, kletterte dann über den Sitz zielsicher in mein Genick und verhielt dort, um mir den Hals zu waschen.

»Gleich lernst du Katzen kennen!«, drohte ich. »So viele Katzen sind dir noch nicht mal im Traum begegnet. Drei wunderbare, hart trainierte Dorftiger, die dich fetzen werden, dass wir deine Einzelteile weit verstreut im Dorf suchen müssen.«

Ich stopfte mir die dänische Pfanne von Stanwell und rauchte eine Weile schweigend vor mich hin. In den Schuttbergen vor dem Haus entdeckte ich plötzlich gegen den hellen Hintergrund eines Blatt Papiers einen weiteren Pfeifenkopf.

Ich stieg aus und holte ihn mir. Es war eine Pfeife vom Designer Georg Jensen, das Mundstück war abgebrochen und fehlte. Wahrscheinlich war einer der Feuerwehrleute draufgetreten. Gelegentlich musste ich nach Euskirchen segeln und mir bei Quaedvliegs ein neues Mundstück verpassen lassen. Zwei Dinge vermag ich nicht einmal im Zustand des Totalschadens wegzuwerfen: Bücher und Pfeifen.

»Also los, mein kleiner Hund. Du wirst in der kommenden Stunde deinen Charakter beweisen müssen. Und sei immer artig zu den Goldfischen, falls du überlebst.«

Meine Katzen hatten wahrscheinlich eine Ahnung von dem, was ihnen bevorstand, denn sie hockten in trauter Dreisamkeit vor dem Teich und harrten der Dinge, die da kommen würden.

Ich ließ die Autotüre offen. Cisco folgte mir sofort, hielt sich eng an meinen Beinen und war offensichtlich ängstlich. Nach tierischen Gesichtspunkten stank wahrscheinlich jeder Grashalm nach Katze und also war es einwandfrei feindliches Gelände.

»Nun sei mal ruhig und zeig Charakter«, mahnte ich. »Guten Morgen, ihr Katzen, und vielen Dank fürs Haushüten. Und das hier ist Cisco und er ist hilflos und ängstlich. Gebt euch die Hand, sagt euren Vornamen und vertragt euch.«

Es geschah nichts. Cisco hielt sich zwischen meinen Beinen, ich musste stehen bleiben, um ihm nichts zu brechen. Die drei Katzen saßen unglaublich arrogant und gelangweilt ungefähr vier Meter entfernt, unmittelbar vor der Wasserfläche.

»Paul, du könntest unseren Gast wenigstens höflich begrüßen.«

Cisco winselte sanft, die drei Katzen standen plötzlich aufrecht mit hochgebogenem Körper.

»Jetzt macht keinen Scheiß!«, bat ich.

Cisco folgte dem Kindchen-Schema. Er bellte vorsichtig und wedelte heftig und um Freundschaft bemüht mit dem Schwanz. Aber er traute sich nicht, den Platz zwischen meinen Beinen zu verlassen.

Also musste ich mich bewegen. Ich ging auf meinen Kater Paul zu, bückte mich und kraulte ihn ausgiebig. Dann kamen Satchmo und Willi und ließen sich ebenfalls streicheln. Allerdings schielten sie unablässig zu diesem Miststück von Schäferhund, der ja möglicherweise außer Kontrolle geraten konnte.

Cisco hatte beschlossen, Friedenskundgebungen zu veranstalten. Er legte den Kopf auf seine ausgestreckten Vorderpfoten und reckte den Arsch wie eine Trophäe steil in den Himmel. Und ohne Unterlass wedelte freundlich sein Schwanz. Dabei kläffte er leise und hell.

»Nun spielt schon mit ihm!«, riet ich meinen Katzen.

Aber sie wollten nicht. Sie waren sich einfach zu schade für diesen miesen Eindringling, der sich dazu auch noch so benahm, als sei die Welt ein freundlicher Ort.

Als mindestens drei Minuten lang absolut nichts geschah, fühlte Cisco sich bemüßigt, den Frontalangriff zu starten. Er hopste hin und her, legte possierlich den Kopf schief, schoss mal einen Meter nach links, mal zwei Meter nach rechts. Er legte Kurzsprints ein, tanzte sekundenlang auf den Hinterläufen und benahm sich einfach wie ein wild gewordener Köter, dem sämtliche Instinkte vorübergehend abhanden gekommen sind.

Die Katzen blinzelten, sahen sich gelangweilt an.

Cisco wurde mutiger, entfernte sich von seinem ursprünglichen Platz und hatte es vor allem auf Paul abgesehen, von dem er wahrscheinlich zu Recht annahm, dass er der Boss sei. Dabei rutschte er zu nahe an Paul heran, der zog pfeilschnell die rechte Pfote durch und erwischte dabei Cisco voll auf der Schnauze.

Der Hund verfiel in panisches Jaulen und konnte sich bei mir nicht verkriechen, weil hier Satchmo und Willi hockten, die fasziniert zuschauten. Cisco schoss laut heulend unter die Brombeeren an der Mauer, machte sich platt wie eine Flunder und war untröstlich. Da ist man als junger Hund auf Liebe angewiesen und kriegt stattdessen eins auf die Schnauze. Die Welt ist ekelhaft.

Es hatte mordsmäßig getaut, das Gras war klitschnass. Da ich aber zwischen den Parteien vermitteln wollte, blieb mir nichts anderes übrig, als einen nassen Hintern in Kauf zu nehmen. Ich setzte mich auf den Rasen und benahm mich so, als hätte ich mit nichts irgendetwas zu tun, als interessierten mich die Viecher gar nicht. Katzen können in dieser Situation nicht widerstehen, sie sind einfach zu neugierig. Mit Cisco hatte ich keine Erfahrung, allerdings sah er nicht mehr wie ein Welteroberer aus, eher wie jemand, dem das Wasser bis zum Hals steht.

Mein kleiner Kater Satchmo machte sich nun auf, um diesen Hund zu besuchen. Wahrscheinlich war er der Meinung, wenn Paul den Hund vertrimme, dann dürfe er es auch. Hunde sind für alle Katzen da. Satchmo zog zunächst einen weiten Kreis um die Brombeerranken und bedachte Cisco mit keinem Blick. Hätte er in die Luft geguckt und laut gesungen, hätte es mich auch nicht gewundert. Bei der dritten Einkreisung geriet Satchmo dann in das unmittelbare Einzugsfeld des kleinen Hundes, der den Kopf immer noch flach auf dem Boden hielt und an dem sich nur die Ohren bewegten.

Der kleine Kater vollführte einen merkwürdigen Bocksprung, als wollte er sagen: Sieh an, hier bin ich! Jetzt war er vielleicht noch vierzig Zentimeter von Cisco entfernt. Sicherheitshalber machte er einen furchtbar beeindruckenden Buckel und fauchte gewaltig. Cisco reagierte nicht, bewegte nicht einmal die Ohren, wofür ich ihn sehr bewunderte.

Dann wendete Satchmo und schlich erneut an Cisco vorbei. Und dieses Mal konnte er sich nicht zurückhalten, dieses Mal sprang er unvermittelt. Doch ich hatte den Eindruck, dass er noch während seines kurzen Fluges umdisponieren wollte. Eigentlich war es nicht mehr vorgesehen, auf Cisco zu landen. Jedenfalls strampelte mein kleiner Katzenrüpel gewaltig und bat schon vor seiner Landung um Verzeihung. Cisco nahm es mit der Ruhe eines Eiflers, hob die rechte Vorderpfote, nagelte Satchmo für den Bruchteil einer Sekunde auf dem Rasen fest und biss ihm dann genussvoll ins linke Ohr.

Eindeutig unentschieden.

Nun wurde Willy neugierig und Pauls Gelassenheit wich dem großen Staunen. Sieh mal einer an, da hatte der Köter doch zurückgeschlagen. Nichts würde je wieder so sein wie vorher. Paul also näherte sich von links, Willi von rechts. Und sie hätten eigentlich Cisco lustvoll und nach Belieben verprügeln können. Doch sie taten es nicht, sie legten sich beide, die Köpfe dem Hund zugewandt, ins Gras und betrachteten ihr Gegenüber.

»Ihr seid richtig gut«, sagte ich hochbefriedigt. Es war zwar klar, dass sie sich tagelang prügeln würden, aber es war nun auch klar, dass dabei nichts Lebensgefährliches geschehen würde.

»Sehr gut, Cisco!«, lobte ich. Da kam er zu mir und sprang an mir hoch und pinkelte dabei nicht mal. Ein gewaltiger pädagogischer Fortschritt.

Ich holte das Fischfutter aus der Küche, musste dabei über ziemlich große Schuttberge klettern und versorgte meine geschuppten Freunde, während ich ununterbrochen mit meinen Viechern redete und lauter Zeug von mir gab, wie man es von Erwachsenen gewöhnt ist, die sich mit dem Inhalt eines Kinderwagens unterhalten und dabei garantiert keine Blödheit auslassen.

Die Sonne zeigte sich matt, von Dunst verschleiert, und ich freute mich an der Idylle, wenngleich Driesch wie ein Fremdkörper in meiner Seele festsaß und keine Sekunde Ruhe gab.

Anna, ich musste noch mal mit Anna reden. Unbedingt. Wie hatte das anonyme Schreiben gelautet? – ›Du wirst auch sterben!‹

Aber ehe ich irgendeine Entscheidung treffen konnte, fuhr Vera auf den Hof, kam zu mir an den Teich und meinte: »Ich wusste, du würdest hier sein.«

»Ich dachte gerade an Anna. Hat sie Bewachung bekommen?«

»Hat sie. Zwei Leute, rund um die Uhr. Darf das Haus nicht mehr verlassen.«

»Hast du dieses anonyme Schreiben gesehen? Sind da brauchbare Spuren drauf?«

»Ich habe es gesehen«, nickte sie. »Wahrscheinlich hat der Absender Küchenhandschuhe benutzt. Und er schickte es nicht mit der Post, es lag im Briefkasten zusammen mit den Reklamebögen der hiesigen Geschäftswelt. Willst du in diesem Leben nicht noch mal schlafen gehen?«

»Doch, natürlich. Wenn ich müde bin. Ich bin nur nicht mehr müde, ich bin saumäßig aufgedreht. Habt ihr noch was rausgefunden?«

Sie schüttelte den Kopf. »Die ganze Kommission ist irgendwie gestört. Wer hatte das erwartet? Driesch als Lover, Driesch in der Rolle eines späten Liebhabers mit weiß Gott wem.«

»Habt ihr denn eine Ahnung? Habt ihr Anna inzwischen dazu befragt?«

»Nein, noch nicht und wir wollen sie zunächst auch nicht dazu befragen. Die Presse ist erst einmal beruhigt, wir haben das Haus heruntergespielt, so dass niemand auf den Gedanken kommen kann, es stecke eine gute Story dahinter. Wie auch immer, ich habe die Nase gestrichen voll und Zeit bis morgen früh zum Wecken. Ich habe den Befehl meines Vorgesetzten, mich zu erholen, nicht an den Scheißfall zu denken und überhaupt so zu tun, als sei ich eine ganz normale Frau. Was treiben wir jetzt?«

»Wir könnten eine Keimzelle für Gruppensex gründen«, erwiderte ich lahm. »Im Ernst, ich fahre heim, ich lege mich was hin. Cisco, komm her, wir fahren nach Hause.«

Die Katzen begleiteten uns bis zu den Autos und schauten uns nach, als wir in den frühen Morgen fuhren.

Ich fand es schön, dass sie bei dem zerstörten Haus blieben und nicht eine Sekunde die Absicht erkennen ließen, sich abseilen zu wollen, in die Wälder zu laufen oder sich ein neues Haus zu suchen. Ich weiß, dass Tröstungen dieser Art hoffnungslos vermenschlicht sind, trotzdem wirken sie.

Als wir in Deudesfeld aus den Autos stiegen, hatte ich die wesentlichen Organisationsfragen meines Lebens geklärt und mit Hilfe des Handys abgearbeitet.

Bald würde ich mit segnender Hand über die hiesige Wirtschaft streichen und all das kaufen, was das Feuer in meinem Haus vernichtet hatte. Andererseits war es ganz erstaunlich, mit wie wenig man auskommen kann. Da reichen zwei Jeans, drei Unterhosen, vier Paar Strümpfe und ein halbes Dutzend Hemden.

»Wenn ihr ein Frühstück wollt«, rief Alwin in der Tür, »könnt ihr gleich in die Küche rutschen.«

Also rutschten wir in seine Küche und ließen es uns gut gehen. Langsam wurde ich müde, verzichtete auf die Dusche und legte mich einfach so oben auf das Sofa. Ich bekam nur noch mit, dass Vera sich zwei Sessel zusammenschob und träge murmelte: »Schlaf gut, bis später.«

Zehn Stunden später wurde ich dadurch wach, dass Vera telefonierte und schrill so etwas wie »ganz neu anfangen« sagte.

Ich trollte mich grußlos ins Badezimmer und hatte Mühe, zu akzeptieren, dass es sechs Uhr gegen Abend war, die Sonne schien und das Leben wieder einigermaßen normal floss.

»Ich gehe mit Cisco Gassi«, rief Vera und die Tür klackte.

Dr. Ludger Bensen, dachte ich, du bist mir eine Auskunft schuldig. Die Frage war nur, ob er sie mir geben würde. Erfolgreiche Politiker sind immer eine harte Nuss, weil sie die Kunst beherrschen, in einem einzigen Satz drei grundlegende Weltanschauungen zum Ausdruck zu bringen, die einander widersprechen.

Ich taperte nackt durch die Wohnung, ließ mir von der Sonderkommission in Monschau Bensens Telefonnummer geben und rief den Anwalt an.

»Der ist zurzeit nicht erreichbar«, sagte eine geübte Frauenstimme.

»Dann richten Sie ihm bitte aus, dass ich ihn sprechen möchte. Ich bin Journalist, ich kümmere mich um den Fall Driesch und habe eine interessante Theorie.«

Ich gab ihr meine Nummer und harrte der Dinge. Es dauerte keine sechzig Sekunden.

»Sie haben eine Theorie?«, fragte er gut geölt.

»Ja. Wie ist es mit neun Uhr heute Abend?«

»Warten Sie, ich muss nachgucken.« Kurz darauf sagte er: »Okay. Aber erwarten Sie nicht zu viel von mir, ich bin in dem Fall nicht gut zu Hause.«

»Ich instruiere Sie«, versprach ich.

»Ist das Bad frei?«, fragte Vera von der Tür. Sie musterte mich eingehend und murmelte: »Hm, richtig schnuckelig.«

Cisco sprang neben mir auf das Sofa und leckte intensiv meine Hüfte ab. Dabei stand er mit beiden Vorderpfoten auf meinem linken Oberschenkel und hinterließ Dreckspuren. Wahrscheinlich hatte er die einzige Pfütze in einem Umkreis von zehn Quadratkilometern entdeckt.

Mir war das egal, ich rief Rodenstock an. »Pass auf, ich bin mit Ludger Bensen verabredet, du weißt schon, der Anwalt, der Driesch in seinen Parteiämtern beerben wird.«

»Da würde ich gern mitgehen«, sagte er. »Was willst du von ihm wissen?«

»Er hat doch vor einiger Zeit, das muss Monate her sein, einmal behauptet, Driesch habe eine Geliebte.«

»Stimmt. Gute Idee.«

»Was hat die Untersuchung der Wohnung in Monschau ergeben?«

»Also, das Sperma stammt einwandfrei von Driesch. In allen Fällen. Der Nachweis von Weiblichkeit stammt ebenfalls nur von einer Person, aber natürlich wissen wir nicht, von welcher. Ich würde für mein Leben gern wissen, ob Driesch so etwas wie Torschlusspanik hatte.«

»Selbst wenn«, sagte ich, »es ändert nichts.«

»Ja, da hast du Recht. Also, bis später.«

Vera kam mit einem Handtuch um die Hüften hereingeschlendert. »Ich möchte wissen, ob Driesch dabei glücklich war.«

»Wahrscheinlich nicht«, antwortete ich.

»Warum hat er es dann getan?«

»Vielleicht rann ihm das Leben durch die Finger.«

»Du hast so erschreckend viel Verständnis«, klagte sie. »Wenn er ein Verhältnis hatte, war er ein Arsch!«

»Ich erinnere dich an eine gewisse Vera, die vor kurzem sagte, alle Beziehungskisten ihres Lebens seien im Grunde nichts wert, weil sie zu viel zu arbeiten habe. Also bist du auch ein Arsch.«

»Aber ich töte dabei nicht«, entgegnete sie schnell.

»Jetzt verlierst du die Bodenhaftung!«, mahnte ich. »Driesch hat nicht getötet, er ist getötet worden.«

Sie hockte sich in einen der Sessel. »Aber er hat andere dazu gebracht, zu töten, verdammt noch mal!«

»Das könnte ein sehr wahrer Satz sein«, nickte ich. »Wenn wir jetzt noch die dazu passende Frau finden, haben wir den Fall gelöst.«

»Aber nicht die Sache mit Mallorca und der Million in bar. Und auch nicht den Tod von Wilma Bruns und all die verdammten Kleinigkeiten, von denen wir noch nichts wissen.«

»Du hast Recht, Frau.«

Cisco hatte sich inzwischen auf den zweiten Sessel verzogen und schlief ruhig und fest, japste nur hin und wieder. Wahrscheinlich jagte er im Traum einen Elefantenbullen in Afrika.

»Wir finden diese Frau nie«, unkte Vera ohne Hoffnung. »Es ist ja möglich, dass die Verbindung als One-Night-Stand begann. Vielleicht stammt die Frau aus Belgien oder aus dem Großraum Aachen, vielleicht hat sie überhaupt keine Bindung nach Monschau und tauchte auf und wieder ab. Und wenn sie verheiratet ist, wird es erst recht unmöglich, sie zu finden.«

»Schlechte Aussichten«, stimmte ich zu. »Wir fahren gleich zu Dr. Ludger Bensen. Wenn du magst, kannst du mitkommen.«

»Was heißt gleich?«

»Na ja, so in anderthalb Stunden«, sagte ich »Und jetzt zieh dir was an, du machst mich kribbelig.«

»Du sollst mich nicht rumkommandieren, Baumeister«, sagte sie sanft. Als sie auf mich zuging, ließ sie das Handtuch fallen.

Es gibt Formen gesellschaftlichen Umgangs, denen ich nicht widerstehen kann. Fallenden Handtüchern zum Beispiel.

Dr. Ludger Bensen residierte in Roetgen in einem Haus, das wie eine Mischung aus Tegernseer Landhaus und Gelsenkirchener Barock wirkte. Links und rechts an den Hausecken waren Türmchen angeklebt und durch den ganzen Vorgarten erstreckte sich eine an Stahlseilen aufgehängte Aluminiumkonstruktion mit Acrylplatten.

Rodenstock murmelte: »Seid ehrfürchtig, Kinderchen, das ist der Geist der neuen Zeit, da kündigt sich das Millennium an, da haben wir braven Provinzler keine Chancen mehr mitzukommen.«

Emma, die sich unserer Gemeinde ebenfalls angeschlossen hatte, sagte resolut: »Ich will nicht das Haus, ich will den Mann!«

»Pfui!«, sagte ich.

»Schön!«, lobte Vera.

Bensen öffnete die Tür. Er war so recht ein Mannsbild wie der Werbung von *JOOP!* entsprungen. Mein erster Verdacht war: Der trägt ein Toupet, doch dann gestand ich ein: Das ist echt, die Wolle ist echt. Sein Gesicht konnte durchaus als schön und edel und männlich bezeichnet werden. Es war braun gebrannt, die Zähne glitzerten wie Sternchen. Er trug einen himmelblauen Pulli über einem weißen Oberhemd. Dazu dunkelfarbene Hosen und schwarze Slicks. Er nahm mir einfach den Atem.

»Baumeister«, stellte ich mich vor. »Das sind Freunde von mir, die am gleichen Fall arbeiten.«

»Oh, das macht nichts«, strahlte er. »Mein Haus ist groß genug.« Er gewährte jedem von uns einen sehr intensiven Händedruck. »Ich geh mal vor.«

Wir bewegten uns im Gänsemarsch einen von Spots erleuchteten Gang hinab und gerieten in eine Art Wintergarten von Ausmaßen, die einem Tanzsaal glichen. Da standen Zitronenbäumchen, Bananenstauden, Olivenbüsche und andere heimische Gewächse, wie man sie in den Eifler Wäldern findet.

»Meine Frau liebt die Toskana über alles!«, erklärte Bensen. »Nehmen Sie doch Platz, wo es Ihnen beliebt. Schatz, wir brauchen noch ein paar Gläser. Ich nehme doch an, Sie trinken ein Gläschen?« Er lachte allerliebst. »Ich sorge auch dafür, dass die Polizei im Revier bleibt.«

Die Hausherrin tauchte auf und klagte: »Mein Gott, Therese hat die Gläser wieder falsch eingeräumt!«

»Tja«, murmelte Emma, »so was nervt! Mein Name ist Emma Rodenstock und ich vermute, Sie sind die Frau von Dr. Bensen.«

»So ist es«, bestätigte sie. »Mein Gott, die Kinder wollten heute überhaupt keine Ruhe geben. Da habe ich die Notbremse mit Bier gezogen.«

»Da haben Sie was?«, fragte Vera mit aufgerissenen Augen.

»Oh, meine Liebe. Ich nehme an, Sie haben keine Kinder. Aber ich sage Ihnen, zwei, drei Schluck Bier tun wahre Wunder. Ich meine, sie trinken es ja nicht mal gern, aber wenn sie es trinken, sind sie binnen Minuten hinüber.«

»Aha!«, nickte Rodenstock höflich. »Was Sie nicht sagen. Ein schönes Haus haben Sie.«

»Tja«, sagte der Hausherr und wollte einen ausgedehnten Vortrag starten.

»Tja«, unterbrach ihn seine Frau. »Da haben wir uns was angetan, sage ich Ihnen. Dreihundert Quadratmeter Wohnfläche! Haben Sie mal dreihundert Quadratmeter Wohnfläche sauber halten müssen?«

»Selten«, sagte Emma herzlich. »Sehr selten.«

»Und das Personal heutzutage ist ja auch nicht mehr von der Arbeit überzeugt.«

»Sage ich auch immer!«, bestätigte ich, weil sie mich so ansah, als erwartete sie von mir eine Antwort.

»Die Gläser, Schatz!«, erinnerte der Hausherr.

»Ach, Gottchen, ja«, nickte sie gequält und verschwand.

»Tja, dann müssen Sie mir aber sagen, was Sie eigentlich wollen«, sagte Bensen und setzte sich bequem in seinem Rattansesselchen zurecht.

»Die Wahrheit«, verlangte Rodenstock, »nichts als die Wahrheit.«

Sofort bekam das Gesicht des Anwalts einen harten Ausdruck und er schloss einen Augenblick lang die Augen. »Das ist aber viel verlangt«, erwiderte er sachlich.

»Das stimmt!«, nickte Emma.

»Sie meinen mit Wahrheit sicherlich Jakob Driesch?«

»Richtig«, antwortete ich.

Bensens Frau kam zurück und schob einen rollenden Teewagen vor sich her, auf dem mindestens zwanzig Gläser standen. »Wasser, Saft, einen trockenen Wein? Kaffee vielleicht? Ist schon fertig.«

Wir bedienten uns, kamen uns dabei in die Quere, entschuldigten uns sicherheitshalber in alle Himmelsrichtungen und setzten uns dann wieder brav hin, als seien wir in der Sonntagsschule.

»Sie werden nun wohl bald in den Bundestag einziehen, nicht wahr?«, fragte Rodenstock listig.

Der Kandidat fiel darauf herein. »Nun ja, es ist peinlich, die ganze Sache ist furchtbar traurig. Und ich weiß auch nicht, ob ich in den Riesenschuhen des Jakob Driesch laufen kann. Aber wir sind gewählt, wir müssen unsere Pflicht tun, der Wähler hat so entschieden. Daher werde ich nach Berlin gehen und so gut wie möglich Jakob Drieschs Aufgaben übernehmen. Ich habe ein Votum, ich muss eine Pflicht erfüllen.«

Vera stöhnte in die Stille: »Also eigentlich haben wir gar keine Zeit für Wahlkampf.«

»Wir haben nur einige sachliche Fragen«, nickte Emma.

»Und wir können uns kurz fassen«, schlug ich vor. »Ich denke, unser Kriminaloberrat sollte die erste Frage stellen. Es geht doch nichts über einen Profi.«

»Wieso Kriminaloberrat? Ich denke, Sie sind Journalisten?« Der Anwalt war sichtlich irritiert.

»Bin ich auch«, sagte ich. »Und mein Freund Rodenstock hier beobachtet die Sache offiziell im Namen des Bundesnachrichtendienstes – Sie wissen schon, die aus Pullach.«

»Kenn ich«, sagte er verkniffen. »Und um was, bitte, geht es hier jetzt?«

»Um eine Äußerung von Ihnen«, sagte Rodenstock. »Ich erkläre Ihnen kurz den Hintergrund. Sie haben vor etwa einem Jahr Jakob Driesch mit der Behauptung attackiert, er habe eine Geliebte. Erinnern Sie sich?«

Er wich sofort aus. »Was heißt hier attackieren? Wir waren innerhalb der Region hier Gegner, aber äußerst faire Gegner.«

»Na ja, es ist nun nicht gerade fair, vom Gegner zu behaupten, er habe eine Geliebte«, meinte Emma.

»Aber er hat sich dafür entschuldigt!«, sagte seine Ehefrau spitz. »Ich war dabei.«

»Im Übrigen«, sagte Bensen nun, »ist meine Bemerkung völlig aus dem Zusammenhang gerissen worden. Ich habe niemals behauptet, Jakob Driesch habe eine Geliebte. Das konnte ich gar nicht behaupten, weil ich so etwas nicht wusste und weil es nicht meine Art ist, einen Gegner unter die Gürtellinie zu schlagen, nicht in diesem Leben. Schatz, sag selbst, bin ich nicht bekannt für eine geradezu englische Auffassung von Fair Play?«

»Das bist du, mein Lieber. Wahrhaftig, das bist du.«

»Was also haben Sie genau gesagt?«, fragte ich.

»Ich sagte dem Sinn nach, wo kämen wir denn hin, wenn einer von uns über den anderen etwas Übles sagt. Wenn ich beispielsweise behaupten würde, Driesch habe eine Geliebte. So etwa habe ich es formuliert. Es war«, er hob den Zeigefinger, »ein Konjunktiv, meine Damen und Herren, ein reiner Konjunktiv. Ich habe eine Möglichkeit durchgespielt, nicht mehr, nicht weniger.«

»Es gibt Zeugen, dass Sie keinesfalls den Konjunktiv benutzt, sondern es als Tatsachenbehauptung hingestellt haben«, erklärte ich. Ich sah Rodenstock an. »Das müssen wir dann notfalls gerichtlich klären lassen.«

Er nickte und wandte sich sofort wieder an Bensen.

»Sehen Sie, wir vom Geheimdienst sind daran interessiert, dass Drieschs Leben klar vor uns liegt. Er lebt nicht mehr, er kann sich nicht mehr wehren. Aber es gibt ja noch seine Frau. Und uns liegt sehr daran, ihr Schmerz zu ersparen. Ich denke, das können Sie verstehen. Wir wissen, dass Sie ein Konkurrent von Jakob Driesch waren, der schärfste Konkurrent. Wir wissen auch, dass Sie im Zorn oder bei klarem Verstand von einer Geliebten gesprochen haben. Also, was war es? Zorn? Klarer Verstand?« Er bot ihm eine Entschuldigung an und Bensen war dumm genug, darauf hereinzufallen.

»Natürlich war es Zorn. Ich war einfach wütend, ich war es Leid, mich stets und ständig mit ihm auseinander setzen zu müssen. Außerdem habe ich mich entschuldigt, die Geschichte ist also Geschichte.«

»Ist sie nicht«, sagte ich.

»Das ist sie wahrlich nicht«, dröhnte Emma.

»Wir glauben genau zu wissen, was damals tatsächlich passierte«, begann Rodenstock erneut. »Sie hatten allen Grund anzunehmen, dass Driesch wirklich eine Geliebte hatte, nicht wahr? Wollen Sie uns nicht freiwillig davon erzählen?«

»Gottchen, diese schändliche Politik«, seufzte Bensens Frau. »Ich erinnere mich genau, dass du noch gesagt hast, mein Lieber, sie könnte seine Enkelin sein. Nun sag es diesen Leuten schon.«

Wenn Blicke töten könnten, wäre sie augenblicklich Tartar gewesen. »Also, da ist was gelaufen«, gab der Anwalt zu. »Ich nehme an, Sie können mich und meine Aussage schützen?«

»Wir können alles«, nickte Rodenstock.

»Es war so, dass ich im vorigen Sommer des Öfteren eine Gaststätte hier in der Nähe besuchte, wenn ich mit dem Bürokram fertig war. Man sitzt unter Kastanien und trinkt Berliner Weiße mit Schuss. Manchmal vermieten sie auch an Durchreisende Zimmer, ich glaube, sie haben sechs oder sieben Fremdenzimmer. Also, ich hocke da und habe den Empfangstresen genau im Blick. Da steht plötzlich Jakob Driesch mit einer ganz jungen Dame. Sie tragen sich ein und gehen dann die Treppe hoch. Ich habe gedacht, ich sitze im falschen Film, weil es immer hieß, Driesch sei ein Familientier und führe eine wunderbare Ehe. Ich habe nicht reagiert, ich habe ...«

»Du hast es mir erzählt, mein Lieber«, fiel ihm seine Frau ins Wort. »Mir hast du es erzählt.«

»Ja, ja«, sagte er gequält. »Ich habe es also meiner Frau erzählt, aber sonst niemandem. Dann hatten wir eine Gebietsausschusssitzung und Driesch spielte den Biedermann. Da bin ich geplatzt. Denn inzwischen war noch mehr passiert. Ich hatte noch ein paarmal das Vergnügen, Driesch samt jugendlicher Freundin in das Zimmer gehen zu sehen. Und damit nicht genug, lag das Zimmer im ersten Stock zum Biergarten hinaus. Und die junge Frau trat einmal splitternackt an das Fenster und schloss es.«

»War es Wilma Bruns?«, fragte Vera.

»Nein«, sagten Emma und ich gleichzeitig. »Annette von Hülsdonk.«

»Richtig«, nickte Bensen. »Ich kannte sie zwar, aber nicht gut genug, um sie wieder zu erkennen. Erst als ihr Bild in der Zeitung erschien, weil dieser ... dieser Kranke sie erschossen hatte, da war ich mir ganz sicher. Das war die Frau, mit der Jakob Driesch hier das Zimmer teilte.« Er warf beide Arme theatralisch in die Luft. »Damals ist mir das dann rausgerutscht, weil ich wütend war.«

»Und später haben die beiden das Zimmer nicht mehr gemietet?«, fragte Vera.

»Nein«, sagte er bestimmt. »Das wäre ja nun der Gipfel an Idiotie gewesen.«

»Sie hätten damit zur Polizei gehen müssen«, wandte Rodenstock ein. »Sie hätten uns viele Tage Arbeit erspart.«

»Wir wollen mit diesem Dreck nichts zu tun haben«, empörte sich seine Frau.

»Ach du liebe Güte«, sagte Emma heiter. »Die beiden liebten sich. Dass Ihnen so etwas nicht passieren wird, ist mir klar, aber glauben Sie mir: So was kann verdammt schön sein. Nichts für ungut, aber ich gehe schon mal.«

Wir verabschiedeten uns alle, wir ließen den Dr. Ludger Bensen stottern, verlegen sein, nach Ausflüchten suchen, hilflos rumfuchteln. Seine letzte Bemerkung war: »Wenn Sie darauf bestehen, entschuldige ich mich beim Oberstaatsanwalt. Sofort.«

»Schon gut«, sagte Rodenstock abwinkend.

Dann standen wir auf der Straße und sahen uns an.

»Mal ehrlich«, meinte Vera, »wer konnte das ahnen?«

Niemand antwortete.

»Es geht eben nichts über eine Spießergeschichte«, erklärte ich. »Jetzt interessiert mich der Vater von Annette. In welchem Krankenhaus liegt er?«

»Maria Hilf in Daun«, sagte Rodenstock. »Gut, teilen wir uns. Vera, wir fahren zur Kommission. Da muss einiges abgesprochen werden. Kischkewitz muss zwei Leute freimachen, die den Onkel von Driesch aufsuchen.«

»Wieso das denn?«, fragte Vera.

»Weil er der Jäger in der Familie ist«, erklärte ich. »Er hat Gewehre. Macht es gut. Ich komme, wenn ich in Daun fertig bin. Du lieber Himmel, ist das ein triviales Spiel.«

»Das ist es meistens«, murmelte die kluge Emma.

Von unterwegs rief ich das Krankenhaus an und sagte, ich müsse Manfred von Hülsdonk sprechen, ob das so spät noch möglich sei. Sie antworteten, dagegen sei nichts einzuwenden, es ginge ihm gesundheitlich gut.

Ich fuhr so rasch wie möglich. Ich wollte es hinter mich bringen. Driesch, warum hast du diesen tödlichen Kreislauf in Bewegung gesetzt? Du musstest doch wissen, dass so eine Geschichte schief geht.

Dann erinnerte ich mich an Cisco und änderte die Route. Man sollte kleine Hunde auch wegen einer Notsituation nicht so lange allein lassen. Ich fuhr von Hillesheim nach Gerolstein hinüber, dann an der Adler- und Wolfsburg vorbei nach Pelm, Gees und Neroth, Oberstadtfeld, Niederstadtfeld, Schutz. Es war so gut wie kein Betrieb auf der Straße, ich kam zügig voran.

Cisco lag auf dem Sofa und wurde gerade wach, als ich hereinkam. Er hatte sorgsam vor das Sofa auf den neuen Teppich geschissen und sich dann schlafen gelegt.

»Hör mal, das kann aber nicht so weitergehen. Komm jetzt mit.«

Er war ganz jeckig vor Begeisterung, sprang herum wie ein Vollgummiball und landete dabei versehentlich in seinen eigenen Exkrementen, was sowohl dem Teppich wie dem Parkett eine ganz neue, eigenwillige Note gab. Doch er war gehorsam und folgte mir willig, sprang auf die Rückbank, stellte die Pfoten hinter meinem Kopf auf die Nackenstütze und schnüffelte an mir herum, wobei er ständig Laute des höchsten Entzückens ausstieß und hin und wieder nieste, was schön feucht war – und er stank.

Ein Assistenzarzt erwartete mich auf der Station und erklärte, es solle möglichst nicht länger als eine halbe Stunde dauern. Ich versicherte ihm, ich sei in ein paar Minuten fertig.

Manfred von Hülsdonk hatte ein Einzelzimmer und sah elend grau aus wie jemand, der keine Hoffnung mehr hat, noch mal ein besseres Leben zu erreichen.

»Ich gebe keine Interviews«, stellte er monoton fest.

»Ich will kein Interview«, sagte ich. »Nach mir wird die Staatsanwaltschaft hier aufkreuzen. Die weiß, dass ich hier bin. Das mit Annettes Tod tut mir aufrichtig Leid, und ich kann Ihnen in Ihrem Schmerz nicht beistehen. Ich frage mich nur, warum Sie nicht eingegriffen haben.«

»Hatte gar keinen Zweck«, erwiderte er abfällig. »Kannten Sie meine Tochter?«

»Nein.«

Er stemmte seinen schweren Körper ein wenig nach oben und baute sich aus den Kissen eine Kopfstütze. »Wenn sie etwas wirklich haben wollte, dann kriegte sie es auch. Und sie ließ sich seit Jahren schon von niemandem mehr reinreden.«

»Und sie wollte Jakob Driesch?«

»So könnte man es ausdrücken.« Er wirkte muffig wie jemand, der an nichts wirklich interessiert ist.

»Haben Sie sie nicht gewarnt?«

»Habe ich. Seit es anfing, habe ich nichts anderes getan. Ich habe sie nicht nur gewarnt, ich habe sie auf Knien angefleht, die Finger von dem Mann zu lassen. Sie sagte eiskalt: Der oder keiner! Und das war es dann.«

»Haben Sie mit Driesch gesprochen?«

»Viermal.«

»Was sagte er?«

»Er sagte, er meine es ernst. Er wüsste nicht, was draus werden würde, aber er meine es ernst.«

»Wollte er sich scheiden lassen?«

»Ja, später. Hat er jedenfalls behauptet. Ist ja nun auch egal.«

»Und die Million, mit der er auf Mallorca aufkreuzte, stammte von Ihnen, nicht wahr?«

»Ja.« Von Hülsdonk hustete heftig. »Das war mein Geschenk an Annette.«

»Zuerst haben Sie aber doch diesen Gutshof hier in der Eifel gekauft, damit sich Annette darin ein Hotel einrichten konnte. Was passierte dann?«

»Ich wollte gerade mit dem Umbau loslegen, als Annette kam und die ganzen Pläne umschmiss. Einfach so. Sie sagte: Verkauf das Ding wieder, ich mache ein Hotel auf Mallorca auf.«

»Und das wollten Sie nicht?«

»Nein, natürlich nicht. Ich meine, ich bin nicht mehr der Jüngste, ich habe den Betrieb in Hellenthal. Den hätte sie sowieso geerbt. Wozu brauchte sie noch eine Klitsche auf Mallorca? Dann hätte ich sie ja noch seltener gesehen, irgendwann vielleicht dann gar nicht mehr. Irgendwie ... irgendwie ging sie mir doch verloren.« Er hatte angefangen zu weinen.

»Aber sie liebte Driesch, oder?«

»O ja, sie liebte den wirklich. Jedenfalls kam sie und sagte, ich solle den Hof wieder verkaufen, Driesch hätte auf Mallorca was an der Hand. Ich redete mit Driesch, er bestätigte die Sache und sagte, das Günstigste wäre Bargeld. Ich fand einen Käufer, bekam einen Scheck und ließ mir das Geld in einen Koffer packen. Der Banker, ein alter Freund von mir, warnte mich noch: Junge, ich weiß nicht, was du vorhast, aber ich ahne, du baust Scheiße. Kann man wohl sagen. Jedenfalls flog Driesch runter und kaufte das Anwesen, wurde als Eigentümer notariell festgeschrieben und schloss mit Annette und mir einen Vertrag: jeder ein Drittel. Das war sauber und klar. Eine Zeit lang habe ich wirklich geglaubt, die Geschichte gehe gut aus.«

»Wann wollten die beiden denn runterziehen?«

»Im März kommenden Jahres. Annette sagte immer: Zweitausend wird mein Jahr, Papa! Und die ganze Zeit hatte ich ein beschissenes Gefühl ...«

»Als Driesch tot war, was haben Sie da gedacht?«

»O Gott, ich ahnte es, ich ahnte sofort, was da los war, aber hatte ich Beweise? Und Annette war so verwirrt, so durcheinander. Ich wusste, wir stecken alle knietief in der Scheiße. Da bekommt der Freund meiner Tochter, der Bundestagsabgeordneter ist, von mir eine Million und düst nach Mallorca und kauft einen Bauernhof. Das ist nichts Kriminelles, aber irre genug, dass sich jede Zeitung darauf stürzt. Dann passierte das mit Annette, das mit Bastian. Und dann war auch noch Wilma tot, die ja nun für gar nichts konnte. Mörder sind doch irre, die sind doch ... Ich hab daran gedacht, zur Polizei zu rennen und zu schreien: Ihr Arschlöcher, seht doch mal genau hin! Aber ich habe es nicht geschafft, ich wollte nur noch ... ich wollte nur noch weg.« Er schluchzte laut.

Hinter mir war ein Geräusch. Ich drehte mich um und sah den Assistenzarzt dort stehen.

»Es ist nicht mehr zu verantworten«, sagte er sanft, aber knallhart.

»Schon gut«, erwiderte ich. »Ich habe genug gehört.«

Zehntes Kapitel

Als ich in Deudesfeld vor dem Haus hielt und ausstieg, kam auch Vera gerade an.

»Ich kann so schlecht allein sein.«

»Das ist schon in Ordnung«, nickte ich. »Das kommt mir sehr entgegen. Ich brauche eine Menge Haut, um all den Tod zu vergessen. Wann geht es los?«

»Morgen früh um neun im Aukloster. Gleich ist es eins, wir haben also noch sechs Stunden, um auszuruhen. Ich brauche auch Haut, Baumeister. Die Million stammte von Annettes Vater, nicht wahr?«

»Ja. Was ist mit der Winchester?«

»Drieschs Onkel hat bestätigt, dass es seine Waffe sein könnte. Er ist ein sehr alter Mann, der kein Gewehr mehr halten kann und der auch nicht mehr sicher weiß, wie viele Gewehre er besitzt. Ich habe sie gesehen, drei Schränke voll. Der alte Mann hat gar nicht mitbekommen, dass die Winchester fehlte. Und jetzt schämt er sich.«

»Cisco, komm!«, rief ich. »Ich muss unter die Dusche. Kannst du Bratkartoffeln mit Spiegelei machen?«

»Klar«, sagte sie. »Wenn du die Kartoffeln schälst.«

»Wenn Alwin Kartoffeln hat.«

Wir bekamen Kartoffeln und ein halbes Dutzend Eier und verzogen uns in mein Reich.

»Ich verstehe nur die Sache mit Wilma nicht«, sagte sie.

»Ich auch nicht. Und es hat jetzt keinen Sinn, zu spekulieren. Schneide den Speck, ich schäle die Kartoffeln.«

Eine halbe Stunde später war die Herrlichkeit den Weg alles Irdischen gegangen und wir lümmelten uns auf den Sofas. Sie setzte sich neben mich und wir hörten Herbert Grönemeyer zu, wie er ›Ich drehe mich um dich‹ sang. Es folgte Elvis mit ›Blue Hotel‹ und es ging mir auf den Geist; ich drückte die Fernbedienung.

Als wir nebeneinander im Bett lagen, fragte Vera: »Glaubst du, ich kann in deinem Arm einschlafen?«

»Wenn du das willst, kannst du das.«

»Und wirst du mich nicht zur Seite schubsen?«

»Nein. Warum sollte ich das?«

»Und du brauchst auch nicht ganz automatisch ...«

»Nein, ich brauche gar nichts ganz automatisch. Und jetzt komm hergekrochen, zier dich nicht, sei ein großes Mädchen, ich rühre dich nicht an.«

»Warum eigentlich nicht?«

Wir verschliefen um eine halbe Stunde und mühten uns dann in der qualvollen Enge des kleinen Bades ab. Ich verzichtete auf eine Rasur, sie verzichtete auf die Dusche. Wir hetzten hinunter zu den Autos und für Cisco war das Ganze ein herrlicher Spaß, den wir nur um seinetwillen erfunden hatten.

»Mein Gott, Kischkewitz schlägt mich tot.«

»Wir schaffen es, wenn du zügig fährst.«

»Und wenn ich mit Sirene und Blaulicht ... Ach nein, das macht nur die Leute verrückt.«

Wir schafften es, wir erreichten fünf Minuten vor neun das Parkdeck oberhalb des Auklosters.

»Gibt es eigentlich Regieanweisungen?«, fragte ich.

»Ja. Kischkewitz und Rodenstock stellen die Fragen, alle anderen schweigen und lächeln höflich. Was machst du, wenn die Geschichte hier vorbei ist und du dein Manuskript geschrieben hast?«

»Vielleicht Bodensee, vielleicht Tessin.«

»Ist es vorstellbar, dass ich mich am Benzin beteilige?«

»Das ist vorstellbar.«

Im Kloster war es merkwürdig still. Gleich auf der rechten Seite befand sich der große Vortragssaal, den man als Kulisse ausersehen hatte. Es waren viele Leute da, einige kannte ich vom Sehen, andere waren mir fremd. Vera entschwand und wenig später hockte sie brav mit einem Stenoblock an einem kleinen Tisch.

Komisch, dass immer die Frauen die Protokolle schreiben müssen.

Rodenstock strich an mir vorbei, nahm mich aber zunächst nicht wahr.

»Viel Glück«, sagte ich.

Er drehte sich halb zurück und lächelte, sagte aber nichts.

Emma tauchte auf und rauchte einen ihrer fiesen holländischen Zigarillos. »War es gut, heute Nacht?«

»Es war sehr gut«, grinste ich. »Sie ist ein wirklich guter Typ.«

»Das ist wahr«, nickte Emma.

Wir gingen in den Saal hinein und quetschten uns in der letzten Reihe auf zwei Stühle, dicht am Fenster.

Kischkewitz und Rodenstock betraten den Raum und setzten sich an einen kleinen Tisch nebeneinander, legten Blocks und Kugelschreiber bereit. Dann stand Kischkewitz wieder auf.

»Liebe Leute«, begann er gemütlich, »wir haben eine Anhörung vor uns. Ich sage bewusst Anhörung und vermeide das Wort Verhör. Wir haben es mit einer Frau zu tun, die nach meinem Dafürhalten sehr gelitten hat. Und das seit mindestens einem Jahr. Es ist die Geschichte eines Verlustes, es ist auch die Geschichte des Verlustes von Identität. Die Dame hat angedeutet, dass sie dankbar wäre, wenn ihr keine Handschellen angelegt würden. Ich bitte um Höflichkeit und um die strikte Einhaltung der Regel, dass die Fragen nur von Rodenstock und mir kommen. Ich darf dann bitten, Ewald.«

Anna trug wieder ein langes, schwarzes Kleid. Sie bewegte sich voll Würde auf den Stuhl zu, den man ihr hinter einem kleinen Tisch bereitgestellt hatte. Sie setzte sich, sie wirkte ungezwungen und schaute Kischkewitz und Rodenstock offen an.

»Wir können auf die Personalien verzichten«, eröffnete Kischkewitz. »Frau Driesch, dies ist eine Anhörung, bei der Sie freundlicherweise die Anwesenheit der Kommission dulden und gleichzeitig zunächst auf einen eigenen Rechtsbeistand verzichten, den Sie selbstverständlich frei auswählen können. Wenn Sie an einen Punkt geraten, an dem Sie lieber einen Anwalt neben sich haben möchten, dann brauchen Sie das nur zu sagen und die Anhörung wird beendet sein. Haben Sie das verstanden?«

»Das habe ich verstanden«, sagte sie mit ihrer klaren Altstimme.

»Wir haben bereits ein erstes Gespräch geführt«, erklärte Rodenstock freundlich. »Da ich durchaus begreifen kann, dass Sie unter erheblichem Druck gestanden haben und wir den Druck nicht verstärken möchten, schlage ich vor, dass Sie zu erzählen beginnen. Fangen Sie an dem Punkt an, der für Sie wichtig ist. Wenn wir eine Zwischenfrage für notwendig halten, dann melden wir uns zu Wort. Sind Sie einverstanden?«

»Ja, das bin ich«, sagte sie. »Ist es erlaubt zu rauchen?«

»Selbstverständlich«, nickte Kischkewitz. »Einen Aschenbecher, bitte«

»Und Zigaretten, bitte«, setzte sie hinzu. Sie lächelte leicht.

Im Hintergrund schwoll Gelächter an, verebbte aber sofort wieder, als sie sich eine Zigarette angezündet und sich aufrechter hingesetzt hatte.

»Ich weiß aus schlechten Filmen, dass die Mitglieder dieser Kommission besonders auf einen Satz warten. Auf den Satz nämlich, dass ich meinen Mann erschossen und Wilma Bruns umgebracht habe. Ich sage ihn also direkt zu Anfang und bin mir durchaus bewusst, was das bedeutet. Da mein Leben sowieso kaputt ist, kann ich das ruhig einräumen. Ich habe getötet.

Wie das alles eigentlich begann, ist sehr schwer zu rekonstruieren, weil zu Beginn dieser schrecklichen Zeit kein Wissen vorhanden war, sondern nur eine diffuse, blöde, angstmachende riesige Welle von Gefühlen, die mit Unruhe verbunden sind, mit Angst, ja, mit Todesangst. Es gibt keine Realität, an der man diese Gefühle festmachen kann. Dein Mann kommt jeden Abend nach Hause, schläft jede Nacht in dem Bett neben dir, schläft mit dir, spricht mit dir, teilt seine Sorgen mit dir. Und trotzdem bist du dir sicher: Da läuft etwas ab, an dem er dich nicht teilhaben lässt. Du erlebst sein Leben wie sonst auch, aber du weißt, dass dieses Leben plötzlich einen Schatten hat, ein zweites Leben. Und damit beginnt diese Geschichte. Das ist jetzt länger als ein Jahr her.«

Sie setzte sich erneut zurecht und fummelte mit der Zigarette im Aschenbecher herum.

»Mein Mann hat damals zusammen mit Annette von Hülsdonk und Wilma Bruns an der Projektierung eines Windparks gearbeitet. Und ganz plötzlich hatte er kein Interesse mehr daran. Kein Interesse ist vielleicht das falsche Wort, vielleicht wäre das richtige Wort: Er erlahmte. Ich fragte ihn danach, er wehrte ab. Er sagte, er sei erschöpft. Da aber im Zuge der Entwicklung dieses Windparks eine ganze Gemeinde von ihm abhängig war, kam Erschöpfung nicht in Frage, er hatte seine Leute noch nie verraten. Irgendetwas musste geschehen sein, das ihn lähmte. Ich wusste nicht, was. Und er tat etwas, was er bis dahin nie getan hatte: Er ging abends vor das Haus und stand stundenlang am Hang und schaute ins Tal. Ich dachte: Etwas ist mit ihm geschehen. Und ich gebe zu, ich dachte an Wilma Bruns. Die beiden verstanden sich sehr gut, waren durch die politische Arbeit eng miteinander verbunden und machten auch keinen Hehl daraus. Dann fand eine Geburtstagsfeier statt, zu der auch Wilma eingeladen war. Als sie beschwipst war, suchte ich ein Gespräch mit ihr. Einige von Ihnen haben sie gekannt. Sie war immer sehr offen. Sie erklärte mir, dass sie meinen Mann auf eine sehr spezielle Art lieben würde und dass ich mir nicht die geringsten Sorgen zu machen brauchte. Das glaubte ich ihr. Aber der Zustand meines Mannes änderte sich nicht, im Gegenteil. Manchmal kam er mir vor wie ein jugendlicher Träumer, der vollkommen den Boden unter den Füßen verloren hat. Ich kann das nicht einmal an Beispielen festmachen. In Sachen Windpark unternahm er nichts mehr, er sagte, Annette und Wilma würden das regeln. Gleichzeitig erhöhte sich die Zahl seiner Reisen ungemein.

Während dieser Zeit überdachte ich meine Situation und fand zu meinem Schrecken heraus, dass ich mich nur noch über Jakob Driesch identifizierte. Ich war keine eigenständige Anna Driesch, ich war die Frau von Jakob. Das machte mir eine wahnsinnige Angst. Dann passierte einer dieser unglaublich blöden Zufälle. Das war im Januar. Jakob war in Berlin, bereitete für die Fraktion irgendwelche Sitzungen vor, musste bei Ausschüssen zugegen sein, das Übliche eben. Da besuchte mich eine frühere Schulfreundin. Und als ich ihr sagte, leider sei mein Mann in Berlin, antwortete sie ganz verblüfft: Aber den habe ich doch eben in Monschau gesehen. Ich reagierte nach außen gar nicht, lächelte und deutete eine wahrscheinliche Verwechslung an. Aber seit diesem Vorfall begann ich meinen Mann systematisch zu kontrollieren. Etwas, das ich früher nicht im Traum für möglich gehalten hätte. Jetzt wurde mir klar, dass ich ihn verlieren würde und alles in mir wehrte sich dagegen. Ich war verzweifelt.«

Sie endete und zündete sich eine neue Zigarette an. Niemand sonst sprach ein Wort, niemand räusperte sich.

»Ich habe eine Frage, Anna«, sagte Rodenstock dann. »Was dagegen?«

»Nein, fragen Sie nur.«

»Sie schildern sehr anschaulich, wie Sie merkten, dass Sie Ihren Mann langsam zu verlieren drohten. Aber dieser Mann lag jede Nacht, wenn er denn zu Hause war, in dem Bett neben Ihnen. Haben Sie noch miteinander geschlafen? Oder hat er sich dabei anders verhalten als üblich? Entschuldigung, das könnte man als indiskrete Frage bezeichnen, aber wir sind Praktiker, verstehen Sie?«

Es gab ein leises Gelächter, Emma zischte: »Ruhe, verdammt!«

Anna nickte bedächtig. »Da hatte sich unmerklich etwas verändert. Wir sind ... sehr offen sexuell miteinander umgegangen. Ja, und es hat Freude gemacht. Aber nun wurde es immer monotoner. Ich hatte das Gefühl: Er bedient mich, weil er mich bedienen muss. Kein Herz mehr dabei, verstehen Sie?«

»Das verstehe ich gut«, bestätigte Kischkewitz. »Und dieser Vorgang verstärkte das Gefühl, ihn verloren zu haben.«

»Ja, so war es. Ich habe alles Mögliche gedacht und geplant. Ich dachte sogar daran, ihn von einem Privatdetektiv überwachen zu lassen. Denn mittlerweile war glasklar, dass er mich belog. Und zwar massiv. Er hatte bereits eine komplette Bürobesatzung in Berlin.

Ich bin dorthin geflogen und habe mich mit denen angefreundet. Von da an konnte ich anrufen und nach Jakob fragen, ohne dass sie ihm das gesagt hätten. So erfuhr ich, wenn er offiziell in Berlin war, aber sich in Wahrheit ganz woanders aufhielt. Das geschah nicht einmal, das geschah mehr als zwanzig Mal.«

»Haben Sie sich denn nie einer Freundin anvertraut?«, fragte Kischkewitz.

»Habe ich nicht«, antwortete sie einfach. »Das ist nicht mein Ding, so wurde ich nicht erzogen. Ich bin es mein Leben lang gewohnt gewesen, meine Probleme selbst in den Griff zu kriegen, und die Aussprachen mit der besten Freundin sind doch, wie wir alle wissen, von höchst zweifelhaftem Charakter, weil die beste Freundin unter Umständen auch den Mund nicht halten kann. Nein, ich sprach mit niemandem darüber.«

Niemand außer Anna hatte sich bisher zu rauchen getraut. Nun räusperte sich Rodenstock: »Ich denke, auch für uns Beamte gilt kein Rauchverbot.« Damit zog er eine seiner fürchterlichen Stinkbomben aus der Innentasche seines Jacketts und grinste faunisch in die Runde. Ich stopfte mir eine Crown Viking von Winslow.

Dann fuhr Rodenstock fort: »Sie sind ein hochintelligenter Mensch. Warum sind Sie nicht auf die Idee gekommen, mit Jakob offen zu sprechen? Es wenigstens zu versuchen?«

»Ich versuchte es. Vielleicht zehnmal, vielleicht öfter. Er wich aus, er ließ sich auf nichts ein. Einmal habe ich sogar deutlich gesagt, dass ich vermuten würde, er habe eine Geliebte. Da hat er mich angesehen, als ob er mich verprügeln wollte. Dann schlief ich nicht mehr mit ihm, ich sagte, es würde mich anöden. Er reagierte überhaupt nicht, er wirkte erleichtert. Mein ganzes Leben war kaputt, das Leben meiner Töchter bis zu einem gewissen Grad auch. Plötzlich begriff ich: Da gab es gar nichts mehr zu reparieren, die Ehe war zu Ende, gescheitert. Jakob Driesch hatte mich verlassen.«

»Aber Sie wussten noch nichts von Annette von Hülsdonk?«, fragte Kischkewitz.

»Doch, davon wusste ich seit Februar. Ich bin von meiner Ausbildung her systematisches Arbeiten gewohnt. Verreiste mein Mann, kontrollierte ich Wilma Bruns, der ich in meiner Verwirrung und Angst zuweilen immer noch nicht traute. Und irgendwann begann ich Annette zu kontrollieren. War mein Mann angeblich in Berlin und in Wirklichkeit woanders, war auch Annette nicht erreichbar. Also konzentrierte ich meine Nachforschungen ganz auf Annette. Sie ist ... nun ja, sie war kindlich unaufmerksam und nicht im Geringsten vorsichtig. Zu Beginn des Jahres trafen sie sich im alten Forsthaus, das zuweilen an Jäger vermietet wird. Sie zündeten sich ein Feuer im Kamin an, sie machten sich Brote, meistens Weißbrot mit Salami und Käse. Und sie tranken Wein, einen trockenen Wehlener ...«

»Moment«, Rodenstock wedelte mit der rechten Hand. »Heißt das, Sie haben ihnen zugeschaut?«

»Ja.«

Wieder herrschte Stille, bedrückende Stille.

Sie räusperte sich und blies den Rauch ihrer Zigarette nachdenklich in den Raum. »Es war demütigend, es war selbstzerstörerisch, es war irgendwie mein Tod.«

»Haben Sie das oft getan?«

»Dreimal«, sagte sie seltsam klar. »Das war dreimal zu viel. Sie gingen dann nicht mehr in das Forsthaus. Ich konzentrierte mich auf Annette, sobald mein Mann sagte, er müsse verreisen. Und wenn ich ihr folgte, traf ich ihn. Ich habe es aufgeschrieben, wo sie miteinander ... wo sie es trieben. Bis dann die Sache mit der

Million passierte. Anfangs wusste ich nicht, was ich davon halten sollte.«

»Das heißt, Sie haben das alles von Beginn an gewusst?«, fragte Rodenstock. »Das mit Annette, das mit dem Projekt auf Mallorca?«

»Natürlich«, erklärte Anna. »Wenn man Annette folgte, musste man auf diese Geschichte stoßen. Ihr Vater kaufte ihr das große Bauernhaus. Drei Monate später bot er es selbst zum Verkauf an. Und er verkaufte es. Und ich habe von dem Banker erfahren, dass er sich das Geld hat bar auszahlen lassen. Ich bin Jakob Drieschs Frau, mir erzählt man so was. Dann ist mein Mann nach Mallorca geflogen. Von Berlin aus. Eine der Damen in seinem Büro erwähnte das so ganz nebenbei und ließ auch eine Bemerkung von einem Koffer voll Geld fallen. Ich brauchte dann nur noch Annette zu folgen, von der sicher anzunehmen war, dass sie ihren Mund nicht halten würde. Und sie erzählte in einem Café einer Freundin ganz aufgeregt, sie habe soeben ein Hotel auf Mallorca geschenkt bekommen. Es war so simpel, mein Gott, war das simpel. Und Jakob hatte das Geld transportiert. Und sein Name stand in der Besitzurkunde. Ich wusste: Er würde mich bald verlassen und ich würde nur noch ein Schatten sein. Sie können sich nicht vorstellen, wie ich ihn für diese finanzielle Banalität gehasst habe. Er nimmt sich eine Junge, er denkt nur noch an seine und ihre Rente. Meine Kinder würden keinen Vater mehr haben und ich würde in Not geraten, weil ich nicht erklären kann, wieso das Schwein uns sitzen lässt.« Ihre Stimme war jetzt hart und ohne den Hauch eines Gefühls.

»Und Sie haben ihn in der Monschauer Wohnung überrascht und dann getötet?«, fragte Kischkewitz.

»Ja. Ich wollte, dass er stirbt. Er hatte nicht das Recht, mich auf den Müllberg seines Lebens zu werfen und meine Töchter gleich mit. Ich holte mir das Gewehr von seinem Onkel. Der hatte genug davon. Dieses Gewehr kannte ich genau, denn damit hatte ich schon auf Blechdosen geschossen und mich darüber gewundert, wie zielgenau diese Dinger funktionieren. Es hat auch so ein Gerät über dem Lauf, das ein rotes Signal sendet, das man auf dem Ziel sehen kann. Das funktioniert idiotensicher. Die beiden trieben in Monschau immer ein geschicktes Spiel. Er fuhr auf irgendeinen Parkplatz, auf dem sie schon wartete. Dann stieg er um in ihren Wagen und sie fuhr an diesem Haus vorbei. Er sprang hinaus, hatte meistens einen Mantel an, den Kragen hoch, eine Sonnenbrille, schloss auf und war verschwunden. Ich habe das oft genug verfolgt.«

»Etwas will mir nicht in den Kopf«, polterte Kischkewitz los. »Ist den beiden denn nie aufgefallen, dass sie verfolgt wurden?«

»Nein. Sie hielten ihr Spiel für absolut undurchschaubar und waren sich sehr sicher. Und mir traute man derartige Verfolgungen überhaupt nicht zu, ich kam gar nicht in Frage. Ich beschloss jedenfalls, ihn zu töten. Nicht sie, ihn.«

Sie ließ in der Stille die Finger ihrer rechten Hand auf die Tischplatte klacken.

»Ich kam an die Tür, die zum Laufenbach führt. Annette öffnete mir, Jakob verschwand gerade durch den Hauseingang. Ich bin hinter ihm hergelaufen. Ich habe geschossen, aber nicht getroffen. Dann habe ich gewartet. Ich wusste genau, er würde zu Annette zurückkehren. Und er kehrte zurück. Ich sah ihn im Fluss. Ich sah ihn etwas zu spät, aber immerhin war ich nahe genug, ihn zu treffen.«

Sie atmete ganz laut aus. »Sie werden fragen, ob es mir Leid tut. Nein, tut es nicht.«

»Aber Annette muss Sie doch erkannt haben«, sagte Rodenstock. In seiner Stimme war Verblüffung.

»Konnte sie nicht. Ich trug ein Kopftuch, ganz eng um mein Haar, und eine dick wattierte Winterweste mit hochgeschlagenem Kragen. Sie konnte mich nicht erkennen.«

»Aber wieso, um Gottes willen, ist Annette denn nach dieser furchtbaren Nacht nicht sofort zur Polizei gelaufen oder hat wenigstens ihren Vater alarmiert?«, fragte Kischkewitz aggressiv.

»Ich habe sie angerufen, gleich als ich zu Hause war. Frühmorgens. Ich wusste, sie würde geschockt sein. Und ich hasste sie, ich hasste sie von ganzem Herzen. Ich habe ihr gesagt: Du kleines widerliches Balg hast meinen Mann zerstört, mich zerstört, meine Kinder zerstört. Jetzt werde ich dich zerstören.« Anna kniff die Lippen zusammen. »Das hätte ich auch getan, ganz bestimmt. Aber Bastian hat es mir abgenommen, das arme Schwein.«

»Kommen wir jetzt, bitte, zu Wilma Bruns.« Rodenstocks Stimme klang munter, als ginge es darum, ein Dessert zu beschreiben. Dabei kam er jetzt erst zum eigentlichen Kern der Geschichte, denn der Tod der Wilma Bruns war nach wie vor rätselhaft. »War das geplant? Ich meine, haben Sie Punkt für Punkt im Voraus bedacht?«

»Ja und nein. Sie rief mich in der Nacht an. Mir war sofort klar, dass sie betrunken war, ihre Sprache klang so nuschelig. Sie kicherte, sie war so ... so schrill. Sie war einfach Wilma. Da war etwas in ihrer Stimme. Sie hatte eine Stimme, als hätte sie einen Millionengewinn im Lotto gemacht ... irgendwie abartig. Sie sagte: Dieser Scheißmännerhaufen überlegt rum, wer aus dem Lager der Windkraftgegner deinen Jakob umgelegt hat. Arschlöcher, die sie sind. Du warst es, Frau, du warst es! Tatsächlich, das überlegte ich später, hätte man eigentlich schnell auf die Idee kommen können, dass nur ich es getan haben konnte, nicht wahr?«

Sie genoss ihren Auftritt, sie genoss ihn sehr. Sie betrachtete uns alle langsam und gelassen nach dem Motto: Ihr Idioten habt nicht zwei und zwei zusammenzählen können!

»Ich kann mir Ihre Verwirrung, meine Damen und Herren, sehr gut vorstellen. Sie finden eine Tote im Moor, in ihrem Oberschenkel einen Einstich von einer Injektionsnadel. Sie überlegen, wie diese bewusstlose Tote in das Moor geraten konnte. Sie finden heraus, dass der Täter wahrscheinlich einen Strick benutzt hat, aber Sie wissen nicht genau, wie er die Leiche in das Moor bekommen hat. O ja, ich habe mit einiger Erheiterung die Berichte in den Tageszeitungen gelesen.« Ihre Stimme war jetzt der reine Triumph. »Ich kenne die Stelle im Moor sehr gut. Ich war oft mit ... mit meinem Mann da. Es war so, dass ich Wilma unterbrochen habe. Sie beschimpfte mich am Telefon, sie hätte liebend gern mit meinem Mann geschlafen und wie ich ihn so brutal töten konnte. Ich stritt es nicht ab. Ich sagte: Wilma, ich muss mit dir darüber reden. Ich wusste genau, dass sie nicht widerstehen konnte. Wir trafen uns mitten in der Nacht in Rott. Es war durch Zufall Rott, weil dort eine alte Schulfreundin von mir wohnt. Wilma stieg in meinen Wagen um und ich fuhr los.« Anna strich sich über das Gesicht. »Ja, einiges war geplant, anderes nicht. Ich habe immer eine gut gefüllte medizinische Bereitschaftstasche bei mir. Die brauche ich für die Jugendhäuser, die ich betreue. Wir haben zum Beispiel ein Haus, in dem in einer Wohngemeinschaft auch Epileptiker leben. Und manchmal muss man eben eine Beruhigungsspritze setzen. Es ist ein Mittel, das den Wirkstoff Diazepam enthält, und kann intramuskulär gespritzt werden. Außerdem wirkt es schnell. Ich habe gar nicht erst versucht, Wilma zu sagen, dass ich es nicht war. Im Gegenteil: Ich gab es zu. Ich sagte sogar: Wenn du an meiner Stelle gewesen wärst, hättest du es auch getan. Sie regte sich auf, sie brüllte und geiferte. Es war widerlich. Kurz vor Monschau fiel mir das Moor ein. Ich war, wie gesagt, schon oft da gewesen, wir haben oft darüber nachgesonnen, wie tief es wohl ist. Wilma zeterte die ganze Zeit, ich wurde vollkommen wirr und hatte nur noch einen Wunsch: Lieber Gott, lass sie endlich mit diesem Scheiß aufhören. Irgendwann habe ich angehalten, eine Spritze aus der Tasche genommen und ihr gesagt, sie müsse sich endlich zusammenreißen und ich würde ihr jetzt eine Beruhigungsspritze geben. Sie widersprach nicht, sie war sogar irgendwie erleichtert, hat mir den Oberschenkel hingehalten. Ich spritzte ihr die volle Dosis und wusste, ich musste es mit ihr bis ans Moor schaffen – nur bis dahin, das würde reichen. Es reichte knapp, sie brach an der Brüstung zusammen und schlief dort ein.«

Sie zündete sich wieder eine Zigarette an und zog einige Male hochkonzentriert. »Der Strick, ja, der Strick.« Sie lächelte. »Ich las in der Tageszeitung, dass die Spuren des Stricks an dem Querholm der Absperrung vom Moor gefunden worden sind. Sie haben allerdings etwas übersehen, meine Damen und Herren. Wenn Sie sich bitte die Wasserfläche des Moortümpels vorstellen: Halb rechts steht eine kleine Gruppe von Pfeifenweiden. Ziemlich starke Stämmchen, die im Wurzelbereich durchaus feste Erde gebildet haben. Ich bin zum Wagen zurück und habe den Strick geholt. So etwas haben wir immer im Wagen, weil meine Töchter vier Schafe haben, die zuweilen auf andere Weiden geführt werden müssen. Diesen Strick, der ziemlich lang ist, habe ich an der Absperrung festgebunden, bin dann mit dem anderen Ende bis zu den Weiden gegangen, was gefahrlos möglich ist, habe den Strick um ein Stämmchen gelegt und dann wieder zum Ausgangspunkt zurückgeführt. Ich habe Wilma den Strick um den Oberkörper gelegt und so festgemacht, dass sich bei heftigem Zug die Schlaufe löst, bei normalem, langsamen Zug die Schlaufe aber hält. Segler wissen, wie das geht. Dann zog ich. Es ging ganz leicht. Später habe ich dann von meinem Fehler gehört: Ich habe ihr Handy nicht beiseite geschafft. Wieso hat Sie das eigentlich nicht schon eher zu mir geführt?«

»Wilma hatte schon seit Tagen nicht mehr damit telefoniert. Sie hat Sie von einem anderen Apparat aus angerufen«, brummte Kischkewitz.

»Aber Ihre Freundin hatte Ihnen doch für die Nacht, in der Sie Ihren Mann erschossen haben, ein Alibi gegeben«, meinte Rodenstock.

Anna lächelte sanft. »Frauensolidarität. Sie wissen doch: Wir Weiber müssen zusammenhalten.«

Krimis von Jacques Berndorf

Eifel-Blues
ISBN 3-89425-442-4
Der erste Eifel-Krimi mit Siggi Baumeister
Drei Tote neben einem scharf bewachten Bundeswehrdepot.

Eifel-Gold
ISBN 3-89425-035-6
Der zweite Eifel-Krimi mit Siggi Baumeister
Riesengeldraub in der Eifel: 18,6 Millionen sind weg. Wer war's?

Eifel-Filz
ISBN 3-89425-048-8
Der dritte Eifel-Krimi mit Siggi Baumeister
Totes Golferpärchen. Das Mordwerkzeug: Armbrust. Das Motiv?

Eifel-Schnee
ISBN 3-89425-062-3
Der vierte Eifel-Krimi mit Siggi Baumeister
Sehnsüchte, Träume und Betäubungen junger Leute.

Eifel-Feuer
ISBN 3-89425-069-0
Der fünfte Eifel-Krimi mit Siggi Baumeister
Wer hat den General in seinem Landhaus liquidiert?

Eifel-Rallye
ISBN 3-89425-201-4
Der sechste Eifel-Krimi mit Siggi Baumeister
Auf dem Nürburgring wird ein großes Rad gedreht.

Eifel-Jagd
ISBN 3-89425-217-0
Der siebte Eifel-Krimi mit Siggi Baumeister
Ein Hirsch aus der Eifel kann teurer sein als ein Menschenleben.

Eifel-Sturm
ISBN 3-89425-227-8
Der achte Eifel-Krimi mit Siggi Baumeister
Tote träumen von der sanften Windenergie.

Eifel-Müll
ISBN 3-89425-245-6
Der neunte Eifel-Krimi mit Siggi Baumeister
Müllprofit und Liebe machen Menschen mörderisch.

Eifel-Wasser
ISBN 3-89425-261-8
Der zehnte Eifel-Krimi mit Siggi Baumeister
Toter Trinkwasserexperte läßt Rodenstock rätseln.

Eifel-Liebe
ISBN 3-89425-270-7
Der elfte Eifel-Krimi mit Siggi Baumeister
In Annas Clique beginnt das große Sterben ...

grafit

Eifel-Krimis von Andreas Izquierdo

Der Saumord

ISBN 3-89425-054-2

In Dörresheim geschieht Seltsames: Die vielversprechende Zuchtsau Elsa wird aufgeschlitzt, und die preisgekrönte Kuh Belinda begeht Selbstmord. Jupp Schmitz, Reporter des ›Dörresheimer Wochenblattes‹, glaubt nicht an einen Zufall. Bei seinen Recherchen legt er sich nicht nur mit dem mächtigen Fabrikanten Jungbluth an, sondern zieht den Haß aller Dörresheimer auf sich und gerät schließlich selbt unter Mordverdacht. Einzig Jupps Jugendliebe Christine hält zu ihm.

»Der Saumord ist eine Geschichte mit haarsträubenden Bildern, urkomischen Szenen und seltsamen Typen. Eine Geschichte voll ernster Inhalte, menschlicher Schwächen und echter Freundschaft.« (Blickpunkt)

Das Doppeldings

ISBN 3-89425-060-7

Eine wertvolle Münze aus der Antike wird gestohlen. Dann taucht sie wieder auf, wird wieder gestohlen. Eine Menge Leute scheinen sie besitzen zu wollen. Auch Jupp Schmitz, Redakteur des »Dörresheimer Wochenblattes«, macht sich auf die Suche. Derweil kämpft die »IG Glaube, Sitte, Heimat« für die Schließung des kürzlich eröffneten Bordells.

Jede Menge Seife

ISBN 3-89425-072-0

Der kanadische Seifenopern-Spezialist Herb Buffy soll der schlappen Serie »Unser Heim« quotenmäßig auf die Sprünge helfen. In den Colonia-Studios und beim Außendreh in Dörresheim beginnt eine dramatische Krimi-Oper. Die Serienhelden werden entführt, Reporter Jupp Schmitz in einer Scheune in Dörresheim halbtot geschlagen.

Schlaflos in Dörresheim

ISBN 3-89425-243-X

Hat ein Geilheitsvirus die Ställe der Dörresheimer Bauern befallen? Verfügt ›Föttschesföhler‹ Martin über die Viagra ähnlichen magischen Kräfte? Ein düsteres Familiendrama bildet den Hintergrund dieser Ermittlungsburleske voller Komik und Sprachwitz.

Jacques Berndorf/Christian Willisohn

Otto Krause hat den Blues

CD, 73 Minuten
ISBN 3-89425-497-1
€ 15,90/sFr 30,50

Jacques Berndorf liest die märchenhafte Geschichte von dem jungen Otto Krause, der seine große Liebe findet. Aber schafft er es auch, sie zu halten? Der Musiker Christian Willisohn (Gesang, Piano) hat zu dieser Story eigene Stücke komponiert, die er auf der CD selbst darbietet.
Es handelt sich um ein echtes Bluesmärchen, zwei „Reibeisenstimmen“ treffen aufeinander: Jacques Berndorf mit seiner unverwechselbaren tiefen und sonoren Sprache, Christian Willisohn mit seinem dunklen Bluesgesang, der direkt aus New Orleans zu kommen scheint.
Text und Musik gehen zu Anfang und Ende der einzelnen Tracks ineinander über, dann steht jeder Teil für sich. Die einzelnen Bluesstücke ergänzen in wunderbarer Weise die mal witzigen, mal traurigen Episoden der Geschichte um Otto Krause. Ein Märchen im klassischen Sinne, an dessen Ende ein Happy End steht, das den Hörer mit der Welt versöhnt. Ebenso der Blues, der Gefühle der Verzweiflung und der Aussichtslosigkeit genauso zum Ausdruck bringen kann wie ehrliche Glücksmomente.
Für die Fans von Jacques Berndorf ist diese CD ein besonderer Leckerbissen und jederzeit ein wunderbarer Geschenktipp.

grafit